Eric Scherer

NARRENBLUT

Eine mörderische Fastnachtsposse

SOCIETÄTSVERLAG

Die Namen und Charaktere aller Figuren dieses Romans sind frei erfunden. Einige ihrer Erlebnisse sind allerdings von authentischen Schilderungen inspiriert, die in den Biographien verschiedener Mainzer Fastnachtsgrößen nachzulesen sind. Die zitierten Zeitungsberichte indes sind – mit Ausnahme des die Handlung einleitenden – allesamt authentisch, wenngleich sich nicht alle darin dargestellten Ereignisse in Mainz abgespielt haben.

Satz: Marco Stamm, Societäts-Druck
Druck und Verarbeitung: Ebner & Spiegel GmbH, Ulm
Umschlaggestaltung: Katja Holst, Frankfurt
Umschlagabbildung: Matthias Langer, Mainz
Printed in Germany
ISBN 3-7973-0869-8

„Seht, die Zeit ist ein großer Ball- und Tanzsaal, der Himmel hängt voller Geigen und ist die ganz Nacht sternhagelvoll besoffen; die Planeten tanzen miteinander. Das Leben aber ist eine unbekannte Maske mit einer halbschwarzen und halblichten Maske, es neckt uns fortwährend und verfolgt uns und will sich nicht demaskiren. Ein jeder glaubt diese Maske zu kennen; aber einst, wenn um die bestimmte Stunde von dem unsichtbaren Orchester da oben ein Zeichen gegeben wird mit der großen Posaune der Auferstehung, dann wird diese Maske die Larve fallen lassen, und wir werden einsehen, dass keiner von uns sie gekannt hat, dass wir uns Alle getäuscht haben, denn unter dieser Maske des Lebens wird erst noch eine Totenlarve seyn und unter dieser Totenlarve noch eine und abermals eine und wiederum eine und abermals eine, bis ins Unendliche. Darum aber, meine holden Leserinnen, wollen wir mit dem Leben das Maskenrecht genießen, wollen es in die Arme fassen und bekannt mit ihm thun und, Du' zu ihm sagen, bis der Tod an uns herantritt und uns bittet, mit ihm ein wenig auszutanzen; das wollen wir denn, mit einem frohen Blick zu dem großen Ballgeber da oben, thun, um das Sprichwort zu bestätigen: „Lustig gelebt und selig gestorben, das heißt, dem Teufel seine Rechnung verdorben'."

Aus einer Mainzer Zeitschrift, um 1800

-Mittwoch-

„Emir“ trieb tot im Rhein

Fastnachtsstar Karl Kemmling stirbt vor TV-Auftritt – Polizei glaubt an Unfall

Das vierfarbbunte Mainz trägt seit gestern Schwarz: Karl Kemmling ist tot. Spaziergänger fanden die Fastnachtslegende gestern Morgen tot ihm Rhein bei Laubenheim treibend. Grausame Ironie des Schicksals: Vermutlich fast zur gleichen Zeit, als der 73-Jährige starb, wurden er und sein Partner Karl-Heinz Uhl (75) für die Mainzer TV-Sitzung am kommenden Freitag nominiert. In ihren Paraderollen als „Mufti“ und „Emir“ hatten die beiden in dieser Kampagne ein triumphales Comeback gefeiert.

Von unserem Redaktionsmitglied

HEINRICH GRAF

Die Spaziergänger, ein Rentner-Ehepaar aus Laubenheim, hatten die Leiche gegen 8.30 Uhr am Rheinufer entdeckt und die Polizei alarmiert. Die Polizei geht von einem Unfall aus. „Fremdeinwirkung können wir ausschließen“, erklärte Polizeisprecher Leo Hoffmann unserer Zeitung. Ein Abschiedsbrief sei nicht gefunden worden, so dass auch nicht von einem Freitod auszugehen sei. Besonders tragisch: Am Abend zuvor hatten sich Vertreter der vier Fastnachtskorporationen MCV, MCC, GCV und KCK gemeinsam mit den zuständigen TV-Redakteuren auf die personelle Besetzung des TV-Sitzungsklassikers „Mainz bleibt Mainz, wie es singt und lacht“ geeinigt, der am kommenden Freitag im ZDF ausgestrahlt wird. Erwartungsgemäß war auch die Darbietung von Uhl und Kemmling nominiert worden. Die närrischen Veteranen hatten in dieser Kampagne als „Mufti“ und „Emir“ ein triumphales Comeback in der Bütt gefeiert.In diesen Rollen waren sie bereits bei der allerersten Mainzer Fernsehsitzung 1955 zu sehen gewesen. In den gleichen Kostümen, aber mit stets neuen Texten und Liedern, traten sie bis zu Beginn der 60er Jahre regelmäßig im

TV, aber auch bei Sitzungen aller renommierten Mainzer Fastnachtsvereine auf. Zeitkritisch, ohne belehrend zu sein, pointiert, ohne je ins Derbe abzugleiten, prägte ihr Stil nachhaltig den Mainzer Ruf, Hochburg der politisch-literarischen Fastnacht zu sein.

In der Narrenszene löste die Nachricht von Karl Kemmlings tragischem Tod Trauer und Bestürzung, aber auch Ratlosigkeit aus. Wie mit dem frei werdenden Programmplatz für die Fernsehsitzung verfahren wird, ob es gar zu einer Absage kommen wird, ist zur Stunde noch offen. Die verantwortlichen Funktionäre wollten auf Anfrage unserer Zeitung gestern ihrem „Krisengipfel“ nicht vorweggreifen, der für den heutigen Mittwoch kurzfristig anberaumt wurde. Bei aller Trauer müsse auch die vertragsrechtliche Seite einer Absage abgewogen werden, ebenso die Bedeutung, die der Wirtschaftsfaktor Fastnacht für die Stadt Mainz besitze, hieß es lediglich.

Ein Ausfall des Sitzungsklassikers würde fraglos auch einen Schatten auf die gesamten närrischen Feiertage werfen. „Wir müssen im Interesse unserer Vaterstadt handeln“, erklärten MCC- und MCV-Vorstand unisono. „Auch wenn uns im Moment nicht nach Frohsinn zumute ist.“

Der Reporter hatte sich eine rote Pappnase aufs Gesicht gepfropft. Neben ihm saß eine alte Frau, eine hagere Aristokratenerscheinung mit weißen Haaren. Sie wirkte streng und ernst, während bei ihm Strenge und Ernsthaftigkeit nur aufgesetzt waren. Dahinter lauerte ein funkelnd-hinterlistiges Lächeln, das die Interviewpartnerin aus Blödheit oder Blindheit nicht erkannte. Es war nur für giggelnde Zuschauer vor der Mattscheibe bestimmt: Modernes Ironie-Infotainment, schlecht in Szene gesetzt von einem Mainzer Regionalsender.

„Wir befinden uns hier in der Wohnung von Frau Feldmann", deklamierte die Pappnase im Tagesschauton. Der Kameramann ermöglichte mit einem dilettantischen Schwenk einen unscharfen Blick auf das Heim von Frau Feldmann – eine typische Oma-Wohnung mit uralten Möbeln, zugestellt mit Porzellangeschirr, Vasen, Figuren und allerlei sonstigem Krimskrams.

„Frau Feldmann studiert privat seit 40 Jahren Volks- und Aberglauben, arbeitet nebenher auch als Geister- oder Vampirjägerin, und will uns heute, aus gegebenem Anlass, etwas über die Zahl Elf erzählen", fuhr der Fastnachtsreporter fort.

„Wenn Sie wollen", ergänzte Frau Feldmann ruhig.

„Aber immer. Die Elf. Oder sagen wir lieber: Die Narrenzahl. Die ja in diesen Tagen Konjunktur hat. Obwohl: Dass die Elf eine Narrenzahl ist, kann man das ganze Jahr über sehen – am Bruchweg, wenn die 05er spielen, nicht? Hahahaha ..."

„Die Elf taucht in der Fastnacht überall auf", dozierte die Alte los, ohne sich um den pappnasigen Kasper weiter zu kümmern. „Die Fastnachtszeit beginnt am elften Elften, das Komitee, das bei den Sitzungen hinten auf der Bühne sitzt, besteht auch aus elf Personen, deswegen heißt es in Köln auch Elferrat. Und Veranstaltungen beginnen immer um elf Minuten nach der vollen Stunde, also 19.11 Uhr oder 20.11 Uhr, oder zu einer Zeit, die durch Elf teilbar ist, also 19.33 Uhr oder 20.33 Uhr."

„Und Sie glauben, der historische Ursprung sei ein anderer, als gemeinhin behauptet wird?"

„Ganz richtig. Die gängige Meinung ist, die Elfbezogenheit der Narren rühre aus der Zeit her, als die Franzosen die Stadt besetzt hatten. Die Franzosen verboten die Fastnacht, sie fand aber weiter im Untergrund statt, wo die Narren ihren Spott mit ihren Besatzern trieben. Daher hätten sie aus den Anfangsbuchstaben der Ideale der französischen Revolution – Egalité-Liberté-Fraternité – eine Elf geformt und zur Narrenzahl erklärt, heißt es."

„Das klingt doch sehr vernünftig, ich meine, echt närrisch ..."

„Für Sie vielleicht. Es stimmt aber nicht." Frau Feldmann holte tief Luft. „Die Bedeutung der Elf ist in der Bibel verwurzelt. Denken Sie an die zwölf Apostel, die nach dem Verrat des Judas nur noch zu elft waren. Im Mittelalter war die Elf die Zahl der Sünder, die Kennzahl für alle Menschen, für die es kein Recht und keine Sitte mehr gibt, aller Menschen, die die zehn Gebote überschritten hatten. Deswegen ist die Elf auch die Zahl des Narren, des größten Sünders von allen, des Leugners der Existenz Gottes. Die schrecklichste Bedeutung aber misst das Johannes-Evangelium der Elf bei."

Den letzten Satz bot sie mit einem effektvollen Zittern in der Stimme dar. Dann machte sie eine dramaturgisch wohlgesetzte Pause.

„Die elfte Stunde ist die letzte vor Mitternacht", flüsterte Frau Feldmann. „Sie mahnt an die letzte Stunde, an die Endzeit, an den Weltuntergang, und – die Elf kündet vom Kommen des Antichristen."

Der Fastnachtsreporter schluckte. Überzogen laut, damit auch jeder die Ironie merkte. Dazu setzte er ein grotesk erschrecktes Gesicht auf, hinter dem aber sichtbar blieb, dass er sich ungeheuer komisch vorkam. „Und die Narren dieser Stadt huldigen der Elf seit Jahrhunderten", flüsterte er mit übertriebenem Entsetzen. „Soll das heißen, dass Sie glauben, unsere Fastnachter lockten mit ihrem Feiern den Antichristen persönlich an?"

„Zumindest geben sie sich alle Mühe", gab die Alte zurück.

„Und was ist mit der vorhin erwähnten Interpretation – Egalité, Liberté, Fraternité?"

„Kann schon allein deswegen nicht stimmen, weil bei den Franzosen die Freiheit zuerst kommt – also Liberté. Dann die Gleichheit, dann die Brüderlichkeit. Das ergäbe LEF, nicht ELF."

„Stimmt eigentlich."

„Aber glauben Sie mir ruhig: Die wahre Bedeutung der Elf kennen mehr Leute, als Sie glauben. Nur freuen die sich daran, dass sie langsam in den Hintergrund gedrängt wird, und sie bedienen sich dieser oberschlauen Vereinsfunktionäre, die sich auf die Fahnen geschrieben haben, die Fastnacht müsse sauber bleiben. Heuchler, die doch selbst nur gierig darauf lauern, sich in dem Trubel von der Frau zuhause wegzustehlen, um irgendwo eine Marketenderin abzufüllen und in ein Hotelzimmer abzuschleppen. Nützliche Idioten, die auch alle anderen Wahrheiten über den Ursprung der Fastnacht verschleiern helfen."

„Die da wären?"

„Die ganze Narretei ist eine einzige Verballhornung der Kirche und ihrer Rituale. Taufe, Ehe, Beerdigung, Wiederauferstehung – fast alle diese Elemente finden wir auch in den überlieferten Fastnachtsbräuchen. Im Mittelalter wurden sogar Narrenbischöfe ernannt, und beim so genannten Eselsfest – das war so etwas Ähnliches wie Karneval – wurde sogar ein Esel als Pfaffe ausstaffiert, in die Kirche gebracht und eine absurde Messe abgehalten. Bisweilen wurden in den Kirchen wahre Orgien gefeiert. Vermutlich ist auch der närrische Schlachtruf Helau nur eine Verballhornung von Halleluja. Da, wo die Kirche am dicksten im Geschäft war, entstanden immer auch die stärksten Untergrundbewegungen, die die Frömmelei auf den Arm nahmen – oder halten Sie es für einen Zufall, dass zwei der drei deutschen Karnevalshochburgen auch bedeutende Domstädte sind?"

„Äh, nein ...", stotterte der Fastnachtsreporter.

„Nur: Als die größten Frömmler der Stadt auch die eifrigsten Fastnachter werden wollten, mussten sie einen Weg aus dem Zwiespalt finden, der ihnen drohte. Schließlich wollten sie sich ab Aschermittwoch wieder bußfertig in die Kirche stürmen. Also beeilten sie sich, irgendwelche anderen Ursprünge zu finden, auf die ihr liebstes vaterstädtisches Fest angeblich zurückgeht. Oder eben diesen Unsinn mit der Elf und den Franzosen."

„Das ist sehr faszinierend. Und sehr revolutionäres Gedankengut, gerade in dieser Stadt."

„Das ist überhaupt nicht revolutionär. Die alten Kirchenhistoriker und einige Volkskundler wissen sehr genau, dass das stimmt, was ich gerade sage."

Sag' mal, willst du dir den Scheiß den ganzen Morgen anschauen?", fragte Iris dazwischen. Dies tat sie in einem Ton, der Corinna nicht zögern ließ, den Apparat sofort abzuschalten.

Iris zählte zum Fähnlein der letzten aufrechten Intellektuellen, die es für geistige Bankrotterklärung hielten, schon früh morgens fern zu sehen, erst recht, wenn man in Gesellschaft war. Und Corinna wollte sie auf keinen Fall verärgern, gerade jetzt, wo ihre beste Freundin wieder einmal ihre letzte Zuflucht gewesen war. Bei ihren Eltern hatte sie gestern Abend nicht vorbeifahren wollen. Sie hatte keine Lust gehabt, sich zu den trauernden Narren zu setzen, die sich bestimmt zuhauf dort eingefunden hatten, um zu kondolieren, denn das Zusammenstehen in schweren Zeiten pflegten Mainzer Fastnachter bis über die Grenzen der Erträglichkeit hinaus zu demonstrieren. Tatsächlich aber war der alte Kauz, der ertrunken war, weder ein enger noch überhaupt ein Verwandter gewesen, Corinna hatte ihn kaum gekannt, eigentlich gar nicht, bis ihr Vater ihn ihr kurz vor Weihnachten vorgestellt hatte.

„Das ist mein alter Freund *Kall*. Endlich habe ich ihn wieder gefunden", hatte er losgelegt und dann nicht mehr aufhören wollen, darüber zu schwadronieren, dass sein alter Freund und er jetzt noch einmal gemeinsam in die Bütt gehen wollten, um es den Jungen noch einmal zu zeigen.

Das hatten sie dann auch tatsächlich, doch der Höhepunkt, der gemeinsamen Auftritt des geriatrischen Duos bei der „Fernsehsitzung" blieb Charly Uhl nun versagt. Corinna mochte gar nicht drüber nachdenken, was ihren Vater mehr mitnahm: Der Tod seines Freundes *Kall* oder die damit vertane Chance, sich noch einmal als Mufti vor einem Millionenpublikum präsentieren zu dürfen. Sie war als Kind eines Mainzer Fastnachters aufgewachsen, sie ahnte die Wahrheit nur zu gut. Und sich zum Teil der Narrentrauer im Hause Uhl zu machen, ohne auch nur einen Funken davon mitempfinden zu können, nein, das hatte sie einfach nicht geschafft. Sie hatte gestern Abend aber auch nicht allein in ihrer Wohnung bleiben mögen, die Wahrscheinlichkeit, dass ihre Mutter anrief und sie nach Hause zitierte – mit der absehbaren Begründung, es ihrem Vater zuliebe zu tun – war einfach zu groß. Also war sie zu Iris geflüchtet, ihrer einzigen Freundin – von Freunden brauchte man in diesem Zusammenhang erst gar nicht zu reden –, bei der sie sich ohne lange Erklärungen über Nacht einladen konnte.

„Wie glaubst du, ist der Alte gestorben?“, fragte Iris, als Corinna sich zu ihr an den Küchentisch setzte. Iris hatte Corinnas Zeitung mit Grafs lokalem Aufmacher vor sich aufgeschlagen. Als dankbarer Gast hatte Corinna sie heute Morgen mitgebracht, als sie Vollkornbrötchen und Ingwer-Marmelade eingeholt hatte.

„Was weiß ich, wird wohl zu nahe am Wasser gestanden haben und ausgeglitten sein. Ein Rhein-Fall sozusagen“, versuchte sich Corinna in schwarzem Humor. In der Tat fühlte sie sich merkwürdig heiter. Sie genoss es, in Iris‘ Küche zu sitzen, deren permanente Unaufgeräumtheit etwas Anheimelndes hatte.

„Wie kann man nur so phantasielos sein – und das als Journalistin“, meckerte Iris, die als Biologielehrerin ihren Lebensunterhalt verdiente.

„Was denkst du denn?“

„Was ist, wenn er ermordet wurde? Von einem Narren, der auf seinen Programmplatz in der Fernsehsitzung scharf war?“

Corinna lachte auf. „Das ist gar nicht so abwegig, wie du vielleicht denkst, nicht für eine Mainzer Narrentochter. Falls es einen Nachrücker gibt, werde ich sein Alibi prüfen.“

Sie tranken ihren Kaffee aus und machten sich fertig zum Gehen. Iris musste heute erst später in die Schule, und Corinna brauchte ohnehin erst um zehn in der Redaktion zu sein.

Vor dem Garderobenspiegel im Flur zupften beide ein letztes Mal ihr Erscheinungsbild zurecht. Zwei Single-Weiber auf dem Weg in den täglichen Überlebenskampf. Einmal mehr fragte sich Corinna, weshalb ihre beste Freundin ihre fast maskulinen Züge auch noch durch Bubi-Haarschnitt, Schlabberklamotten und jeglichen Verzicht auf Make-up betonen musste. Sie selbst kämmte sich ihr halblanges, rotbraunes Haar noch ein wenig mit den Fingern zurecht und fand, dass sie sich mit ihren 38 ein immer noch recht properes Figürchen bewahrt hatte. Dann trat sie nicht unzufrieden aus der Tür.

Es gab nicht viel Gutes, was Corinna über ihren Redaktionsleiter Hasselblatt sagen konnte. Zu dem wenigen gehörte, dass er gestern sofort, als Karl Kemmlings Ableben bekannt geworden war, angeordnet hatte, dass Corinna nicht in die Berichterstattung darüber eingebunden werden sollte – aus Rücksicht, weil er glaubte, der Todesfall nähme sie zu sehr mit, aber auch, weil sie als „indirekt Mitbetroffene" vielleicht nicht die allzeit notwendige journalistische Distanz zu gewährleisten vermochte. Ein typischer Hasselblatt-Erlass. Es kam selten vor, dass Corinna Nutznießerin eines solchen war.

Es sprach jedoch nichts dagegen, dass der fürs närrische Brauchtum zuständige Redakteur Graf sie als Informationsquelle anzapfte. Sie war für ihn jemand aus den „gut unterrichteten Kreisen", die er so gerne zitierte.

„Meine Uhl, meine Nachtigall", preschte der plattfüßige Pfälzer auch sofort auf sie los, nachdem sie sich auf ihrem Stuhl im Redaktionsbüro platziert hatte. Das war die übliche Begrüßung, die ihr von den lieben Kollegen zuteil wurde.

Corinna lächelte ihn höflich an und zog die Augenbrauen in die Höhe – das war ihre Art zu fragen: „Was gibt's?"

„Ich habe gestern Abend noch versucht, dich anzurufen, aber du warst nicht zuhause", schnatterte Graf, fast ein wenig vorwurfsvoll.

„Tja, selbst Menschen wie ich haben eine Privatsphäre", gab Corinna zurück. Sie gab sich ihren Kollegen gegenüber gerne geheimnisvoll, was etwaige Freunde oder Liebhaber anging. Tatsächlich verlief ihr Leben in dieser Beziehung schon seit einiger Zeit ziemlich frustrierend, doch die Umgebung glauben zu machen, es sei vielleicht doch nicht so, bescherte ihr wenigstens ein bisschen Trost.

„Ich wollte ja nur wissen, ob du mir etwas erzählen kannst über diesen Kemmling. Dein Vater hat gestern mit niemandem reden wollen", erklärte Graf.

„Ich hätte dir auch nicht viel sagen können, außer dass Kemmling ein komischer alter Kauz war."

Am liebsten hätte sie ihm gesagt, er solle sie damit in Ruhe lassen, doch sie wollte nicht so unhöflich sein, denn eigentlich mochte sie Graf. Er hatte es seinerzeit als einer der wenigen in der Redaktion anstandslos akzeptiert, dass er bei ihr abblitzte.

„Kemmling hat die letzten Monate bei deinen Eltern gewohnt, heißt es. Wo hat er denn normalerweise gelebt?", fragte Graf weiter.

„Meines Wissens hatte er eine kleine Wohnung irgendwo auf der anderen Rheinseite, in Hochheim oder Ginsheim", antwortete Corinna geduldig. „Mir ist er eigentlich nur an Weihnachten kurz vorgestellt worden, als ich zum üblichen Familienessen eingeladen war. Sonst weiß ich nicht viel. Ich bin 38 und häng' nicht mehr ständig bei meinen Eltern rum."

„Ja. Schon klar. Aber was weißt du sonst über ihn? Dein Alter muss doch viel über ihn erzählt haben, als du noch ein Kind warst."

„Hat er auch. Aber eigentlich immer dasselbe. Dass er und *de Kall* das großartigste Gespann gewesen seien, das je in *de Bütt gestanne hätt'.* Ich wurde auch meine gesamte Kindheit hindurch mit einem Video gequält, das meinen Vater und *de Kall* und ihren Auftritt bei der allerersten Fernsehsitzung 1955 zeigte. Mein Vater war einer der ersten Menschen, die sich einen Videorekorder besorgten, nur um sich dieses Band ansehen zu können. Er hat einem Typen vom Südwestfunk Unsummen gezahlt, damit er eine Kopie davon zog. Und wir Kinder mussten es uns so lange ansehen, bis wir alt genug waren, uns zu wehren. Jetzt kannst du dir bestimmt auch gut vorstellen, weshalb ich nie Närrisch-Redakteurin werden wollte – auch wenn einige meiner Kollegen immer noch meinen, ich müsste dafür prädestiniert sein, als Tochter eines so berühmten Fassenachters."

„Schon klar ..." Graf hob den Zeigefinger an die Lippen, dachte einen Moment nach. „Mich interessiert aber noch etwas Anderes: Soweit ich weiß, sind die beiden bis Mitte der 60er Jahre zusammen aufgetreten. Weißt du, weshalb sie plötzlich Schluss machten?" Graf stellte das bisschen Sympathie, das Corinna für ihn empfand, auf eine harte Probe.

„Mein Alter hat es immer so erzählt, dass sie auf dem Gipfel des Ruhms Schluss machten, anstatt solange aufzutreten, bis sie niemand mehr sehen wollte", antwortete sie dennoch so geduldig sie konnte.

„Aber soweit ich weiß, hat dein Vater dann später doch weitergemacht, nur Kemmling ist nicht mehr in die Bütt zurückgekehrt. Dein Vater hat weiter den Mufti gegeben und deinen Bruder als Emir ausstaffiert – und ist damit tierisch abgeschifft."

„Da hast du dich ja schon ganz schön schlau gemacht. Ja, offenbar war mein Alter zu büttengeil, um seinen guten Vorsatz, den richtigen Zeitpunkt zum Schlussmachen zu erwischen, aufrecht zu halten."

„Und dein Bruder, ist der damals gerne mit deinem Alten in die Bütt?"

„I wo. Vermutlich ist diese Zwangsvernärrischung das traumatische Erlebnis gewesen, das mein Bruderherz zum Arschloch werden ließ."

Graf grinste zufrieden. Corinna wusste, dass er ihren Bruder hasste. Graf und Fritz hatten zusammen Fußball gespielt, in der Kreisklasse. Als Teamkameraden eigentlich, aber Graf war Kaiserslautern- und Fritz war Bayern-Fan. In diesen Breiten genügte das für eine innige Männerfeindschaft.

„Und wie hat Charly Uhl seinen Büttenpartner zu einem Comeback bewegen können?", bohrte Graf weiter.

„Das weiß ich auch nicht so genau. Ich nehme an, mit den üblichen Argumenten." Sie hob die Rechte in die Höhe und rieb Daumen und Zeigefinger aneinander. Die Kommerzialisierung der Mainzer Fastnacht war kein Thema, das sie gegenüber Graf groß vertiefen musste.

„Hast du irgend etwas läuten hören, dass dein Alter deinen Bruder angehauen hat, ob er nicht kurzfristig Kemmlings Part übernehmen will – um die Nummer für die Fernsehsitzung zu retten?" – Graf hielt die Luft an: Das war die Frage, zu der er von Anfang an hatte kommen wollen.

„Nein", antwortete Corinna wahrheitsgemäß. „Ich kann mir auch nicht vorstellen, dass mein Bruder da mitmachen würde."

„So was wird in der Szene allerdings gemunkelt, und zwar ziemlich laut. Ich werde mich mal ans Telefon hängen." Und damit zog Graf ab. Endlich.

So abwegig fand Corinna nicht, was ihr Kollege da Munkeln gehört hatte. Es war ihrem alten Herrn durchaus zuzutrauen, dass er sich nur ein paar Stunden, nachdem er vom Ableben seines Büttenpartners erfahren hatte, schon Gedanken machte, wie er seinen Fernsehauftritt retten konnte. Für die Tochter eines Vollblutfastnachters war dies, je länger sie darüber nachdachte, durchaus nachvollziehbar. Zumal sie wusste, dass ihr Bruder Fritz noch immer von einem eigenen Fitnessstudio träumte. Ohne die finanzielle Unterstützung des Alten ließ sich dieser Traum jedoch nicht erfüllen, und der hatte sie ihm bislang verweigert. Bislang. Jetzt aber war Charly Uhl bestimmt bereit, es sich Einiges kosten zu lassen, um sich noch einmal im Fernsehen als Fastnachtsstar zu präsentieren.

Graf ließ es sich natürlich nicht nehmen, noch vor der Redaktionskonferenz dem Fritz-Uhl-ersetzt-Karl-Kemmling-Gerücht auf den Grund zu gehen. Denn nur so konnte er im großen Kollegenkreis verkünden, was er herausgefunden hatte – und beweisen, wie sehr er auf Zack war. Auch wenn sich niemand über die Nachricht mehr amüsierte als er selbst.

„Es ist nicht zu fassen", kicherte er los, den rechten Zeigefinger in die Höhe gereckt, kaum dass sich die gesamte Kollegenschar in dem Karree aus Tischen und Stühlen zusammengesetzt hatte, „sie werden diesen Fritz Uhl für den toten Kemmling auftreten lassen. Fritz Uhl – seines Zeichens der übel gelaunteste Gastwirt von Mainz, ausgewiesener Fastnachtsfeind, FC Bayern-Fan, Arschloch und Bruder von unserem Uhlchen, die mir sicher nicht böse ist, weil sie meine Einschätzung im Grunde ihres Herzens teilt. Und nicht nur das: Der Sitzungspräsident wird danach Fernsehdeutschland vom tragischen Tod Karl Kemmlings unterrichten und erklären, dass man die Nummer im Programm gelassen hätte, weil man den Verstorbenen auf diese Weise ehren wolle und sicher sei, in seinem Sinne zu handeln." Gekicher und Kopfschütteln allenthalben. Doch Graf war noch nicht fertig.

„Ich habe eben mit dem Sitzungspräsidenten vom GCV telefoniert, er ist fassungslos angesichts dieser Leichenfledderei – aber zitieren darf ich ihn natürlich nicht", gackerte er weiter. „Er war natürlich dagegen, doch Uhlchens alter Herr hat sich auf breiter Front durchgesetzt. Welcher Fastnachter kann dem größten Mainzer Großbäcker schon einen Wunsch abschlagen? Vermutlich hat er mit einem Kreppel-Embargo gedroht, wenn sie ihn aus dem Programm schmeißen." Erneut Gekicher.

Corinna spürte, wie ihr das Blut in den Kopf schoss. Jetzt musste sie sich tatsächlich für ihren Vater in Grund und Boden schämen, und das mit 38. Der Fluch des Narrenblutes.

Wieder mal bereute sie bitter, nie aus dieser Stadt weggegangen zu sein. Dabei hatte sie sich ihr Leben lang doch nichts sehnlicher gewünscht, als aus dem Schatten ihres Vaters herauszutreten. Doch dazu hätte sie sich auch geographisch verändern müssen, und eben dafür war sie immer zu bequem gewesen. Das Schlimmste war, dass sie nicht genau wusste, ob sie die Redakteursstelle bei dieser Zeitung nicht vielleicht doch dem Einfluss und der Position ihres Vaters zu verdanken hatte. Sie hatte sich dies seinerzeit bei ihm zwar ausdrücklich verbeten, als sie den Job zu ergattern versuchte. Aber ob er sich daran gehalten hatte?

Jetzt war sie fast zehn Jahre hier und träumte immer noch davon, sich die Tür zu den großen Redaktionsstuben in Berlin oder Hamburg aufzustoßen, in dem sie mit einer Geschichte ganz groß herauskam, mit einem Skandal, den sie aufdeckte, einer ganz großen Sauerei. „In die Bundesliga aufsteigen", hieß dies im internen Kollegenkreis. Doch im Grunde hatte sie nie etwas getan, um sich diesen Traum zu verwirklichen. Statt dessen saß sie hier und schämte sich für ihren Vater. Im Grunde war sie nicht besser als ihr Bruder Fritz. Und der war ein Idiot.

Nach der Konferenz saß Corinna an ihrem Schreibtisch im Großraumbüro und versuchte, einen klaren Gedanken zu fassen. Was nicht einfach war: Zu ihrer Rechten knarzte ihr Kollege Knoll eine Praktikantin zu, ließ sie mit generösen Gesten teilhaben an seinem reichen Wissensschatz. Dagegen wäre ja nichts zu sagen gewesen, hätte er nicht über eine Nerven zerschneidende Schnarrstimme verfügt, die wie ein Automotor klang, der bei Frost nicht ansprang. Ein paar Meter weiter zu ihrer Linken telefonierte Graf mit einem Fastnachter. Auch das wäre zu ertragen gewesen, hätte Graf sich nicht seines unerträglichen Mainzerischs bedient, mit dem er sich so gerne bei seinen Mundart babbelnden Gesprächspartnern ankumpelte.

Knoll knarzte und knarzte ohne Unterlass weiter seine Praktikantin zu. Erklärte ihr gerade die fünf „W“, die im ersten Absatz eines Zeitungsartikels abzuhandeln waren „Wer? Was? Wann? Wo? Warum?“ Diese entsetzliche Quäkstimme. Mit diesem widernatürlich gerollten „r“. Am liebsten platzierte er es in seinem Lieblingswort „großartig“. Grrroßartig.

Das Scheppern ihres Telefons kam ihr wie eine Art Erlösung vor.

„Uhl“, meldete sie sich.

„Schönen guten Tag, Frau Uhl. Ich kann Ihnen ja gar nicht sagen, wie sehr ich mich freue, einmal Ihre Stimme zu hören.“

Wer war denn das? Der Mann am anderen Ende der Leitung klang nicht mehr ganz jung, aber sehr männlich, als seien seine Stimmbänder ein Leben lang von Gitanes Mais und Pastis aufgeraut worden. Und in der Tat schwang auch ein leichter französischer Akzent in seiner Stimme mit, doch war er durchaus fähig, ein „H“ auszusprechen.

„Und wer freut sich so, meine Stimme zu hören?“, fragte Corinna.

„Mein Name ist Robert Hunslicker. Ich weiß nicht, ob Sie schon einmal von mir gehört haben“, sagte die Stimme.

„Ich hoffe, ich enttäusche Sie nicht, wenn ich ehrlich bin: Ich kann mich nicht erinnern.“

Er lachte auf, kurz und trocken. Er hörte sich sympathisch an. Ein Franzos’, três charmant. In ihrer Phantasie gab sie ihm die Gestalt des reifen Yves Montand.

„Aber nein, Sie enttäuschen mich doch nicht. Ich dachte nur, Ihre Mutter hätte meinen Namen mal erwähnt. Oder Karl.“

„Welcher Karl?“

„Karl Kemmling. Er war mein Freund."

„Ich habe Herrn Kemmling kaum gekannt", gab Corinna sofort zurück, Schlimmes fürchtend. Ein Freund Karl Kemmlings, nein, das musste wirklich nicht sein. Bestimmt jemand, der noch dies und das über seinen toten Freund lesen wollte, weil das, was bislang über ihn geschrieben stand, ihm einfach nicht gerecht werde und bla, bla, bla.

So leicht ließ sich dieser Anrufer jedoch nicht abkanzeln. „Aber Sie sind doch Journalistin", beharrte er. „Und Ihre Zeitung hat doch auch über diesen Fall berichtet, wie ich gelesen habe." Er sagte „Fall". Das verhieß ebenfalls nichts Gutes.

„Das ist richtig. Aber ich hatte auch dienstlich nicht mit Herrn Kemmling zu tun. Den Artikel über ihn hat ein Kollege recherchiert, Herr Graf. Ich kann Ihnen gerne seine Durchwahl geben ... „

„Ich würde mich dennoch lieber mit Ihnen unterhalten. Ich habe schon so viel von Ihnen gehört, da fällt es mir einfach leichter, mich Ihnen anzuvertrauen."

Widerlicher kleiner Schleimer, dachte Corinna, was willst du schon groß von mir gehört haben? „Hören Sie", versuchte sie weiter tapfer, ihn abzuwürgen. „Ich bin hier mit einer Menge Dinge beschäftigt, ich kann mich nicht einfach so mit einem Thema befassen, das schon ein Kollege bearbeitet."

„Vielleicht können Sie mir doch einen Moment zuhören." Yves Montand zeigte, dass er hartnäckig sein konnte.

Schöne Scheiße, dachte Corinna. Sie entschloss sich, die Sache schnell hinter sich zu bringen. „Für ein persönliches Gespräch habe ich derzeit wirklich kaum Zeit – sagen Sie mir halt schnell jetzt am Telefon, was Sie auf dem Herzen haben."

„Nun, ich finde, der Artikel, den ihr Kollege geschrieben hat, wirft mehr Fragen auf, als er beantwortet", rauchte Yves Montand los, als hätte er nur auf diesen Einsatz gewartet.

„Inwiefern?"

„Da heißt es etwa, die Polizei schließe eine Fremdeinwirkung aus. Es steht aber nicht da, aufgrund welcher Erkenntnisse sie das tut."

„Das ist eben die Information, die wir von der Polizei bekommen haben. Die teilen uns nicht jede Einzelheit ihrer Ermittlungen mit. Das schätzen unsere Leser oft falsch ein."

„Hhm. Nächste Frage: Warum wird Karl schon so rasch, nachdem seine Leiche gefunden wurde, beerdigt?"

„Wird er?"

„Ja. Morgen schon. Wussten Sie das noch nicht?"

„Nein. Aber drei Tage nach seinem Ableben, das ist ja wohl normal..."

„Bei einem natürlichen Tod, ja. Aber Karl ist wohl kaum eines natürlichen Todes gestorben. Ob Unfall, Selbstmord oder was auch immer – es war ein nicht natürlicher Tod. Das heißt, die Behörden sind zu Ermittlungen verpflichtet, die über eine simple Todesfeststellung hinaus gehen. Es muss zum Beispiel im Umfeld des Todes recherchiert werden, gegebenenfalls nach einem Abschiedsbrief gesucht werden, der den Verdacht auf Selbstmord erhärten könnte. Wissen Sie, ob Ihre Eltern vernommen worden sind?"

„Ich weiß es nicht genau, aber ich denke schon."

„Und Karls Hausarzt?"

„Das weiß ich nicht. Ich weiß ja nicht einmal, wer sein Hausarzt war. Herr Kemmling lebte ja eigentlich gar nicht in Mainz. Mein Vater hatte ihn nur während der Kampagne bei uns zuhause einquartiert."

„Weiß ich. Meine gravierendste Frage ist aber: Ist Karl obduziert worden? Gerade aufgrund der spärlichen Informationen, die die Behörden hatten, hätte unbedingt eine Leichenöffnung durchgeführt werden müssen. Und dann müssen eventuelle Ergebnisse erst einmal ausgewertet und abgewartet werden. Wie soll das aber geschehen sein, wenn sein Leichnam so schnell zur Beerdigung freigegeben worden ist?"

„Nun ja, was hätte eine Leichenöffnung gebracht? Er ist aus dem Rhein gefischt worden, also ist er ertrunken."

„Mit Verlaub, meine Liebe, Ihre Arglosigkeit ist für eine Journalistin geradezu sträflich", belehrte sie der Franzose, was Corinnas anfängliche Sympathie endgültig ins Gegenteil verkehrte. „Es muss zum Beispiel festgestellt werden, ob sich Wasser in der Lunge befindet – wenn nein, ist er nicht ertrunken, sondern wurde erst nach seinem Tod in den Fluss geworfen. Und wenn ja, muss festgestellt werden, ob es sich um Flusswasser handelt – denn wenn nein, ist er woanders ertrunken. Dann muss der Körper auf Beulen oder Abschürfungen untersucht werden. Wurden diese vor oder nach dem Exitus zugefügt? Das lässt sich alles feststellen – wenn man es feststellen will."

„Und woher wissen Sie das alles? Sind Sie der mittlerweile pensionierte Monsieur Maigret?“, frozzelte Corinna.

„Non. Aber ich war Versicherungsdetektiv. Da lernt man auch, Fragen zu stellen.“

„Und warum tun Sie das nicht bei den Behörden, die Ihnen diese Fragen beantworten können?“

„Weil die Herrschaften mir meine Fragen kaum beantworten werden“, parierte er ohne Umschweife. „Ich war ja mit Karl nicht verwandt. Wenn ich zur Polizei gehe, bin ich nur ein komischer alter Kauz, der sich wichtig macht und den Beamten auf die Nerven geht. Ich bin ja nicht einmal von hier. Sie aber sind Journalistin und haben bestimmt Ansprechpartner bei Polizei und Staatsanwaltschaft. Der Tod eines berühmten Karnevalisten stößt ja auch auf öffentliches Interesse, da wird es niemanden wundern, wenn sie ein paar Fragen zusätzlich stellen. Möchten Sie das nicht für mich tun?“

Corinna kniff die Lippen zusammen. So viel war ihr bereits klar geworden: Mit Hinhalten erreichte sie bei diesem Typ nichts. Er würde von heute an immer wieder anrufen und fragen, bis ans Ende seiner Tage. Und so ganz uninteressant hörte es sich ja in der Tat nicht an, was er da sagte.

„Gut, wenn Ihnen so sehr daran liegt, frage ich mal nach“, lenkte sie ein.

„Das ist sehr lieb von Ihnen. Ich wusste, dass Sie mich nicht enttäuschen. Au revoir.“

Normalerweise behielt es sich der Leitende Oberstaatsanwalt vor, Presseanfragen selbst zu beantworten. Aber offenbar hatte er keine Zeit oder keine Lust, oder aber Oberstaatsanwalt Henn gehörte zu seinen engen Vertrauten, die solcherlei auch einmal selbst erledigen durften, oder aber Henn hatte sich aus irgendeinem Grund ausbedungen, eventuelle Auskünfte selbst zu erteilen. Jedenfalls wurde Corinna mit ihm verbunden, als sie im Vorzimmer des Leitenden anrief, um noch einige Nachfragen zu der „Kemmling-Sache“ anzumelden.

Das war ihr nicht unbedingt Recht. Denn sie mochte Henn ebensowenig leiden wie er sie. Henn war dafür bekannt, dass er gerne zum Telefon griff, um sich über Zeitungsartikel zu beschweren und „mit rechtlichen Schritten“ zu drohen. Dabei ging es nicht etwa um Artikel über seine staatsanwaltliche Arbeit. Henn war auch Vizepräsident der Mainzer Kurfürstengarde, eine der angesehensten Korporationen der Stadt. Er gehörte zu dem Typus Funktionär, der niemals selbst auf der Bühne gestanden hatte. Vor sich selbst und seinen Vereinskameraden bezeichnete Henn sich gern als „Anwalt der MKG.“ Was bedeutete: Sobald irgend etwas in der Zeitung über den Verein zu lesen war, griff er zum Telefon, beschwerte sich bitterlich beim zuständigen Redakteur und drohte mit „rechtlichen Schritten.“ Nachfragen seines Gegenübers, wie er diese juristisch begründen wolle, beantwortete er grundsätzlich nie. Denn Henn war Staatsanwalt, und er wusste, dass sein Gegenüber wusste, dass er Staatsanwalt war, und daher erwartete er, dass sein Gegenüber sich in die Hosen machte, wenn er, der Staatsanwalt Henn, mit „rechtlichen Schritten“ drohte.

„Henn“, meldete er sich knapp, als Corinna zu ihm durchgestellt worden war, und bereits dieses „Henn“ klang wie: „Mach es kurz, und stiehl' mir nicht die Zeit.“

Corinna sagte ihren Namen und floskelte ein „Ich hoffe, ich störe Sie nicht“ hinterher – blödsinnigerweise, denn bei Henn provozierte dies zwangsläufig ein „Doch, das tun Sie, aber ich will mal nicht so sein“.

„Es geht um die Karl-Kemmling-Sache“, legte sie los.

„Eine Sache ist das eigentlich nicht, sondern ein liebenswerter alter Kerl gewesen“, gab Henn sich sogleich unausstehlich besserwisserisch. „Das ist eine traurige Geschichte, über die alles, was es dazu zu sagen gibt, bereits in den Zeitungen stand – auch und sogar in ihrer.“

„Nun, ja, mir ist etwas aufgefallen, was ich mir gerne von Ihnen erklären lassen würde", ließ Corinna sich nicht aus der Spur bringen. „Mich haben Leute angesprochen, die sich wundern, weshalb Herrn Kemmlings Leichnam schon drei Tage nach seinem Tod zur Beerdigung freigegeben worden ist. Ein unnatürlicher Tod – und um so einen handelt es sich hier – zieht doch immer Ermittlungen nach sich, die eine gewisse Zeit beanspruchen."

Corinna hörte Henn atmen. Es dauerte drei, vier Sekunden, ehe er antwortete.

„Frau Uhl, ich verstehe ehrlich gesagt nicht, auf was Sie hinaus wollen. Wollen Sie uns vorwerfen, wir würden unsere Arbeit nicht richtig machen?"

„Aber Herr Henn, ich möchte Ihnen doch nichts vorwerfen. Ich frage nur nach, weil es einigen Lesern aufgefallen ist, und, ehrlich gesagt, mittlerweile wundert es mich auch ein wenig." Immerhin war sie offenbar auf etwas gestoßen, was ihm unangenehm war. Das tat gut.

„Ich kann Ihnen dazu nur sagen, dass alle erforderlichen Ermittlungen durchgeführt worden sind", erklärte Henn nach einer weiteren Pause. „Die Mainzer Kripo arbeitet eben schnell. Und da ihr Bericht keine Fragen offenließ, bestand keine Veranlassung, den Leichnam nicht zur Beerdigung freizugeben. Soweit ich weiß, wäre eine Bestattung erst am Aschermittwoch wieder möglich gewesen. Übrigens war es vor allem ihr Vater gewesen, Frau Uhl, der Himmel und Hölle in Bewegung gesetzt hat, um noch vor den Feiertagen einen Termin auf dem Laubenheimer Friedhof zu bekommen. Verwandte hatte der arme Karl ja leider nicht mehr."

„Ist Karl Kemmlings Leichnam denn obduziert worden?"

„Weshalb wollen Sie denn das wissen?"

„Bei einem unnatürlichen Tod wird doch immer eine Obduktion angeordnet."

Sie hörte, wie Henn wieder durchschnaufte, nunmehr mindestens schon mittelschwer genervt. Herrlich.

„Das ist wie im Fußball", erklärte er unwillig. „Abseits ist, wenn der Schiedsrichter pfeift. Obduktion ist, wenn wir sie anordnen."

„Aber bei einem Ertrunkenen muss doch untersucht werden, ob sich Wasser in der Lunge befindet, weil nur so sich exakt sagen lässt, ob der Tod wirklich durch Ertrinken eingetreten ist."

Wieder drei, vier Sekunden Stille am anderen Ende der Leitung.

„Sagen Sie mal, weiß Ihr Vater eigentlich, dass Sie dem armen Karl seine verdiente Ruhe nicht gönnen wollen?"

Das war wirklich die unterste Schublade, fluchte Corinna im Stillen, ganz Henn, ganz Arschloch: Wenn du nicht gleich aufhörst zu nerven, sag' ich´s deinem Vater, dann zieht er dir die Ohren lang.

Um so mehr bemühte sie sich, in ihrer Antwort so viel Gelassenheit wie möglich mitschwingen zu lassen. „Ich rede mit meinem Vater nur selten über meine Arbeit, Herr Henn. Aber Sie sind mir noch die Antwort auf meine Frage schuldig."

„Ich sage Ihnen etwas: Ich bin Ihnen gar nichts schuldig. Wenn Sie überzeugt sind, dass Sie den Schwachsinn, den Sie hier vorbringen, zur Grundlage eines diskriminierenden Artikels über unsere Arbeit machen können, tun Sie es doch. Wir werden darauf schon zu reagieren wissen."

„Aber warum denn so dünnhäutig, Herr Henn?"

„Jetzt entschuldigen Sie mich bitte. Ich habe noch zu tun."

„Herr Henn, dann beantworten Sie mir doch bitte noch diese eine Frage ganz konkret und eindeutig: Ist Karl Kemmlings Leichnam obduziert worden?" kitzelte Corinna noch einmal genüsslich den Kern der Sache hinaus.

„Nein." Und damit hängte er ein. Corinna feixte. Eines musste man Monsieur Versicherungsdetektiv lassen: Er gab ihr gute Fragen an die Hand.

Das Gespräch mit Henn hatte Corinna neugierig gemacht. Henn war zwar ein Miesepeter, aber doch schon ein paar Jahre im Geschäft und entsprechend abgeklärt. Dass er auf ein paar einfache Fragen derart gereizt reagierte, war ungewöhnlich – und dies konnte keinesfalls daran liegen, dass ihm Kemmlings Tod tatsächlich nahe ging. Jetzt wollte Corinna mehr wissen.

Da Knoll nicht aufhörte, sie zu nerven, entschloss sie sich, der Redaktion für den Nachmittag zu entfliehen. Schließlich bot es sich an, Hasselblatts übertriebene Fürsorgepflicht, die er ihr gegenüber gerade an den Tag legte, noch ein wenig auszunutzen. Daher ging sie in sein Kabuff und fragte ihn, ob sie heute Nachmittag frei bekommen könne, sie müsse dringend nach ihren Eltern sehen, „die Sache" hätte sie doch arg mitgenommen. Hasselblatt willigte ohne zu Zögern ein und wischte sich den Schweiß von der Stirn. Weshalb er schwitzte, war ein ewiges Rätsel. Es war nicht warm und angestrengt hatte er sich erst recht nicht. Er hatte vor Corinnas Besuch in seinem Kabuff nichts getan und würde auch danach nichts tun. Hasselblatt schwitzte einfach immer.

Glücklicherweise war einer der Dienstwagen frei, die in dem Parkhaus in der Bauerngasse geparkt waren. Corinna schob sich damit durch Rheinstraße und Weisenauer Straße, kam so schlecht voran wie immer, weil die zahlreichen Ampeln auf der Verkehrsader so assynchron geschaltet waren, dass an eine „Grüne Welle" nicht zu denken war. Nach einer Viertelstunde etwa erreichte sie den Bungalow in Laubenheim, der ihr Elternhaus war und den sie immer noch als „Zuhause" bezeichnete, obwohl sie schon vor 16 Jahren ausgezogen war. Ihre Mutter öffnete, begrüßte sie mit einem warmen mütterlichen Lächeln. Sie freute sich aufrichtig und Corinna schämte sich ein wenig, dass ihre Mutter nun glaubte, ihre Tochter sei tatsächlich gekommen, um nach ihren Eltern zu sehen.

Wie so oft wünschte sie sich beim Anblick ihrer Mutter nichts sehnlicher, als einmal in ähnlich würdiger Weise zu altern wie sie: Katharina Uhl war fast schlank geblieben, ohne aber so übertrieben ihre Figur gehalten zu haben wie die begüterten Matronen, die sich mit allerlei Kuren in mondänen Bädern die Formen bewahrten und dabei den allzeit entsagenden Gesichtsausdruck preußischer Gouvernanten annahmen. Katharina Uhls Greisinnenkörper rundete sich gerade so, wie Kinder und Enkelkinder es an Müttern und Omas liebten, und doch hätte man sie unmöglich als füllig bezeichnen können. Ihr Gang und auch ihre sonstigen Bewegungen waren immer noch fließend und von der zurückhaltenden Eleganz, die sie ein Leben lang ausgezeichnet hatte. Und im Grau ihrer Haare fand sich immer noch ein Hauch ihres einstigen Rotblonds. Sie hatte nie begonnen, sich die Haare zu färben.

Ta-taa, ta-taa, ta-taa, dröhnte es aus dem Fernsehzimmer, das bei Uhls vom Wohnzimmer getrennt war. Ihr Vater sah fern, und es kostete Corinna nicht viel Phantasie, sich zusammen zu reimen, was er schaute: Das bewusste Video, das sie in ihrer Kindheit ungezählte Male hatte sehen müssen.

Corinna betrat den weitläufigen, hellen Wohnraum. Zu ihrer Überraschung waren ihre Eltern allein. Die erste Welle der demonstrativen Beileidswünscher und Beisteher war offenbar gerade abgeebbt. Ihre Mutter bedeutete ihr, in der Essecke Platz zu nehmen, die mit einem schweren Bauerntisch aus Eiche und dazu passenden Stühlen eingerichtet war. Dahinter gaben Panoramafenster den Blick auf einen dicht bewachsenen, aber penibel gepflegten Garten frei, der sich selbst um diese Jahreszeit in saftigem Grün präsentierte.

Ohne weitere Worte zauberte Katharina Uhl ein Tablett mit einer Thermoskanne, zwei Tassen mit Untertellern, zwei Brottellern und einem kleinen Korb mit Kreppeln herbei. Es war selbstverständlich, dass jeder, der bei Uhls zu Besuch kam, bewirtet wurde. Wahrscheinlich war Corinnas Mutter auch gestern Abend unentwegt unterwegs gewesen, um die Narrenplage, die sie zum Kondolieren heimsuchte, mit Häppchen und Getränken zu versorgen.

„Ach, das wär' doch nicht nötig gewesen", entgegnete Corinna dennoch, weil sie an dieser Stelle dies immer entgegnete.

Katharina Uhl schenkte erst ihrer Tochter, dann sich Kaffee ein. Ta-taa, ta-taa, ta-taa, drang es erneut aus dem Fernsehzimmer. Ansonsten war nicht viel zu hören. Nur Wortfetzen, Mainzerische Dialektausdrücke wie etwa Strunz, das so viel bedeutete wie Angeberei, oder Kitt, was Ärger oder Sorge hieß.

„Hat Papa alles gut überstanden?", fragte Corinna, um sich noch ein wenig als mitfühlende Tochter zu profilieren.

Ihre Mutter nickte schwer. „Im Großen und Ganzen ja. Sicher, die ersten paar Stunden war er überhaupt nicht ansprechbar. Aber dann hat er sich ganz gut gefangen. Natürlich hat Dr. Ziehlke auch mal nach ihm gesehen, ihm auch ein paar Beruhigungsmittel verabreicht. Dr. Ziehlke war es übrigens auch, der Karl gefunden hat."

Dr. Ziehlke wohnte in der Nachbarschaft. Er war der Hausarzt der Uhls, seit Corinna denken konnte. Mittlerweile hatte er das Pensionsalter erreicht, seine Praxis an seinen Sohn weitergegeben, doch behandelte er, da er offenbar nicht ohne Lebensaufgabe sein konnte, munter Privatpatienten weiter, Freunde und Bekannte. Und davon hatte er einige, denn er saß im Großen Rat der Kurfürstengarde. Er also war der erste Arzt gewesen, der den toten Kemmling gesehen hatte – interessant. Corinna entschloss sich, ihm im Anschluss noch einen Besuch abzustatten.

„Meinst du nicht, dass er sich zuviel zumutet, wenn er dennoch in der Fernsehsitzung auftritt?", fragte Corinna weiter, sogar ein bisschen ernsthaft besorgt. Denn zu dem Live-Auftritt musste ihr alter Herr auch noch die öffentliche Generalprobe durchstehen, die traditionell mittwochs, also heute Abend, anberaumt war. Einen Tag nach diesem Schock war dies wirklich eine nicht zu unterschätzende Belastung für den alten Uhl, mit dessen Herz und Kreislauf es ohnehin nicht zum Besten stand.

Katharina Uhl schlug sorgenvoll die Augen nieder. „Wohl ist mir auch nicht dabei", gestand sie. „Aber du kannst dir doch selbst denken, dass es keine Chance gab, deinen Vater daran zu hindern. Wenn sie ihn aus dem Programm genommen hätten, hätte er das erst Recht nicht überlebt." Das war in der Tat ein überzeugendes Argument.

„Und Fritzchen war gleich Feuer und Flamme von der Idee, Kemmling zu ersetzen?", fragte Corinna mit einem ironischen Lächeln, das ihre Mutter sogleich verstand.

„Ich muss dir doch nicht erklären, wie das gelaufen ist", antwortete sie. Nein, musste sie wirklich nicht.

„Heute hat mich jemand angerufen. Ein Freund von Karl, der sagte, er kennt dich auch. Ein Franzose, ein gewisser Hunslicker."

„Hunslicker?" Katharina Uhls Augen öffneten sich weit.

„Der Name sagt dir nichts?"

„Doch, sicher. Ein Freund von Karl, in der Tat. Sie haben sich kurz nach dem Krieg kennen gelernt, Hunslicker war hier als Besatzungssoldat stationiert. Ein Elsässer. Ist er etwa hier in der Stadt?"

„Offenbar. Er will zu Kemmlings Beerdigung kommen. Und sich mit mir treffen."

„Mit dir treffen?“ Katharina Uhl verzog ihr Gesicht zu einer Grimasse, von der Corinna nicht Recht wusste, ob sie Verwunderung oder Ablehnung ausdrücken sollte. Doch sie wollte das Thema nicht weiter vertiefen, denn es war zu befürchten, dass sich ihre Mutter gleich in eine ihrer Nachkriegsgeschichten verlor, als Charly Uhl noch in Kriegsgefangenschaft war und sie sich alleine durchschlagen musste.

Daher fragte Corinna schnell, was der alte Franzose wissen wollte. Natürlich waren ihre Eltern von der Kripo vernommen worden – „von einem Kommissar Koffer“, wie ihre Mutter bemerkte.

„Den kenn‘ ich“, freute sich Corinna über den Hinweis. Eine weitere Quelle, die sie anzapfen konnte, falls es sich wirklich lohnte, der Sache weiter nachzugehen.

Selbstverständlich hatte die Polizei auch das Zimmer untersucht, das Kemmling im Hause Uhl bezogen hatte, jedoch nichts von Bedeutung gefunden – und schon gar keinen Abschiedsbrief. „Wieso hätte sich der arme Karl auch umbringen sollen?“, fragte Katharina Uhl auf eine entsprechende Andeutung Corinnas zurück.

Und die schnelle Beerdigung? Ja, in der Tat sei auch „der Papa“ dafür gewesen, bestätigte sie. Die Frage nach der Obduktion irritierte Katharina Uhl aber nur. „Weshalb hätte man den armen Karl nochmal aufschneiden sollen?“, fragte sie, so entsetzt, dass Corinna den Punkt nicht weiter vertiefen wollte.

Doch dann stellte ihre Mutter ihr die Frage, die Corinna bereuen ließ, dass sie sich auf diesen Besuch eingelassen hatte: „Kind, du kommst doch auch Morgen zur Beerdigung, ja?“ Und schon gleich darauf hinterher: „Vater bedeutet es sehr viel, dass unsere kleine Familie geschlossen anwesend ist. Fritz wird auch da sein. 14.30 Uhr, Laubenheimer Friedhof.“

Mist, fluchte Corinna. Aber hatte sie sich dies nicht denken können? Charly Uhl wollte auch den Heimgang seines Büttenpartners zu seiner Inszenierung machen, und da war sie als Komparsin unverzichtbar. Er wollte mit Frau und Kindern am Grab stehen, und er wollte nicht, dass die Honoratioren der Stadt, die ebenfalls geschlossen an der Grube stehen würden, fragten, wo denn die Tochter des alten Uhl sei.

Andererseits: Wegbleiben konnte sie auch nicht. Ihr Vater würde nie wieder ein Wort mit ihr reden, wenn sie es tat. Also sagte Corinna ihrer Mutter zu und wärmte sich zum Trost an ihrem dankbaren Lächeln – und an den Hinweisen auf Ziehlke und Koffer, die sie aus dem Gespräch mitnahm.

Corinna überlegte angestrengt, wo sie dieses Bild schon einmal gesehen hatte: Ein finsterer, hagerer Mann kam auf einem hellen Pferd über karges Land geritten. Ein Film. Das war eine Szene aus einem Film, den sie einmal gesehen hatte. An diesem trüben, kalten Mittwoch Nachmittag aber war es Dr. Ziehlke, der ihr entgegen getrabt kam, einen robust angelegten Feldweg entlang, nur ein paar hundert Meter vom Laubenheimer Kilianshof entfernt.

Dorthin hatte Ziehlkes Frau Corinna geschickt. Sie hatte auf ihrem Heimweg noch einmal an seiner Privatadresse gestoppt, einer spontanen Idee folgend, um noch kurz mit dem Arzt zu reden, der Kemmlings Tod festgestellt hatte. Ziehlkes Frau war eine grauäugige und schon leicht angrauende Mittvierzigerin mit kühlen, glatten blonden Haaren, die bestimmt „Frau Dr. Ziehlke" genannt werden wollte und sicherlich schon die zweite oder dritte „Frau Dr. Ziehlke" war. Und sie hatte Corinna sehr misstrauisch gemustert, als ob sie fürchtete, die merkwürdige Besucherin könne etwas Ungutes im Schilde führen, etwa den Plan, die dritte oder vierte „Frau Dr. Ziehlke" zu werden. Wenigstens hatte sie Corinna korrekt angegeben, wo ihr Mann zu finden war.

Ziehlke sah aus, wie er immer aussah, und das wollte etwas heißen, denn Corinna kannte ihn schon, seit sie denken konnte, seit er sie gegen ihre diversen Kinderkrankheiten behandelt hatte. Er war immer ein alter, knöcherner Riese gewesen, und sie hatte sich vor ihm gefürchtet und wahrscheinlich war sie deswegen ein Kind gewesen, das nicht so häufig krank geworden war wie andere Kinder: weil sie sich vor jedem Arztbesuch fürchtete. Vielleicht musste er so schrecklich sein, um ein guter Arzt sein zu können, hatte sie damals geglaubt. Die langen, knochigen Finger etwa benötigte er, um die Krankheiten seiner Patienten ertasten zu können, und die finsteren, kalten Augen, um ihre Gebrechen erkennen zu können, wenn er ihnen mit Daumen und Zeigefinger die Augenlider auseinanderzog und in den Kranken hinein blickte.

Jetzt, wo sie ihn daher traben sah, wollte Corinna allerdings nichts mehr von ihrer kindlichen Furcht wissen, denn sie war inzwischen eine erwachsene, aufgeklärte und obendrein hartgesottene Journalistin, die an einer „Sache dran" war, an der etwas „oberfaul" war. Aber ein wenig Unwohlsein spürte sie doch, als er näher gekleppert kam, auf seiner fahlen Mähre, die ebenfalls riesig und knöchern war, irgendwie ein Pferd gewordenes Abbild von Ziehlke – und sie schritt daher, als würde sie sich bei jedem Huftritt erneut bewusst, dass sie einen bedeutenden Mediziner trug, ein hervorragendes Mitglied der Mainzer Gesellschaft und ein Großes Ratsmitglied der Mainzer Kurfürstengarde sowieso.

Corinna beschloss, es charmant-unbedarft angehen zu lassen, das schien ihr der beste Weg zu sein, nachdem sie „Frau Dr. Ziehlke" kennen gelernt hatte, denn diese sprach für ein gewisses Interesse Ziehlkes an jüngeren Frauen.

„Hallo, Herr Dr. Ziehlke", strahlte sie ihn an, als er sie erreicht hatte. „Wissen Sie noch, wer ich bin?"

Ziehlke zog die Zügel an, um seine Mähre zum Halten zu bringen. Dann kräuselte er die Stirn. Corinna wollte ihn nicht zu lange grübeln lassen und antwortete gleich selbst.

„Ich bin Corinna Uhl, die Tochter von Charly Uhl. Meine Mutter ist schon mit mir zu ihnen gekommen, als ich noch ein kleines Mädchen war. Masern, Windpocken, Mumps und so."

„Ah, ja, Corinna ..." Seine Stimme hatte noch nichts Greises, sie war so kalt und fest, wie sie immer gewesen war. Sein Blick, soweit er auszumachen war in seinen schwarzen Augenhöhlen, glitt an ihr hinunter, aber es war nicht festzustellen, ob ihm gefiel, was er sah. Corinna ließ ihn in Ruhe gewähren, da es der Sache diente. Schließlich war sie noch ein recht properes Paketchen, trotz ihrer 38 Jahre. Zwar war für Ziehlke nicht viel von ihrer Figur zu erkennen, da sie eine lange, wollene Jacke trug, bestimmt aber viel zu erahnen, und er war schließlich Kenner.

„Ich war gerade bei meinen Eltern zu Besuch", begann Corinna schnell, „da habe ich erfahren, dass Sie es waren, der den Tod von Karl Kemmling festgestellt hat, nicht wahr?"

Ziehlkes Gesicht zog sich noch mehr zusammen. Corinna hatte irgendwie gehofft, er sei einer von denen, die man nur mit weiblichem Charme anzustoßen brauchte und die dann einfach drauflos plapperten, aber nun fragte sie sich, wie sie das jemals hatte hoffen können. Ziehlke schwieg lange und es schien, als sei er borniert, kalt und unhöflich genug, einfach weiter zu schweigen, die Oberschenkel in die Seiten seiner Mähre pressen und ohne jedes weitere Wort weiter zu kleppern.

„Ja, und da wollte ich Sie einfach mal fragen, ob Ihnen irgend etwas Ungewöhnliches an Herrn Kemmlings Leichnam aufgefallen ist", legte Corinna nach.

„Was soll diese Frage?", zischte es aus der Finsternis in Ziehlkes Gesicht. Endlich.

Möglicherweise weiß er, dass ich Journalistin bin, dachte sich Corinna und entschied, auf der familiären Schiene zu bleiben, um ihn nicht noch misstrauischer zu machen, falls das überhaupt noch möglich war. „Es interessiert mich eben", gab sie keck zurück. „Wie Sie wissen, war Herr Kemmling ein Freund unserer Familie und ich habe mich, ehrlich gesagt, ein wenig gewundert, weil die Polizei so schnell mit ihren Ermittlungen fertig war und Herr Kemmling nun morgen schon beerdigt wird. Es soll, wie ich gehört habe, noch nicht einmal eine Obduktion gegeben haben, und da frage ich mich ..."

„Was fragen Sie sich?", unterbrach Ziehlke sie schroff.

„Ich frage mich, ob da etwas nicht stimmt", erklärte Corinna entschlossen.

„Blödsinn!" – Ziehlke schrie fast, mit dem alles vernichtenden und verachtenden Unterton eines Gelehrten, dem ein naseweises und vorlautes Erstsemester mit einer schwachsinnigen Theorie die Zeit stahl. „Herr Kemmling hatte eine tödlichen Unfall. Da gab es nichts zu ermitteln und nichts zu obduzieren." Und mit diesen Worten setzte er seine Mähre in Bewegung und ließ Corinna stehen.

Sie sah ihm nach, bis ihr wieder die Szene und der Film einfielen, an die sie der Anblick erinnerte. Es war der Anfang von „Pale Rider", einem Western aus den frühen Siebzigern. Ein Farmermädchen liest aus der Bibel vor, als Clint Eastwood auf einem schmutzigen weißen Pferd einen kargen, kalten Weg entlang getrabt kommt. Das Farmermädchen erblickt ihn, gerade als sie laut vorgelesen hat:

„Und ich sah ein fahles Pferd, und der darauf saß, dessen Name war Tod, und die Hölle folgte ihm nach."

Corinna bekam eine Gänsehaut.

Corinna kam schon am frühen Abend in ihre Wohnung in der Walpodenstraße zurück und versuchte sich einen Reim auf das zu machen, was sie in den vergangenen Stunden erfahren hatte, aber am Ende wunderte sie sich am meisten über sich selbst. Da hatte sie ein alter Spinner angerufen, von dem sie kaum etwas wusste und von dem im Grunde doch nicht mehr zu halten war wie von den vielen anderen Spinnern, die sie anriefen, wenn in der Stadt irgend jemand auf nicht alltägliche Weise zu Tode gekommen war. Sie warteten mit halbgaren Infos auf, gaben ihr meist hanebüchene Recherche-Tipps oder abstruse Theorien zum Besten. Aber eigentlich wollten sie doch nur, dass ihnen jemand zuhörte. Sie hatte doch Erfahrung mit diesen Typen.

Doch dieser alte Franzose hatte es ohne jede Anstrengung geschafft, dass sie sich über mehrere Stunden ernsthaft mit dem Tod dieses sonderbaren alten Kauzes befasst hatte. War sie da tatsächlich auf etwas gestoßen? Auf den Riesenskandal, die große Riesensauerei, die ihr einen fette Aufmacher mit Autorenzeile und Angebote angesehener Redaktionen bescheren würde, den späten Sprung in die „Bundesliga" also? So richtig konnte sie nicht daran glauben. Noch nicht.

Obwohl: Ein netter lokaler Aufmacher musste sich doch auch aus den Fakten, die sie bislang zu Tage gefördert hatte, drehen lassen. Wegen oberflächlich geführter Ermittlungen im Todesfall Karl Kemmling oder so. Und wenn der Artikel nichts bewirkte, außer dass Henn sich ein Magengeschwür ärgerte – war das nicht allein schon die Sache wert?

Corinna hätte sich während ihrer Grübeleien gerne eine Zigarette angezündet, doch sie hatte keine im Haus. Sie rauchte so selten, dass sie es nicht einmal schaffte, sich ein Päckchen „für alle Fälle" zu bevorraten. Also saugte sie nur die Ruhe ein und ließ ihren Blick durch ihr Einzimmerapartment schweifen. 105 Quadratmeter, Designer-Möbel vom Sonderposten-Verkauf an der Mombacher Phönix-Halle, Zimmerpflanzen aus Asien, über die Wände sparsam verteilt einige Kunstdrucke. Der blaugrau-samtene Teppichboden, der noch ohne Ränder war, der schwere Marmoraschenbecher auf dem gläsernen Wohnzimmertisch, der sein musste, obwohl sie nicht rauchte, die mundgeblasenen Glasobjekte auf den Regalen: Jedes Stück von ihr ausgesucht und in die Wohnung drapiert. Alles war wohldurchdacht und wohlgeordnet, um Wohlgefühl zu verströmen. Zerzaust und zerwühlt war einzig ihr französisches Bett, auf das sie sich bereits gelegt hatte. Ansonsten bot sich ein Bild wie aus einem Lifestyle-Katalog. Das hatte sie sich alles gegönnt, nachdem sie sich von Freddy getrennt hatte. Und dennoch: Iris' Unordnung fand sie gemütlicher, zumindest manchmal, und sie wusste selbst nicht, warum.

Das Läuten des Telefons riss sie aus ihren Gedanken. Es war ihre Mutter.

„Kind", begann sie und klang sehr besorgt, „dein Vater ist gerade von der Generalprobe nach Hause gekommen und hat erzählt, dass sich einige von seinen Bekannten über dich geärgert hätten, weil du in der Gegend herumrennst und sie mit Fragen nervst, wegen Karl."

Aha. Henn hatte also wahrgemacht, was schon aus seinen Worten herauszuhören war: Er hatte sich beim Papa beschwert, damit er seiner Göre den Mund verbat. Und Dr. Ziehlke war offenbar in der gleichen Weise verfahren.

„Das waren nur Routinerecherchen", gab Corinna zurück. „Musste ich machen. Für die Redaktion."

„Wirklich?" In der Stimme ihrer Mutter lag ein Argwohn, den Corinna von ihr nicht kannte. „Ist es nicht eher so, dass dir der alte Franzose irgendeinen Floh ins Ohr gesetzt hat?"

„Aber nicht doch, was denkst du denn", beschwichtigte Corinna, spürte aber, wie ihr dabei das Blut in den Kopf schoss.

„Dann lass' die Fragerei jetzt bitte, ja? Das regt deinen Vater nur noch mehr auf. Gönn' dem Karl seine Ruhe und fertig. In Ordnung?"

„Mama, ich mach' doch nur meine Arbeit", heuchelte Corinna weiter.

Ihre Mutter wünschte ihr eine gute Nacht, doch Corinna schlief noch lange nicht. Hatte ihr der Franzose tatsächlich „einen Floh ins Ohr" gesetzt? Es ließ sich jedenfalls nicht leugnen: Sie war sofort und brav der Fährte gefolgt, auf die er sie gesetzt hatte. Dabei hatte er nicht einmal erklärt, was seiner Ansicht nach hinter Kemmlings Tod steckte. Ein Mord etwa?

-Donnerstag (Altweiberfastnacht)-

Wehe, wenn sie losgelassen ...

Hexen, Möhnen, verrückte Weiber, heute treiben sie es wieder toll. So wie Illona, 24, kaufmännische Angestellte. Freund Bernd, 26, bleibt heute allein zuhaus. „Ich nehme mir meine Beziehungs-Auszeit, wie jede anständige Möhne an Altweiberfastnacht." Na, na, Illona: Hast du eben tatsächlich „anständig" gesagt? Illona grinst nur: „Ich will einmal im Jahr die Sau raus lassen, Spaß haben und mich am Morgen danach nicht rechtfertigen müssen – ist das zuviel verlangt?" Und wen wird sie behexen, wenn sie mit ihren Freundinnen heute Abend die Altweiberbälle unsicher macht? „Noch keine Ahnung, ich nehm's, wie's kommt. Hauptsache, er ist gut drauf." Illona hat so ihre eigene Philosophie, was die Wahl ihrer Hexenmeister angeht: „Typen, die als Cowboy, Batman, Superman oder Terminator unterwegs sind, kannst du vergessen. Wer es so nötig hat, den harten Kerl raushängen zu lassen, bringt's eh nicht, wenn's drauf ankommt. Coole Typen sind als Gartenzwerg oder so unterwegs. Mein leidenschaftliches Erlebnis hatte ich mit einem Quasimodo. Als wir miteinander fertig waren, hing ihm sein Buckel in den Kniekehlen." Wir glauben dir aufs Wort, Illona.

Natürlich kaufte Corinna die Zeitung mit den großen Buchstaben nicht. Aber wenn sie die aktuelle Ausgabe am Kiosk im Altmünstercenter hängen sah, überflog sie gerne im Vorbeigehen die Bildunterschrift unter dem obligatorischen Tittenbild auf der Titelseite. Illonas gewaltige Oberweite war großflächig freigelegt, während eine Rokoko-Perücke ihr Hirn versiegelte und eine Larve ihr Gesicht bedeckte.

Corinna zog es vor, sich am Gang durch die Mainzer Innenstadt zu erfreuen. Sie lief am Proviantamt vorbei, kreuzte die Schillerstraße, erreichte die Große Langgasse, von der aus sie in die Emmeranstraße einbiegen wollte. Schmunzelte wieder einmal leicht, als sie unmittelbar nacheinander Sex-Shop, Apotheke und Beerdingungsunternehmen passierte – eine Abfolge, die auf sie einen irgendwie verschrobenen Sinn machte. Sie erreichte die Fußgängerzone, die gerade begann, sich mit Leben zu füllen. Kaufleute und dienstbare Geister bereiteten hinter den Schaufenstern hastig die Öffnung ihrer Geschäfte vor. Vor den Eingängen der Kaufhäuser rotteten sich kleinere Gruppen zusammen, harrten frierend dem großen Moment entgegen: Die älteren Frauen mit flink umherspringenden Augen, denen kein günstiges Kaufangebot entgehen sollte, die rundlichen Ehemänner bereits mit der Gleichgültigkeit im Ausdruck, mit dem sie auch in den nächsten Stunden vor Parfümerien und Textilgeschäften abgestellt werden sollten. Ein Brezelverkäufer bezog Position, richtete sein ofenfrisch duftendes Backwerk für den ersten Ansturm.

Hier und da huschte eine Politesse übers Pflaster, ihre weichen Formen verleugnend unter gestärkter, strenger Uniform. Unterwegs, um Verkehrssünder ohne Anwohnerparkschein zu stellen.

Doch ob Politesse, Brezelverkäufer, dienstbarer Geist, flinke Ehefrau: Abgesehen von den rundlichen Ehemännern schien jeder von ihnen heute Morgen mit der besonderen Energie geladen zu sein, die nur gut ausgeschlafene Menschen auszeichnet. Es war, als hätten alle die letzte Gelegenheit genutzt, sich vor den nächsten Tagen noch einmal richtig auszuruhen.

Denn es war wieder soweit: Fast fünf Tage lang sollten dichte Alkoholnebel durch die Gassen der Stadt wabern. Menschen setzten sich neckische Larven auf die Nasen und schlüpften in Kostüme, meist in solche, die sie zum Gegenteil dessen machten, was sie in ihrer bürgerlichen Existenz darzustellen hatten: Edelmänner gewandeten sich als Bauern, Knechte als Herren, Nordmänner als Wüstensöhne, Damen als Dirnen, Dorftrampel als Prinzessinnen, Ordnungshüter als Galgenvögel, Tugendwächter als Lebemänner und umgekehrt. Die meisten taten so, als wechselten sie mit den Kleidern ihre Natur. Oder sie bemühten sich zumindest, so zu tun. Peinlichkeiten konnten da nicht ausbleiben.

Corinna war zwar Spross eines Vollblutfastnachters und hatte als Lokaljournalistin schon von Berufswegen im närrischen Treiben mit zu taumeln, doch im Grunde hatte sie diese Maskerade nie verstanden. Vor ihren Freunden und sich selbst begründete sie dies damit, dass vom Kalender verordnete Fröhlichkeit sie nerve.

In frühester Kindheit allerdings hatte sie ihren alten Herrn bewundert, wenn sie ihn im Fernsehen oder, einige wenige Male, „live" auf der Bühne gesehen hatte. Damals hatte ihr ihre Mutter immer dieses alte Catarina-Valente-Lied vorgesungen: *„Oh, mein Papa, war eine wunderbare Clown, oh, mein Papa, war eine grrroße Kinstlerrr"*. Corinna hatte es mit Inbrunst nachgesungen, wenn sie mit ihrer Puppenstube spielte, und dabei an den damals noch geliebten Vater gedacht, wie er in seinem „Mufti"-Kostüm vor großem Publikum herum hampelte. Heute schämte sie sich dafür, einmal *„Oh, mein Papa"* gesungen zu haben, wenn sie an die Auftritte von Charly Uhl dachte. Seit ihrer Pubertät hielt sie die Narrenseligkeit ihres alten Herren nur noch für bescheuert.

Es war ein herrlicher Morgen, den nicht einmal der Gedanke an die scheußliche Beerdigung, die am Nachmittag anstand, trüben konnte.

Die Februarsonne schien, ohne Kraft, wirklich zu wärmen, doch mit einer Helligkeit, welche die Welt in Postkartenfarben tauchte. Corinna sog die kalte, trockene Luft ein, genoss das entschlossene Klacken ihrer Schuhe auf dem Kopfsteinpflaster. Sie trug halblange Stiefel mit breiten Absätzen, in denen sie den unebenen Straßenbelag bequem meistern konnte, im Gegensatz zu den jungen Rupfhühnern von Praktikantinnen, die gerne in Pumps der Redaktion entgegen stöckelten – als wollten sie dem Schicksal noch die Chance geben, sie mittels Beinbruch aus dem Verkehr zu ziehen, bevor geschah, was geschehen musste.

Corinna lauschte ihrem Atem, ganz, wie es der buddhistische Kahlkopf gelehrt hatte, über dessen Vortrag im Kurfürstlichen Schloss sie einmal berichtet hatte. Die Magie des Lichts, die unbeschwerte Vormittagsstimmung, die es erzeugte, hauchten ein Hochgefühl in sie, eine Leichtigkeit, in der sie sich plötzlich eins und einig fühlte mit der Welt. In dieser Hochstimmung konnte sie sich sogar mit dem Gedanken anfreunden, dem alten Kauz Karl am Nachmittag die letzte Ehre zu erweisen.

Sie war schon im Begriff, die Augen zu schließen, um den Moment besser genießen zu können, als ein letzter Rest Wachsamkeit sie daran hinderte, gegen den nächsten Laternenpfahl zu laufen.

Ein Kreischen riss sie endgültig in die Realität zurück.

Eine Horde Weiber kam des Weges gewirbelt. Sie trugen struppige und strohige Perücken. Auf ihre Gesichter hatten sie dicke schwarze Punkte gepinselt und sogar dunkle, haarige Warzen aufgeklebt; ein Teil von ihnen war mit Strohbesen bewaffnet. Hexen.

In ihrer Mitte drehte sich ein Mensch ohne Verkleidung. Ein großer, hagerer Mann mit langem, dunklem Haar, in einem schwarzen Wollmantel. Er folgte den Hexen offenbar nicht ganz freiwillig, leistete aber auch keinen entschiedenen Widerstand. Halb stießen sie ihn vorwärts, halb tanzten sie mit ihm, quiekend vor Vergnügen, während er schwieg.

Der Pulk näherte sich Corinna. Sie tauchte in die Wolke ein, die ihn umwaberte: den Duft von zuckrigen alkoholischen Getränken und kaltem Zigarettenrauch. Corinna versuchte sich an den Wegesrand zu drücken, konnte aber nicht ausweichen. Hexenleiber stießen gegen sie. Sie blickte in die entblößten Reihen weißer und gelber Zähne. Vereinzelt waren schwarze Lücken in die Gehege gemalt.

„Helau“, johlte ihr eine besonders runzlige Hexe ins rechte Ohr, so dass dieses zu klingeln begann.

Im nächsten Moment sah Corinna, wie der schwarze Mann in der Mitte auf sie zu wirbelte.

Sie dachte noch daran auszuweichen, doch irgend etwas lähmte sie. Sie konnte nicht einmal mehr die Arme hochreißen. Er war deutlich größer als sie, etwa 1,90 Meter, daher war es, als verdunkele sich der Himmel, als sie mit ihm zusammenstieß.

Blitzartig packte er sie an den Armen. So hielt es sie beide im Gleichgewicht. Sie konnte sich auf den Beinen halten, ohne etwas dafür getan zu haben.

Sein Griff war fest, so fest, dass an Widerstand nicht mehr zu denken brauchte, wer ihm ausgeliefert war. Ihre Handflächen legten sich auf seine Brust. Sein Mantel fühlte sich angenehm weich an, dahinter spürte sie seine feste Muskulatur und sein Herz: Es bebte nicht, es schlug in einer gemessenen Ruhe, doch mit einer unbändigen Kraft. Corinna glaubte zu fühlen, wie diese Kraft in sie floss, wie ihr Herz sofort den Rhythmus seines Herzens annahm.

Sein Gesicht war klar konturiert, seine Wangen von aristokratischer Höhe, seine Nase gebogen, sein Teint dunkel. Seine Lippen waren voll, lächelten weder, noch wiesen sie Corinna ab, noch offenbarten sie irgendein anderes Anzeichen, das darauf schließen ließ, wie er die gegenwärtige Situation empfand.

Am tiefsten brannten sich jedoch seine Augen in Corinna. Sie waren einfach nur schwarz, sie stachen nicht, sie zogen alles, auf was sie sich richteten, in ihren Bann. Corinna wusste im nachhinein nicht mehr, wie lange sie diesem Mann und seinen Augen ausgeliefert war. Er hielt sie in seinem festen Griff, sie ließ sich halten, sog seinen Atem ein, der rau und männlich war, in dem sich aber keine Spur von Tabak oder Alkohol fand.

Eine wohl eifersüchtige Hexe riss ihn schließlich von ihr weg. Er drehte sich um die eigene Achse, dann war er frei. Nun etwa drei Meter von Corinna entfernt stehend, schaute er sie wieder an. Sie hörte seine Stimme: deutlich, aber nicht laut, dunkel, aber nicht tief – sie konnte jeden Raum durchschneiden und jedes Stimmengewirr durchdringen, ohne dass er sie heben musste.

„Sind Sie heute Abend in Mombach – auf dem Altweiberball?“, fragte er. Er sprach ohne Akzent, weder einen mainzerischen noch einen fremdländischen.

Corinna schaffte es nicht, ihm zu antworten.

„Kommen Sie doch – in die Mombacher Turnhalle“, fuhr er fort. Ihre Wortlosigkeit schien ihm nichts auszumachen. „Ich werde auch dort sein. Und am Samstagabend mache ich Musik auf der Ballhalla. Kommen Sie? Ich würde mich wirklich sehr freuen.“

Damit drehte er sich um und setzte seinen Weg fort, in der gleichen Richtung wie der Hexenpulk, der ihn jetzt freigegeben hatte und sich auf sein nächstes Opfer stürzte: Einen schmächtigen Herrn in einem blaugrauen Anzug, der den Zugriff mit einer Mischung aus ehrlichem Entsetzen und aufgesetzter Heiterkeit über sich ergehen ließ. Zwei der Weiber hielten ihn johlend fest, während eine dritte Hexe eine gigantische, blitzende Schere aus ihrem Gewand zerrte, nach der in Frühlingsfarben gemusterten Krawatte des Opfers griff und diese in Brustwarzenhöhe durchtrennte.

Die Furie riss das abgeschnittene Stück Stoff in die Höhe und genoss den hellen Jubel ihrer Gefährtinnen. Dann zogen sie weiter. Das Opfer wurde grußlos zurückgelassen. Es versuchte mit mäßigem Erfolg, seine schütteren, durcheinander gewirbelten aschblonden Haare mit den Händen wieder nach hinten zu kämmen und seine derangierte Kleidung zu ordnen, auf dass es wieder die seriöse Kaufmannserscheinung zurückgewann, die es vor dem Überfall hatte. Es lächelte weiterhin gequält, denn es wusste, dass es unschicklich war, in diesen Tagen einem Übergriff dieser Art mit Missfallen zu begegnen.

Corinna beobachtete die Szene wie aus weiter Ferne. Sie war noch zu überwältigt von ihrer Begegnung mit dem schwarzen Mann. Einen Moment glaubte sie, ihre Knie würden nachgeben.

Glücklicherweise stand ein paar Schritte weiter eine Bank, auf die sie sinken konnte. Sie schloss die Augen, horchte nach ihrem Atem. Hatte sie in den vergangenen Sekunden – Minuten? Stunden? – überhaupt Luft geholt?

Als sie die Augen wieder öffnete, hatte sie das Gefühl, beobachtet zu werden. Sie blickte um sich.

Tatsächlich: Ein paar Meter weiter, an der Ecke des nächsten Kaufhauses, unmittelbar neben dem Straßenverkauf einer Bäckerei und vor einem Blumenladen, stand der Tod. Und er schaute nach ihr.

Es war ein ungeheuer eindrucksvoller Tod. Die meisten Fastnachter, die dieses Kostüm wählten, um ihrer Art von Humor Ausdruck zu verleihen, waren eher klein und rund, somit für die Rolle ungeeignet. Dieser Tod aber war hochaufgeschossen und breitschultrig. Nur seiner Sense fehlte es an Überzeugungskraft. Sie war aus Pappe. Dort, wo die Klinge sein sollte, war etwas Aluminiumfolie um sie geschlagen. Ansonsten aber bot dieser Tod ein perfektes Erscheinungsbild, der Corinna sogar ein wenig frösteln machte. Dann winkte er ihr auch noch.

Corinna machte gute Miene zum bösen Spiel und winkte zurück. Immerhin war es Fastnacht.

In der Redaktion versuchte Corinna den gesamten Vormittag hindurch, einen klaren Gedanken zu fassen. Doch die Begegnung mit dem geheimnisvollen Fremden ließ sie nicht mehr los. Sie hatte noch nicht erlebt, dass sie sich einem Mann, der sie nur angeblickt hatte, derart ausgeliefert fühlte. Ein Mann, den ihr eine Horde Hexen in die Arme getrieben hatte. Sie konnte es kaum erwarten, Iris davon zu erzählen.

Sie konnte ihn wiedersehen. Heute Abend. In der Mombacher Turnhalle. Oder am Samstag auf der Ballhalla. Er sagte, er mache Musik. Was er wohl spielte? Rock? Kaum. Spanische oder lateinamerikanische Folklore wahrscheinlich. Bestimmt war er Gitarrist. Oder Geiger.

Geiger? Dann spielte er vielleicht diese ungarische Musik. Zigeunermusik. Und schon begann ihr Hirn dieses Lied abzuspielen, dieses Lied von der Daliah Lavi-Kassette, die ihre Mutter früher während ihrer Hausarbeit so gerne gehört hatte: *„Er sah aus wie ein Zigeuner, wo er herkam, wusste keiner…"* Es hieß, wenn sie sich recht erinnerte, Liebeslied einer Sommernacht.

Es erklang den ganzen Vormittag hindurch in ihrem Kopf, wieder und wieder, und nicht einmal Knolls Knarzstimme vermochte es zu übertönen. Danach schlüpfte Corinna erneut in Hasselblatts Kabuff, um sich diesmal für die Beerdigung am Nachmittag frei geben zu lassen. Natürlich machte der gläubige Redaktionsleiter abermals keine Schwierigkeiten.

Karl Kemmlings Grab war auf einer Anhöhe des Laubenheimer Friedhofs ausgehoben worden, die einen wundervollen Blick auf den Rhein bot. Man sah auf die letzte Biegung, die der große Fluss beschrieb, bevor der Main in ihn drängte. Corinna wusste es nicht genau, konnte sich aber vorstellen, dass in Mainz auch Grabstätten mit Rheinblick teurer waren als andere. Und die Hinterbliebenen zahlten die hohen Preise, weil sie darauf setzten, dass die Geister der Verblichenen ihnen zusahen und den guten Willen ihrer Angehörigen anerkannten, auch ihren Leichen nur das Beste angedeihen zu lassen.

Charly Uhl hatte sich auch sonst nicht lumpen lassen, was die Beerdigung seines Büttenpartners anging. Er hatte sogar eine kleine Blaskapelle angeheuert, die sich nicht entblödete, *Ich hatte einen Kameraden* zu spielen, als Karl Kemmlings Sarg in die Grube geseilt wurde. Geblasen wurde das Stück von vier vierschrötigen schwarzen Herren, die vermutlich Musikzügen Mainzer Fastnachtsgarden angehörten, zu denen Karl-Heinz Uhl seine typisch freundschaftlichen und gleichzeitig geschäftlichen Beziehungen unterhielt.

Nur gut, dass ihr Vater dereinst ihre Beerdigung nicht ausrichten würde, dachte sich Corinna – jedenfalls nicht, wenn der Sensenmann sich bei seinen Heimholungsaktionen an eine einigermaßen natürliche Reihenfolge hielt. Bei ihr sollte jemand Puccinis O mio babbino caro am offenen Grab singen. Sofern ihre Hinterbliebenen sich dereinst eine Sopranistin leisten konnten.

Die Trauergemeinde war riesig. Corinna erkannte unschwer die Abordnungen aller großen Mainzer Fastnachtsvereine, außerdem den nahezu kompletten Stadtrat. Ein nicht unbeträchtlicher Teil dieser Herrschaften war sowohl in närrischer als auch in profaner Funktion anwesend. Da Karl Kemmling bis zu Beginn dieser Kampagne fast 30 Jahre lang nicht in Mainz gelebt hatte, war klar, dass sie im Grunde nicht dem alten Kauz, sondern Karl-Heinz Uhl die Ehre erwiesen.

Auch Henn war da: In seiner typischen, gebückten Körperhaltung, die Hände auf dem Rücken verschränkt, die Mundwinkel, die ein kreisrunder, grauer Bart umschloss, heruntergezogen, bot er seinen üblichen, durch und durch griesgrämigen Anblick. In diesem Rahmen allerdings störte es jedoch ausnahmsweise einmal nicht, dass er daher kam wie Fleisch gewordene Sauertöpfigkeit. Er übersah Corinna demonstrativ, was ihm mit Hilfe seiner getönten und leicht spiegelnden Brille nicht schwer fiel.

Corinnas Vater präsentierte sich ganz, wie sie befürchtet hatte: als seien er und seine Familie die Hinterbliebenen, die mit selbstverständlichem Augenniederschlag die Beileidsbekundungen entgegenzunehmen hatten. Corinna hatte Charly Uhl seit Weihnachten nicht mehr gesehen. Der Beifall während seiner Comeback-Kampagne war ihm blendend bekommen: Er hatte etwas abgenommen, wenngleich er immer noch von massiger Statur war. Auch hatten sich die Falten in seinem runden Gesicht etwas geglättet und sein Haar war dunkler geworden – da hatte er, eitel wie er war, sicherlich mit Färbemitteln nachgeholfen.

Corinna stellte sich zu ihrer Familie, unmittelbar an den Grabesrand. Ihre Mutter schenkte ihr ein dankbares Lächeln, als habe sie ernsthaft geglaubt, ihre Tochter könne doch noch der Zeremonie fernbleiben. So gut sollte sie mich eigentlich kennen, dachte Corinna. Ihr Vater dagegen registrierte ihren Auftritt mit einem kaum merklichen Nicken, das exakt kalkuliert war – gerade so viel Gemütsregung, dass sie sich willkommen fühlen durfte, aber immer noch wenig genug, um deutlich zu zeigen, dass er nichts Anderes von ihr erwartet hatte. Fritz stand bereits neben ihm, mit einem wirklich gut aufgesetzten Beerdigungsgesicht. Wie immer, wenn seine Schwester sich zu ihm stellte, rückte Fritz ein wenig von ihr ab. Denn wenn er direkt neben ihr stand, konnte jeder sehen, dass seine kleine Schwester ihn um fast einen Kopf überragte.

Ein hammelgesichtiger Geistlicher begann eine Grabrede zu halten, der in jeder Sekunde anzumerken war, dass Karl-Heinz Uhl sie ihm quasi in den Block diktiert hatte. Der Gottesmann predigte über die Freude, die dieser „große Spaßmacher" der Welt geschenkt habe, über die Freude, die er empfunden haben musste, wenn er der Welt eben diese Freude bereitete, darüber, dass Karl Kemmling niemals jedoch ein vordergründiger „Spaßmacher", ein Freund „billigen Scherzes", gewesen sei. Nein, er werde gerade wegen seiner „verschmitzten Späße, deren Tiefgründigkeit sich oft erst nach dem ersten Ablachen" mitteilte, jedem Narrenfreund in Erinnerung bleiben. In diesem Moment hörte Corinna ein Hüsteln. Unruhe entstand unter den Trauergästen, die vorderen Reihen traten zur Seite. Drei Personen drängelten sich nach vorne: Eine zierliche blonde Frau und ein kräftiger Mann, der einen steinalten Greis in einem Rollstuhl vor sich herschob.

In dem kräftigen Mann erkannte Corinna Andreas Runze, den Sitzungspräsidenten der Kurfürstengarde. Ein rundlicher Gesell, dessen dicken

Backen anzusehen war, dass sie gewohnt waren, den Narrhallamarsch mitzublasen. Ebenso wenig wäre auf seinem rostbraunen Haar eine andere Kopfbedeckung als eine Narrenkappe oder der Dreispitz eines Gardisten denkbar gewesen. Da er diese zu diesem Anlass unmöglich tragen konnte, wirkte er, als fehle ihm das obere Ende.

Die Blonde war wohl seine Ehefrau, hübsch, aber doch unscheinbar, wie die meisten Fastnachterehefrauen. Der steinalte Greis war vermutlich Runzes Vater. Sein Gesicht war fahl und trug kaum noch Fleisch, so dass es fast schien, als trage er einen Totenschädel auf seinen Schultern. Nur die langen weißen Strähnen, die an den Seiten seines Kopfes im Wind wehten, gaben ihm noch einen Rest Lebendigkeit. Sein brüchiger Mund war schief, was wohl von einem Schlaganfall herrührte.

Der hammelgesichtige Geistliche unterbrach seine Rede für einen Moment. Er warf den Spätankömmlingen einen bösen Blick zu, wobei seine Mundwinkel sich weit nach unten zogen. Dann fuhr er fort, ohne aber noch einmal die Inbrunst zu erreichen, mit der er den ersten Teil seiner Rede gehalten hatte. Er erzählte etwas über die unergründlichen Wege des Herrn und fragte sich, ob der Allmächtige nicht vielleicht doch einem großen Plan gefolgt sei, als er Karl Kemmlings „größten Triumph" als „Tragödie" enden ließ? Ob sich denn hier nicht erneut und einmal mehr die Bedeutung des großen Mainzer Fastnachtsmottos offenbarte: „Was lacht und weint, der Narr vereint"? Antworten darauf blieb er erwartungsgemäß schuldig.

Nach der Predigt spielten die Musiker wieder *Ich hatte einen Kameraden.* Die Trauergemeinde bildete eine Reihe und jeder Trauergast trat einzeln ans offene Grab, um sich vom Verstorbenen zu verabschieden, indem er Erde in die Grube warf. Dazu stand eine Schaufel bereit, die einer an den anderen weiter reichte. Wie Corinna es befürchtet hatte, musste sie mit ihrer Familie seitlich an der Grube stehen bleiben, und jeder, der vorbei defilierte, drückte Familie Uhl die Hand.

Als der junge Runze den Alten im Rollstuhl nach vorne schob, legten die Musiker eine Pause ein.

Der Greis wurde unmittelbar vor der Grube geparkt. Weder er noch sein Sohn ließen sich eine Schaufel reichen. Statt dessen begann der Alte, sich umständlich aufzurichten – wahrscheinlich, glaubte Corinna zunächst, weil es seine Auffassung von Anstand gebot, sich im Stehen von Karl Kemmling zu verabschieden.

Doch dann sah es eher so aus, als triebe ihn eine immer noch vorhandene kindliche Neugier, so weit wie möglich in die Grube hinein zu schauen. Es dauerte ein wenig, bis er sich aufgerappelt hatte, selbst mit Unterstützung des dicken Runze. Als er sich vollends erhoben hatte, fiel seine enorme Größe auf: Trotz dem seine Gestalt immer noch leicht gebeugt war, überragte er jeden Umstehenden deutlich. Seine schwarzen Augenhöhlen richteten sich in die Grube, auf den hölzernen Sarg mit den Erdklecksen, welche die Trauergemeinde drauf geworfen hatten.

Plötzlich begann es zu knattern, lang und laut.

Es war diese Art von Geknatter, die im ersten Moment erschreckte, von dem man aber schon im zweiten Moment wusste, um was es sich handelte, und man sich im dritten Moment diskret umzuschauen pflegte, woher es kam. In einer solchen Runde, zu einem solchen Anlass, war dieses Geknatter nichts als eine Ungeheuerlichkeit und sorgte für blankes Entsetzen, Augenrollen und hochrote Köpfe.

Der Alte stand an Karl Kemmlings offenem Grab und furzte ebenso ohrenbetäubend wie nicht endend wollend, so laut, dass wohl selbst die Fährleute auf dem Rhein verwundert aufblickten.

Danach sank der Alte wie erleichtert in seinen Rollstuhl zurück und ließ sich davonfahren. Es schien, als hätte er sich überhaupt nur erhoben, um diesen ungeheuerlichen Wind fahren zu lassen.

Noch immer sprach niemand ein Wort. Um die Verlegenheit zu überspielen, hoben die Musiker von Neuem an: *Ich hatte einen Kameraden.*

Nachdem der letzte Ton verhallt war, sprach der hammelgesichtige Geistliche seinen Allerweltssegen über die Trauergemeinde, als sei nichts geschehen. Die Gesellschaft löste sich aufatmend auf und schritt zum Friedhofsausgang. Corinna genoss ein letztes Mal den Blick über den in Sonnenlicht getauchten Fluss.

„Frau Uhl?“, riss eine Frauenstimme sie aus ihren Gedanken. Die unscheinbare Blonde, die vermutlich Runzes Ehefrau war, hatte sich neben sie geschoben.

„Ich bin Sabrina Runze“, stellte sie sich prompt vor.

Corinna fiel nichts als ein freundliches „Hallo“ ein.

„Ich musste Sie einfach ansprechen", begann sie schnell. „Ich bin nämlich ein Fan von Ihnen. Ich lese jeden Tag Ihre Artikel – schon allein deswegen, weil man in unseren Lokalzeitungen nicht viele Artikel findet, die Frauen geschrieben haben."

Corinna lächelte verlegen. Neben Sabrina Runze fuhr ihr stiernackiger Mann den Rollstuhl mit seinem Vater vor. Beide schauten so finster, dass Corinna sich fragen musste, was sie ihnen getan hatte.

„Es ist ja so schade, dass wir uns unter diesen Umständen treffen. Wir müssen unbedingt mal einen Kaffee zusammen trinken – nach Fastnacht vielleicht?" Corinna war etwas erstaunt. So offensiv versuchten, wenn überhaupt, nur Männer ihre Bekanntschaft zu machen, und auch das ließ seit etwa fünf Jahren zunehmend nach.

„Ja, sicher, warum denn nicht", antwortete sie etwas verwundert.

„Schatz", quengelte Andreas Runze, „kommst du?" Er sagte zwar „Schatz", doch es klang, als müsse seine Frau mit Prügel rechnen, wenn sie nicht gehorchte. Prompt verabschiedete sich Sabrina Runze und schloss sich den Männern an.

„Frau Uhl?", hörte Corinna es erneut sagen. Diesmal allerdings von einer dunklen Männerstimme, aufgeraut von Gitanes Mais und Pastis - sie erkannte sie sofort wieder.

Sie blickte sich um und erblickte einen schlanken, hochgewachsenen alten Herren, hager und mit fast noch vollem, graublondem Haar, das nur an den Schläfen etwas zurückgewichen war. Seine ausgeprägte Rotweinnase und seine Art, wie er selbst im hochbetagten Alter noch eine Frau ansah, wiesen ihn zweifelsfrei als Franzosen aus. Corinna hatte gar nicht so falsch gelegen, als sie ihn sich während ihres Telefongesprächs als den reifen Yves Montand vorgestellt hatte.

„Herr Hunslicker, schön, Sie zu sehen", begrüßte sie ihn.

„Ich bitte Sie: Sie sind der viel schönere Anblick", antwortete er gekonnt. Und blickte sie fragend an.

„Ich habe wie versprochen einige Anrufe gemacht und muss zugeben, dass in der Tat Einiges merkwürdig ist", sagte Corinna. „Aber irgendwie ist das hier ein schlechter Ort zum Reden."

„Wann und wo können wir reden?", fragte er direkt.

„Was halten Sie von morgen Mittag? Im Café am Dom?"

„Sie sind bezaubernd. Ganz so, wie Karl Sie mir beschrieben hat“, charmierte der Alte weiter. Und blickte Corinna so verzückt an, dass es ihr fast schon peinlich war. So viel hatte der alte Kauz Kemmling doch gar nicht über sie zu schreiben gehabt, und etwas Nettes eigentlich schon gleich gar nicht.

Sie drückte ihm zum Abschied die Hand und lächelte dabei. Monsieur schien offenbar und allen Ernstes nicht abgeneigt, mit ihr zu flirten.

Auf halbem Weg zum Friedhofstor machte Corinna sogar den Fehler, sich noch einmal umzuschauen – hatte das im Flirtverhaltenskodex des frühen 20. Jahrhunderts nicht als Signal gegolten, dass frau interessiert war? Jedenfalls blickte er ihr immer noch mit seinem süffisanten Franzosenlächeln nach.

Ich darf also noch einmal zusammenfassen: Heute Morgen rasselst du mit einem atemberaubenden Latino zusammen, den dir eine Horde Hexen in die Arme treibt. Und er will dich wiedersehen. Später besuchst du die Beerdigung des alten Narren, den sie aus dem Rhein gefischt haben und wirst von einem französischen Methusalem angequatscht, der dich ebenfalls wiedersehen will. Sonst noch was?"

„Zwischendrin hat mir der Tod gewunken."

„Ach so, ja, der Tod."

„Und? Was hältst du davon?"

„Na, ja, das sind drei ziemlich verschiedene Männer, die sich für dich interessieren. Darauf solltest du dir etwas einbilden. Und wenn du auch das wissen willst: Ich würde Mr. Latin Lover favorisieren."

„Dann komm', gehen wir ihn uns ansehen", lockte Corinna in aufmunterndem Ton. Jetzt begann der schwierigere Teil ihres Plans. Ihre Freundin, einen erklärten Fastnachtsmuffel, zu überreden, sie in die Mombacher Turnhalle zu begleiteten.

„Ich? Ich soll auf die Fastnacht gehen?", entsetzte sich Iris prompt. „Und auch noch auf die Altweiberfastnacht?"

„Klar", fuhr Corinna fort. „Von Mister Latin Lover mal abgesehen: Weißt du nicht, dass Altweiberfastnacht im Grunde eine durch und durch feministische Veranstaltung ist? Da können zwei wie wir doch nicht außen vor bleiben."

„Ach?" Das klang schon interessierter.

„Erfunden worden ist sie am Niederrhein, von einigen Wäscherinnen aus einem Dorf bei Bonn, so um 1825 herum", dozierte Corinna. „Diese beschlossen an einem Donnerstag vor Karneval, die Herrschaft im Ort an sich zu reißen, während ihre Alten auf dem Rhein unterwegs waren. Es gibt sogar Wurzeln, die noch weiter zurückgehen. Jedenfalls ist dies ein ungeheuer wichtiger Tag für die Frauenbewegung, deshalb sollten starke Frauen ihn entsprechend begehen."

„Wenn du meinst." Iris ließ sich leichter überzeugen, als Corinna gedacht hatte. Ein paar Minuten später fand sie sogar regelrecht Spaß daran, sich für den Abend herzurichten. Sie zwängte sich tatsächlich in ein hautenges „Cats"-Outfit, von dem Corinna sich fragte, aus welcher Vergangenheit ihre Freundin sich dieses aufbewahrt hatte. Sie selbst staffierte sich als Pirat aus, mit rotem, verwegen schief sitzendem Seidenkopftuch und Ohrring, aber ohne Augenklappe.

„Ach, noch was", gab Corinna der Freundin im Flur noch mit auf den Weg. „Weißt du eigentlich, was dieses merkwürdige Schlipse-Abschneiden an Altweiberfastnacht bedeutet?"

Iris zuckte die Schultern.

„Das ist ein symbolischer Akt. Er steht für genau das, von dem du denkst, dass er steht: fürs Schwanzabschneiden. Als Symbol für den Verlust der Macht des Mannes."

„Geil", fand Iris. „Und irgendwie einleuchtend."

„Nimm' jetzt aber trotzdem keine Schere mit", schloss Corinna. „Sonst kommen wir überhaupt nicht zum Tanzen."

Captain Kirks Zunge schien ein Eigenleben entwickelt zu haben. Ohne dass es dem Sternenkrieger, der an ihrer Wurzel hing, bewusst wurde, presste sie sich dann und wann zwischen seinen Lippen hervor, um ein wenig von der Freiheit da draußen zu erheischen. Die Zungenspitze glitt mal nach links, mal nach rechts, damit ihr auch ja nichts entging, verharrte dann einen viel zu langen Moment in der Mitte, um endlich wieder ganz zu verschwinden und kurz darauf erneut zu erscheinen. Der Gesamterscheinung des Captains war das Eigenleben seiner Zunge nicht eben zuträglich: Es verlieh ihm einen mehr als leicht debilen Ausdruck.

„Captain, jetzt wo ich Ihnen endlich einmal gewissermaßen leibhaftig, hähähä, gegenüberstehe, müssen Sie mir einmal eines erklären“, begann Luzifer. „Ich verfolge Ihre Weltraumabenteuer schon seit Jahren, und ich beneide Sie um Ihren Erfolg bei Frauen. Ungezählt sind die Herzen, die Sie auf ihren Wegen durch die Unendlichkeit gebrochen haben. Und ich frage mich: Wie machen Sie das?“ Luzifer schenkte Corinna und Iris einen konspirativ-verschmitzten Seitenblick, der um ihren stummen Beifall dafür bat, wie geistreich er den Captain „verarschte.“

Das Haupt des Captains blieb leicht gesenkt, weil schwer vom Alkohol. Plötzlich pumpte er sich auf wie ein Maikäfer. „In meinem Herzen Schatz, da haben viele Platz, ein hübsches Mägdelein passt stets hinein“, sang er los. Die erbämlichste Hans-Albers-Nachmache, die Corinna je gehört hatte. Luzifer lächelte gnädig, Corinna und Iris blickten in ihre Sektgläser und zählten die Perlen, die immer spärlicher wurden. Und mit der Kohlensäure schwand ihre Hoffnung, dass der Abend doch noch angenehm endete. Denn Luzifer und Captain Kirk – die hatte sie nicht verdient.

Captain Kirk hatten sie etwa eine halbe Stunde zuvor kennengelernt. Sie hatten, in dieser übervollen Turnhalle, die für diesen Altweiberball zweckentfremdet worden war, ein wenig vor sich hingetanzt. Von Mister Latin Lover war den ganzen Abend nichts zu sehen gewesen, und Corinna bemühte sich, ihre Enttäuschung vor Iris zu verbergen. Sie tat so, als hätte sie ohnehin nicht ernsthaft mit ihm gerechnet.

Als sie miteinander tanzten, war Captain Kirk in Corinnas Gesichtsfeld getreten. Er begann, um sie herum zu tanzen, wobei er sich nicht ungeschickt mit seinem ausladenden Hinterteil Platz schaffte – überhaupt waren es hauptsächlich seine Gewichtsprobleme, die ihm eine gewisse Ähnlichkeit mit seinem TV-Vorbild bescherten.

Nachdem er drei oder vier Minuten vor ihr herumgehopst war, fühlte er sich legitimiert, sich Corinna und Iris kurzerhand anzuschließen, als sie die Ecke der Turnhalle aufsuchten, die als Sektbar zweckentfremdet war. „Na, kleiner Pirat, bereit zum Entern?", hatte er sich als Gesprächseröffnung ausgedacht, und er war damit, wenn Corinna richtig mitgezählt hatte, der sechste an diesem Abend. Iris wurde, wenn überhaupt, mit einem langgezogenen „Miau" angemacht, dabei formten die Herrschaften meist die Rechte zu einer Kralle und pfötelten in ihre Richtung.

In der Sektbar dann war Luzifer zu ihnen gestoßen. Dürr, hohlwangig, hakennasig und mit dünnem schwarzen Backenbart, passte er wirklich gut in seine Rolle: Er interpretierte sie ohne Pferdefuß, dafür aber mit glänzendem, rot-schwarzem Kostüm sowie zweier beleuchteter Plastikhörner, die wie Kopfhörer aufgesetzt waren und abwechselnd links und rechts blinkten. Er schien Captain Kirk nur flüchtig zu kennen. Corinna vermutete, dass er sich zu ihnen gesellte, weil er sich seiner rhetorischen und intellektuellen Überlegenheit dem Captain gegenüber gewiss war und sich daher ausrechnete, ihn leichthändig als Konkurrenten um die Gunst der Damen ausstechen zu können.

Iris schien Luzifer gegenüber auch nicht abgeneigt, doch interessierte sich dieser wiederum mehr für Corinna. Und ihr sagte Luzifer nicht zu. Der Abend konnte also gar nicht gut enden.

„Was haltet ihr beiden Hübschen davon, mit mir noch eine kleine Reise zu den Sternen anzutreten?", fragte der Captain, nachdem er seine Hans-Albers-Parodie endlich beendet hatte.

„Und ich?", fragte Luzifer keck.

„Du? Du fährst zur Hölle!", prustete der Captain los. Sein ockergelbes Enterprise-Jersey wies hartnäckige Flecken auf – Speichel und Getränke vermutlich, an andere Flüssigkeiten mochte Corinna gar nicht denken.

„Ich beam' mich und euch zwei beiden in eine Parallelwelt!", kündigte der Captain an.

Iris lächelte spöttisch. Corinna wich dem Blick des Raumschiffkommandanten aus, indem sie den bröckelnden Putz an den Turnhallenwänden begutachtete. Empfanden Frauen es tatsächlich als Vergnügen, Veranstaltungen dieser Art zu besuchen?

Es musste doch auch mal andere Zeiten gegeben haben. Corinna erinnerte sich an die Maskenbälle in den alten Schwarzweiß-Filmen, die sie als Kind an Sonntagnachmittagen über die Mattscheibe flimmern sah: Dort klappmesserten schneidige Offiziere mit blankgewienerten Stiefeln und glattgewichsten Schnurrbärten vor sich gelangweilt gebenden Damen in Reifröcken. Die hielten sich Larven vors Gesicht und musterten durch sie verschmitzt die gebückten Jünglinge, welche die Gunst des nächsten Tanzes erflehten. Das mochte nicht viel Hirn gehabt haben, aber es hatte Stil.

Der Captain dagegen schien in eine Art Starre gefallen zu sein, während er Corinna anglotzte. Gerade noch hatte er ein Glas Grappa, das Luzifer ihm gereicht hatte, mit einer kurzen Bewegung seiner Linken in sich geschleudert. Offenbar lebte er jetzt in einer Parallelwelt und gab sich dort den sexuellen Ausschweifungen hin, die ihm in der realen Welt versagt blieben.

Iris bemühte sich derweil, die Aufmerksamkeit Luzifers auf sich zu ziehen, indem sie ihm Wissenswertes über das Sexualleben von Delphinen offenbarte. Luzifer vermochte sich jedoch nur für Sekunden auf sie zu konzentrieren, dann huschte sein Blick wieder zu Corinna. So sie es ernsthaft darauf anlegt, diesen Kerl abzuschleppen, soll sie ihre Chance bekommen, dachte diese sich schließlich.

Und sie entzog sich der Runde mit Hilfe des wahnsinnig originellen Vorwandes, die Toilette aufsuchen zu müssen. Sie bahnte sich einen Weg aus der Sektbar Richtung Toilette, zwängte sich durch Heerscharen von Hexen, spanischen Tänzerinnen und Katzen hindurch, vorbei an Ray-Ban-bewehrten Scheichs und Blues Brothers mit schlechtem Atem, bierbäuchigen Supermännern, lüsternen Mönchen und unrasierten Gardisten mit naturroten Nasen. Corinna traf auch unverkleidete Gestalten, mehr, als sie erwartet hatte. In der Mehrzahl handelte es sich um Männer, die paar-, maximal quartettweise unterwegs waren – allesamt mit der Hoffnung auf ein erotisches Abenteuer im Blick.

Frauen indes bewegten sich lieber in Truppenstärke durchs Altweibertreiben. Vermutlich handelte es sich um „harte Kerne“ von Handball-, Hockey-, Schwimm- oder Reitmannschaften, dazu kleinere Studentinnen-Zirkel, weibliche Wohngemeinschaften, hier und da war auch eine versprengte Folkloretanzgruppe auszumachen.

Zwei weitere Anfragen, ob denn der kleine Pirat bereit zum Entern sei, parierte Corinna durch Ignorieren. Die Disc Jockeys bedienten sich derweil im Kulturerbe der Neuen Deutschen Welle. Nach *Gib Gas, ich will Spaß* löste sich *Major Tom* völlig von der Erde los.

Corinna erreichte, mittlerweile ein wenig schwitzend, den Flur, der zu den Toiletten führte, die neben der Garderobe wohl einzige Einrichtung der Turnhalle, die für das Altweibertreiben nicht zweckentfremdet worden war. Auf den Gängen knutschten Teenager, jung und unschuldig noch, aber die Zungen schon sehr unzüchtig umeinander schlingend. Zwischen den Knutschenden lag vereinzelt ein Häufchen Elend, dessen Geschlecht auf Anhieb nicht auszumachen war: In sich zusammengesackt, gebrochen vom Dämon Alkohol und erotischer Frustration, hatte es den Fortpflanzungswettstreit aufgegeben.

Ein letztes Mal der Frage nach ihrer Enterbereitschaft ausweichend, erreichte Corinna die Tür zur Damentoilette. Sie drückte gerade die Klinke nieder, als sie plötzlich von hinten zwei wurstige Arme umfassten und sich vor ihrer Brust schlossen.

Corinna erstarrte vor Schreck, spürte, wie ein schwüler, feuchter Körper sich gegen ihr Kreuz presste, dann einen Schlund neben ihrem rechten Ohr, aus dem grappa-getränkter Atem schlug. Ein Stöhnen, das aus den Untiefen einer übersäuerten Magenhöhle hochbrauste, überzeugte sie vollends, dass hier erbitterter Widerstand geboten war. Sie versuchte, dem Angreifer die Ellenbogen in die Seite zu rammen, erzielte jedoch keine Treffer von erkennbarer Wirkung. Ihre Ellenbogen bohrten sich in eine schwabbelige Masse, die alle Härte zu schlucken schien.

„Völlig los-ge-löst", hauchte der Schlund ihr ins Ohr.

Corinna erkannte darin Reste einer ihr bekannten Stimme. Da sie außerdem mittlerweile auch über Informationen über Größe, Gewicht und körperliche Verfassung der Kreatur verfügte, ließ sich das Puzzle nun vollständig zusammensetzen: Es war der Captain, der sie belästigte! *Major Tom* hatte ihn aus seiner Parallelwelt zurückgerufen. Und er war ihr auf die Toilette gefolgt.

Sie zog die Beine an, stemmte die Fußsohlen gegen die geschlossene Toilettentür und stieß sich mit aller Kraft ab.

Dieser Gegenangriff traf den Captain völlig unvermittelt. Ein dumpfes „Uff" entfuhr seiner sich zusammendrückenden Magengrube, als er gegen die kahle Wand krachte, die der Toilettentür gegenüber lag.

Er sackte in die Knie, und der Griff seiner Wurstarme um Corinnas Brustkorb lockerte sich. Sie entwand sich ihm, stellte sich auf und betrat fluchend die Toilette, ohne sich noch einmal umzusehen.

Vor den Waschbecken des Toilettenraums posierte Madonna, mit Perlenkette und kurzem weißen Kleid, leicht pummelig und etwa 100-jährig. Und vor ihr kniete Elvis, fett wie in seinen späten Tagen, mit Schmuck behangen, öliger schwarzer Haartolle und großflächiger Sonnenbrille. Lediglich ein dicker schwarzer Seehundschnauzer sorgte für einen Verfremdungseffekt. „Only youuuuu, can make the sunshine pride", heulte der King die greise Madonna an, und die Popgöttin quittierte dies mit schrillem Gelächter.

Was Corinna jedoch viel mehr schockierte: Da war ein Mann auf einer Damentoilette! Ungeheuerlich! Selbst auf den derbsten Halbstarkenparties ihrer Jugend hatte das männliche Geschlecht noch im Zustand hochgradigster Enthemmung das Damenklo als Heiligtum respektiert, es war so etwas wie das Wupp, auf dem sich Kinder beim Fangen spielen eine Auszeit sicherten.

Aber wenn sich schon Elvis legitimiert fühlte, dieses Tabu zu brechen, schrie es in Corinna, was war dann von Captain Kirk zu erwarten?

Es dauerte keine Sekunde, bis sich ihre Befürchtung bestätigte. Die Toilettentür öffnete sich abermals und der Captain stapfte herein, offenbar heftig von Schmerzen an der Bandscheibe geplagt.

Das schrille Lachen Madonnas kletterte bei seinem Anblick eine weitere Oktave höher. Bestimmt würden bald die Spiegel über den Waschbecken bersten. Wenigstens stoppte Elvis beim Anblick des Raumschiffkommandanten seinen Gesangsvortrag. Auch die letzten Takte von Major Tom, die via Lautsprecher in die Toilette übertragen wurden, klangen aus.

Einen Moment herrschte Stille.

Der Captain stapfte zwei weitere Schritte vorwärts, Richtung Corinna, seine rotgeäderten Augen weiteten sich auf Tennisballgröße. Wollte er nun von Corinna körperliche Zuwendung einfordern oder sich mit Schlägen für die Misshandlung revanchieren? Noch nie hatte Corinna den Unterschied zwischen Sex und Gewalt geringer empfunden.

Der immer noch kniende Elvis kam zu dem Schluss, dass sich zwischen den beiden Neuankömmlingen auch nicht mehr abspielte als zwischen ihm und Madonna. Er intonierte sein *Only you* von Neuem. Über den Lautsprecher tönten die ersten Takte von *Verdammt, ich lieb' dich.*

Corinna machte einen blitzschnellen Satz seitwärts, in Richtung der Einzelzellen, die der Toilettenraum anbot. Dabei schätzte sie die verlängerte Reaktionszeit des Captains gut ein: Es gelang ihr, in die Zelle zu schlüpfen und die Kunststofftür zu verriegeln, noch bevor Kirk ihr nachsetzen konnte. Erneut klatschte sein Fleisch gegen ein Hindernis.

Sie atmete tief durch, schloss die Augen, ließ sich auf den Toilettensitz sinken. Und nun? Madonna und Elvis machten keine Anstalten, ihr zu helfen, und dem Captain war eine gnadenlose Ausdauer zuzutrauen, was Belagerungsunterfangen anging.

Die Tonkulisse, die *Verdammt, ich lieb dich* und *Only you* draußen vor der Tür bildeten, würde sie vollends in den Wahnsinn treiben. Corinna schlug die Hände vors Gesicht. Das war das Ende.

Ein Ächz- und Rutschgeräusch ließ sie zusammenfahren. Sie hörte einen Körper, der über steinerne Fliesen glitt.

Vorsichtig nahm sie die Hände vom Gesicht und blickte vor sich. Vor ihr auf dem Boden lag der Captain, Gesicht nach oben, die Stirn ihr zugewandt. Er versuchte, sich unter der Zellentür hindurch zu zwängen, hatte seinen Kopf auch erfolgreich durchschieben können, war dann aber mit seinem massigen Oberkörper steckengeblieben.

„Verdammt, ich lieb' dich", stammelte er, und in seinen nun untertassengroß geweiteten Augen sammelten sich Tränen.

-Freitag-

Närrischer „Schupo“

Wahrhaft „närrisch“ muss den Autofahrern, die gestern Nacht am Hauptbahnhof unterwegs waren, der Schutzmann vorgekommen sein, der dort gegen 1.30 Uhr seinen „Dienst“ aufnahm. Rund 20 Minuten regelte er den Verkehr auf der Alicebrücke, und wirkte dabei, wie Zeugen bestätigten, auf den ersten Blick täuschend echt. Tatsächlich handelte es sich jedoch um einen Büttenredner, der am Abend zuvor auf verschiedenen Fastnachtssitzungen aufgetreten war und seine Erfolge ausgiebig gefeiert hatte. Vom Alkohol befeuert, identifizierte er sich immer stärker mit seiner Rolle, bis die Grenzen zwischen Spiel und Wirklichkeit verwischten und er sich auf dem Heimweg kurzerhand entschloss, auf der Kreuzung vor dem Hauptbahnhof seinen „Dienst“ aufzunehmen. Eine zufällig vorbeikommende echte Polizeistreife setzte seinem Treiben ein Ende. Der sofort angeordnete Blutalkoholtest ergab 2,4 Promille Blutalkohol.

Corinna schüttelte den Kopf und legte die Zeitung beiseite. Morgen würde sie selbst vielleicht Protagonistin einer Polizeimeldung sein. Als eine als Piratin verkleidete Altweiberballbesucherin, die wegen Körperverletzung gesucht wurde. Ob sie Captain Kirk die Nase gebrochen hatte, als sie die Tür aufzuzerren versuchte, unter der er eingeklemmt war? Er hatte jedenfalls ganz schön laut geschrien. Ob man anschließend die Polizei gerufen hatte? Egal. Man würde sie unmöglich ermitteln können, so viel hatte sie als Polizeireporterin gelernt.

Grafs komplette Seite über die Generalprobe zur Fernsehsitzung, die er am Mittwoch Abend besucht hatte, schenkte sie sich. Sie hatte sich an seinen scheinkritischen Rezensionen schon lange satt gelesen. Gut, sie hatte Verständnis dafür, dass er und seine freien Mitarbeiter vom „Närrisch"-Ressort ein möglichst langes und friedvolles Leben führen wollten. Da ging es eben nicht an, dass man zu heftig mit den Büttenaktiven ins Gericht ging, lief man so doch Gefahr, nicht nur diesen, sondern gleich seinen ganzen Verein gegen sich aufzubringen. Allzu schnell konnte es Abonnementskündigungen hageln. Oder ein Redaktions-, Marketing- oder Anzeigenleiter, Verleger oder Gesellschafter des Hauses war selbst Mitglied des Vereins, dessen Aktiver kritisiert worden war, oder Freund, Verwandter oder Bekannter eines hochrangigen Funktionärs, oder dessen Geschäfts- oder Golfpartner oder Sitznachbar im Sauna-Club – dann gab es ebenfalls Ärger. Ganz zu schweigen davon, dass man sich plötzlich im Behandlungsstuhl eines Zahnarztes wiederfand, der sich als Aktiver oder Vereinsfunktionär entpuppte, den man kritisiert hatte.

Daher hatten sich Lokaljournalisten wie Graf schon lange darauf kapriziert, Fastnachtssitzungen vorbehaltlos „schön" zu schreiben. Graf hatte dabei einen eigenen Stil entwickelt, mit dem er sich wenigstens auf den ersten Blick ehrbar aus der Affäre zog. Einen völlig pointenlosen Vortrag etwa bezeichnete er immerhin noch als „sparwitzig". Das klang nett und mit etwas Glück fühlte sich der Aktive nicht einmal verletzt. Erst recht, wenn Graf die Vokabel in eine seiner technisch ausgereiften „Zwar-Aber"-Kombinationen einbettete, bei denen der Kritik die Schärfe genommen wurde, indem man ihr ein kurzes Lob vorausschickte, etwa so: „Der Vortrag war mimisch zwar fein ausgearbeitet, im ganzen aber etwas sparwitzig."

Besonders heuchlerisch ging Graf mit Vorträgen um, die sexistisch oder vulgär waren. Denn so etwas in einer Zeitung über einen Vortrag zu lesen, der auf „seiner“ Sitzung gehalten worden war, machte jeden Vereinsfunktionär zum tollwütigen Hund, hieß doch das oberste Motto aller Mainzer Brauchtumsbewahrer „Die Fassenacht muss sauber bleiben“ – und dem Vorwurf, diesen ehernen Grundsatz gebrochen zu haben, mochte sich keiner ausgesetzt sehen. Selbst Umschreibungen wie „schlüpfrig“ oder „zotig“ konnten exzessive Gewaltandrohungen oder Kreditkündigungen nach sich ziehen. Graf lavierte sich daher beispielsweise mit einem „Der Redner X behandelte Thema Nummer 1 auf eine sehr volkstümliche Weise“ aus der Sache.

Doch Corinna interessierte sich nicht einmal für die Zeilen, die Graf über den Auftritt ihres Vaters und ihres Bruders geschrieben hatte. Sie kannte Grafs Stil gut genug, um sich selbst zusammenzureimen, was da stand: „Natürlich ist Charly Uhls Sohn Fritz anzumerken, dass er den Emir-Part kurzfristig übernommen hat, außerdem mangelt es ihm an Büttenerfahrung. Doch wem soll man kleinere Textunsicherheiten verzeihen, wenn nicht ihm? Dafür, dass er die mehr als undankbare Aufgabe übernommen hat, den großen Karl Kemmling zu ersetzen, gebührt ihm jedenfalls vorbehaltlos Respekt, allein schon für die lobenswerte Absicht, einem großen alten Mann der Mainzer Fastnacht ein Denkmal setzen zu wollen ...“ So in etwa hatte er es formuliert, ganz bestimmt.

Draußen war noch finstere Nacht, immerhin war die Zeitung schon gekommen, die Iris natürlich nur aus Freundschaft abonniert hatte, beziehungsweise: Iris hatte sich von Corinna als Abonnentin werben lassen. Die Abo-Prämie hatten sie dann gemeinsam verfuttert. Corinna bezweifelte jedoch, dass Iris jemals in eine bürgerliche Lokalzeitung hinein schaute, denn im Grunde ihres Herzen war die Freundin überzeugte „Taz“-Leserin geblieben.

Corinna saß in Iris’ Küche, war wieder bei ihr untergeschlüpft. Sie konnte nicht schlafen. Statt dessen setzte sie einer Flasche Whisky zu, die sie in Iris’ Küchenallerlei gefunden hatte.

Sie verstand die Welt nicht mehr. Hatte sie eigentlich diese je verstanden? Sie war jetzt 38. Sie war nicht auf den Kopf gefallen, nicht schüchtern, sogar einigermaßen schlagfertig, sicher keine Sexbombe, aber doch hübsch anzusehen. Doch irgendetwas war immer schief gelaufen mit ihr und den Kerlen. Wenn sie nicht bald herausfand, was, war es zu spät. In zwei, drei, spätestens fünf Jahren war auch sie im Fortpflanzungswettstreit nicht mehr konkurrenzfähig. Doch was tat sie? Sie wurde in der Fußgängerzone von atemberaubenden Zigeunermusikern angerempelt, ließ sich von diesen zu unsäglichen Altweiberbällen zitieren und versetzen, um sich am Ende gegen zudringliche Raumschiffkommandanten verteidigen zu müssen.

Sie hatte in ihrem Leben nicht eine Liebesgeschichte erlebt, auf die sie mit romantisch verklärtem Blick zurückschauen konnte. Ihr erster Liebhaber war der dumme kleine Sebastian gewesen, der von körperlicher Liebe genauso wenig Ahnung gehabt hatte wie sie. Sie hatte geglaubt, es würde leichter für sie sein, mit einem ebenfalls unerfahrenen Mann zu schlafen, weil sie dann die Kontrolle behalten konnte. Ein Fehler, und von da an hatte sie nur noch weitere gemacht.

Nach einigen noch unbedeutenderen Liebschaften hatte sie sich auf zwei eheähnliche Beziehungen eingelassen. Die erste, mit Sven, dauerte fast sieben Jahre. Solange hatte der Depp gebraucht, um sich hundertprozentig darüber klar zu werden, dass er eigentlich gar keine Kinder wollte – aus finanziellen, aber auch aus weltanschaulichen Gründen. Da sie sich in der Zwischenzeit ohnehin auseinander gelebt hatten, hatte Corinna dies zum Anlass genommen, ihn in die Wüste zu schicken. Die zweite eheähnliche Beziehung hatte Freddy geheißen. Der wollte Kinder, ebenso wie Corinna, brauchte aber vier Jahre, bis er sich endlich entschloss, sich einmal ärztlich untersuchen zu lassen, weshalb aus dem Wunsch nicht Wirklichkeit werden wollte. Nach weiteren zwei Jahren Behandlung bei verschiedenen Spezialisten war er dann sicher, zeugungsunfähig zu sein. Da Corinna sich zwischenzeitlich auch mit ihm auseinandergelebt hatte, trennte sie sich abermals.

Und nun? Sie blickte auf ein Dutzend Jahre absolut sinnlos gelebter Monogamie zurück. Sie hatte ihre attraktivsten Jahre an nur zwei Männer verschwendet, da sie so blöd gewesen war, nie einen der beiden zu betrügen. Iris hatte ihr einmal erklärt, dass eine Schimpansin 135 Mal mit wechselnden Partnern verkehrte, bis sie sich schwängern ließ. Und Schimpansen waren die nächsten Verwandten des Menschen. Aber offenbar nicht ihre.

Corinna leerte ihr Glas, in dem sie den letzten Rest Whisky mit einer lässigen schnellen Kippbewegung aus dem Handgelenk in sich warf, die jedem Berufstrinker zur Ehre gereicht hätte. Es würde ein grausliches Arbeiten werden nachher. Aber sie würde arbeiten gehen. Etwas musste es ja geben, was sie wirklich gut konnte.

Wie immer musste Corinna schmunzeln, wenn sie über den Domplatz lief und die Heunensäule erblickte. Die 6,50 Meter hohe Sandsteinplastik zeigte Motive aus der Mainzer Geschichte, doch so ziemlich jeder Passant, der sich ihr unbefangen näherte, musste in ihr unweigerlich einen gigantischen Phallus erkennen, der sich keck gegen den gewaltigen, Zucht und Sittsamkeit gebietenden Dom reckte, welcher sich mit seinen steilen Türmen und imposanten Erkern, Bogenfriesen und Fensterrosen einen knappen Steinwurf weiter erhob.

Das Café war nur spärlich gefüllt. Als sie eintrat, erwartete Hunslicker sie bereits. Er legte die Zeitung, in der er gelesen hatte, sofort zusammen und lächelte ihr sein Franzosenlächeln entgegen, hinter dessen Falten noch eine gehörige Portion Anzüglichkeit zu entdecken war. Corinna fragte sich, ob der Alte sich nicht vielleicht im Stillen ausmalte, wie er sie in allen erdenklichen Stellungen begattete.

„Ich hoffe, Sie warten noch nicht allzu lange auf mich", eröffnete Corinna.

„Nein, nein", gab Hunslicker routiniert zurück, „und wenn schon, ich habe ja Zeit." Sie setzte sich.

„Sie schienen etwas verwundert, als ich gestern sagte, ich hätte noch nie von Ihnen gehört", begann Corinna.

„Ach, lassen Sie nur. Ich dachte nur, Karl oder vielleicht Ihre Mutter hätten einmal meinen Namen erwähnt."

„Meine Mutter hat nie viel aus der Zeit nach dem Krieg erzählt, nur dass mein Vater noch lange in Kriegsgefangenschaft war und Karl Kemmling sich in dieser Zeit um sie kümmerte."

„Das hat er auch. Ich habe dabei keine so große Rolle gespielt. Ich war hier in Mainz als Besatzungssoldat stationiert und habe mich dabei mit Karl angefreundet, dabei lernte ich auch mal Ihre Mutter kennen. Das eine oder andere Mal habe ich den beiden mal was zukommen lassen, mehr aber auch nicht."

Die Bedienung kam. Corinna bestellte einen Kaffee.

„Und wie haben Sie Herrn Kemmling kennen gelernt?", fragte sie.

„Ich war dabei, als er seinen allerersten Vortrag hielt."

„Sie sehen gar nicht aus wie ein Fastnachter."

„Bin ich auch nicht. Und ich war es auch nicht. Ich war damals als Spion auf der Sitzung."

„Als Spion?"

„Ja. Das war damals so üblich. Der kommandierende Besatzungsoffizier hatte zwar viel Verständnis für die Mainzer und ihre Brauchtümer, allerdings waren wir Franzosen insgesamt viel argwöhnischer den Deutschen gegenüber als die Amerikaner, die drüben in Kastel regierten. Das hing wohl damit zusammen, dass die amerikanischen Soldaten keine Verwandten hatten, die von den Deutschen getötet worden waren. Jedenfalls wurden die Franzosen noch argwöhnischer, als sie hörten, dass die Mainzer wieder anfingen, diese merkwürdigen Sitzungen abzuhalten, wo gereimte Reden geschwungen und Helau geschrien und dieser komische Gruß gegrüßt wurde. Also schickten sie Spione in die Sitzungen, um zu sehen, was da vor sich ging. Man stellte dann schnell fest, dass mit diesen komischen Reden zwar nicht unbedingt das Volk aufgewiegelt wurde, sie aber dennoch politisch nicht ganz unbedenklich waren. Manche Redner machten sich über die Alliierten und ihre Politik lustig, und das konnte sich eine Siegermacht nicht bieten lassen. Also haben wir die Sitzungen überwacht, und wenn es ein Redner unserer Meinung nach übertrieb, haben wir ihn verhaftet. Da ich als Elsässer gut Deutsch sprach, war ich einer von den Spionen, die man losschickte."

„Dann haben Sie Karl Kemmling kennen gelernt, als Sie ihn wegen eines franzosenfeindlichen Vortrags verhafteten?", Corinna lächelte. Die Geschichte gefiel ihr. Daraus ließ sich vielleicht was machen.

„Nicht ganz", antwortete der Franzose. Seine Augen begannen zu leuchten. Erzählen schien ihm Spaß zu machen. „Die Sitzung damals fand in diesem Bootshaus am Rhein statt, am Winterhafen. Wir hatten uns in Zivil ins Publikum gemischt. Ich hatte einen Oberleutnant bei mir, der das war, was Sie in Ihrer Sprache ein Arschloch nennen – der Krieg hatte nicht lange genug gedauert, dass er noch Hauptmann hatte werden können, und dafür hasste er den Feind umso mehr. Er sprach nicht sehr gut Deutsch, deswegen musste er mich laufend fragen, was die Redner sagten. Er war versessen darauf, jemanden zu verhaften. Ich aber war nicht gerade darauf erpicht, diesem Arschloch politische Aufrührer ans Messer zu liefern, daher übersetzte ich ihm die meisten Sachen so freundlich ich konnte. Ich musste mich dabei aber nicht besonders anstrengen. Das meiste war wirklich harmlos. Ich glaube, mehr noch als die Vorträge genossen es die Leute, mal wieder in einer Gemeinschaft zusammenzusitzen und zu feiern, oder einfach nur etwas zu erleben, was nicht zu ihrem Alltag in dieser zerbombten Stadt gehörte. Jeder Scherz wurde bejubelt, als markiere er einen Aufbruch in eine neue, bessere Welt. Meine Übersetzungen jedenfalls brachten meinem Oberleutnant kaum Anhaltspunkte, jemanden zu verhaften. Bis Karl kam."

Corinna sah schnell auf die Uhr. Leider hatte sie nicht ewig Zeit. Um 14 Uhr war sie mit Koffer verabredet. So schön die Geschichte des Alten auch war: Wenn er nicht bald zum Punkt kam, würde sie ihn unterbrechen müssen.

„Damals fiel es nicht so auf, dass er so ein dünner, hagerer Kerl war, denn in dieser Zeit waren wir alle dünne, hagere Kerle", fuhr Hunslicker fort. „Mir fiel sofort auf, wie nervös er war. Es war zu sehen, dass er nicht gewohnt war, vor Publikum zu sprechen. Als er auf die zusammengezimmerten Dielen stieg, welche die Bühne bildeten, konnte ich förmlich spüren, wie sein Atem stockte, sein Magen sich zusammenzog und sein Herz galoppierte. Zuerst brachte er auch gar nichts heraus. Seine Zunge muss trocken wie Schmirgelpapier gewesen sein. Er versuchte, aus dem Glas Wasser zu trinken, das in dem Eulenfass bereitstand, und wir sahen, wie seine Hände zitterten. Dann krächzte er seine ersten Worte ins Publikum, und sie klangen, als kämen sie von einem Erstickenden. Immerhin schaffte er zwei Zeilen, die sich sogar reimten, und es gab einen ersten Tusch, ta-taa, ta-taa, ta-taa." Einige Kaffee trinkende Rentner schauten sich nach Hunslicker um.

„Sein Vortrag handelte von der Friedenstaube, die durch das zerbombte Deutschland fliegt. Sie kommt nach Mainz und kreist wie ein Geier über der Stadt, will sich aber nicht setzen. Sie sieht, wie die Franzosen den Mainzern die Zigaretten abnehmen, die ihnen Amerikaner auf der anderen Rheinseite zugesteckt haben, auch, wie in den Ämtern und Schulen der Stadt wieder genau die Herrschaften einziehen, die ein paar Monate zuvor noch überzeugte Nazis waren. Karl verglich sie mit Reptilien, die sich einfach ihr braunes Schuppenkleid abscheuerten und sich dann wieder auf ihre alten Pöstchen zurückschlängelten, um bald wieder an einem leidlich gedeckten Mittagstisch zu sitzen – und nun *Amen* statt *Heil Hitler!* zu schreien. An dieser Stelle musste auch ich lachen, und mein dummer Oberleutnant wollte natürlich erklärt bekommen, weshalb ich lachte, aber ich konnte es ihm einfach nicht so übersetzen, dass er es auch komisch fand. Das ärgerte ihn. Es hätte nicht viel gefehlt, und er hätte mich mit vorgehaltener Pistole gezwungen und mich angeschrien: Bring mich auch zum Lachen!"

Hunslicker deutete mit zwei Fingern und dem Daumen als Abzugshahn eine Pistole an. Je länger er erzählte, desto mehr Leben kehrte ihn in zurück.

„Mittlerweile ging der ganze Saal mit, die Tuschs – sagt man eigentlich Tuschs? – mussten oft wiederholt werden, man hörte von überall Ha-has und Ho-Hos, und Leute, die sagten: *Horcht, horcht, der Bub nemmt kää Blatt vor de Mund*". Corinna staunte, wie gut der Franzose den Mainzer Dialekt imitieren konnte.

„Und je mehr die Leute lachten, desto sicherer wurde Karls Vortrag. Er schaute jetzt kaum noch in sein Manuskript, fing an, gezielt Kunstpausen zu setzen und das Publikum einzubeziehen. Am Ende seines Vortrages ließ seine Friedenstaube, die sich das Machtgetue der Sieger und das Geheuchel der Besiegten angesehen hatte, auf das ganze Treiben Taubendreck fallen. Sie können sich sicher denken, was er auf das Wort kreisen reimte. Dann brach ein ungeheuerlicher Jubel los. Das Auditorium erhob sich, alle klatschten so laut und so schnell sie konnten, einige schrien Bravo! Bravo! und einige sogar Bravissimo, die Kapelle spielte einen Tusch nach dem anderen. Sogar ich klatschte, doch als ich das Gesicht meines Oberleutnants sah, ließ ich es sofort wieder sein. So erbost wie er dreinschaute, konnte dies nur eins bedeuten: Er wollte Karl verhaften. Ich konnte nicht genau sagen, warum, er wahrscheinlich auch nicht. Vermutlich war ihm der Jubel schon Aufruhr genug. Er erhob sich, nickte mir kurz zu, mit dem Kinn in Richtung Bühne, und wir begannen, uns durch den Saal nach vorne zu arbeiten. Einem Sergeanten, der in der Tür postiert war, gab er ein Zeichen, dass er Verstärkung holen sollte. Glücklicherweise hatten wir ganz hinten gesessen, so dass es eine Weile dauerte, bis wir vorne ankamen."

„Und dann haben sie ihn verhaftet?" – Corinna musste das Ende der Geschichte nun ein wenig herbei drängeln. Das tat ihr Leid, aber es ging nicht anders.

„Nein, nein. Die Leute vom Verein, die ihn betreuten, hatten natürlich sofort bemerkt, was los war, und haben ihn schnell hinter die Bühne gebracht. Dort ist er durch das Toilettenfenster geflohen."

„Aber Ihr Oberleutnant hatte doch Verstärkung angefordert. Sie hatten doch Jeeps und alles – wie konnte er da entkommen?"

„Nun, dieser karnevalistische Untergrund war sehr gut organisiert. Am Rheinufer stand ein Ruderboot bereit, da haben sie ihn eingeladen und ans andere Ufer gerudert, zu den Amerikanern. Die hat es nicht gekümmert, wenn wir Froschfresser hinter irgendwelchen Aufrührern herjagten. Karl hat sich ein paar Tage in Mainz-Kastel versteckt und ist dann wieder in die französische Besatzungszone zurückgekehrt."

Er blickte sie lächelnd an, dankbar, dass sie ihm zugehört hatte. Er war fertig. Corinna hatte ihren Kaffee ausgetrunken. Eigentlich war es für sie schon wieder Zeit zu gehen. Doch fiel ihr plötzlich ein, dass sie noch gar nicht über das gesprochen hatten, weswegen sie sich eigentlich getroffen hatten.

„Nun, Monsieur, was die Dinge betrifft, die Ihnen im Zusammenhang mit Herrn Kemmlings Tod aufgefallen sind", begann sie daher hastig, „so ganz Unrecht haben Sie da nicht: Es hat keine Obduktion gegeben, was angesichts der Todesumstände schon merkwürdig ist."

„Sehen Sie!" – Hunslicker war sofort wieder in der Gegenwart und voll konzentriert.

„Ob auch der Rest der Ermittlungen so oberflächlich abgelaufen ist, kann ich noch nicht sagen. Ich werde nachher den ermittelnden Polizeibeamten treffen, dann sehen wir weiter. Und ich werde mit meinem Redaktionsleiter reden, ob wir nicht vielleicht einen Artikel darüber bringen können."

Der Franzose nickte begeistert.

„Nur was ich immer noch nicht so ganz verstehe: Worauf wollen Sie eigentlich hinaus?" Corinna blickte ihn gespannt an.

Hunslicker aber nippte nur seelenruhig am Porzellan. „Wie meinen Sie das?"

„Ich meine: Ich kann mir nicht vorstellen, dass Sie mich nur auf irgendwelche Nachlässigkeiten der Behörden hinweisen wollen. Dahinter steckt doch etwas – Sie müssen doch irgendeinen Verdacht haben."

Hunslicker schenkte ihr einen dieser Augenaufschläge, die nur Charmeure der alten Schule beherrschen. „Jetzt bringen Sie mich aber in Verlegenheit", druckste er herum, für Corinnas Geschmack eine Spur zu schuljungenhaft.

„Dann will ich mal etwas deutlicher werden: Sie machen mir doch nicht aus lauter Freude am Querulantentum die Nase lang mit dieser Geschichte. Da steckt doch was dahinter. Oder, um es klipp und klar auszusprechen: Glauben Sie, dass Herr Kemmling ermordet worden ist, und irgend jemand die Tat zu vertuschen versucht?“

Hunslicker zuckte zusammen, als Corinna es aussprach. „So weit würde ich nicht gehen,“ flüsterte er. Er nahm einen tiefen Schluck aus seiner Porzellantasse, erwiderte Corinnas exakten Blick.

Es war ihm anzusehen, dass er mehr wusste und glaubte, als er vorgab. Doch er sagte nichts weiter. Vermutlich war er sein Leben lang so gewesen: Er verstand es, sich mit wenig Aufwand Andere gefügig zu machen, sie dazu zu bringen, sich ihm zu offenbaren, vielleicht sogar aufzuopfern, doch selber gab er nichts von sich preis. Und die, die er sich am leichtesten gefügig machen konnte, waren stets Frauen gewesen.

Sie verabredeten sich für Samstagmittag zum Essen. Dabei wollte Corinna ihm über den weiteren Fortgang ihrer Ermittlungen Bericht erstatten.

Es war bereits kurz nach drei, als Corinna im Polizeipräsidium am Valenciaplatz eintraf. Wenigstens ließ sich in der Goethestraße um diese Zeit einigermaßen problemlos ein Parkplatz finden. Das war für Mainzer Neustadt-Verhältnisse durchaus nicht selbstverständlich.

In Koffers Büro hing ein großer Kalender, der um die Fastnachtsfeiertage herum mit etlichem Kugelschreibergekritzel versehen war, die Corinna nicht entziffern konnte. Eintragungen, wer Urlaub oder Schicht hatte und/oder haben sollte. Um diese Tage herum waren mehr Namen durchgestrichen und wieder hingeschrieben worden als irgendwo sonst.

Neben dem Kalender hing ein blecherner Aktenschrank, an den ein Cartoon in DIN-A4-Format geklebt war. Seiner Druckqualität nach zu urteilen war es die ungefähr zweihunderttausendste Fotokopie: Ein Wetterfrosch, der sich erhängt hatte. Seine Abschiedsworte hatte er, gleichsam als Vermächtnis, auf die Wand hinter sich gepinselt: „I moag nimmer."

Der Blick in Koffers mut- und freudloses Gesicht verriet ein Übriges: Dieser Mann erwartete nichts Gutes in den nächsten Tagen, obwohl er nur nach den heftigeren Vergehen hinzugezogen wurde, die sich an Fastnacht zutrugen. Mit den ungezählten Ruhestörungen, Autounfällen und Raufereien mussten sich die Schutzpolizisten rumschlagen, die Butze, wie sie in Mainz hießen.

Sicher, einen Moment lang fragte Corinna sich natürlich auch, ob Koffer nicht bewusst diese Leidensmiene aufsetzte, um ihr ein schlechtes Gewissen zu machen. Um sie daran zu erinnern, dass sie ihn verschmäht hatte. Koffer war nämlich seit Jahr und Tag schon unglücklich in sie verliebt. Sie hatte ihn kennen gelernt, als sie sich in den Polizeireporterjob einarbeitete. Aus etwas, was sie für professionelles Verhalten gehalten hatte, war sie hin und wieder mal abends mit Polizeibeamten ein Bier trinken gegangen, um sich ein paar Informationskanäle an Hofmann vorbei zu erschließen. Koffer jedoch hatte ihr Interesse falsch interpretiert. Als es dann schon soweit war, dass er unangemeldet nach Feierabend bei ihr aufkreuzte, um „einfach mal so" zu fragen, was sie denn gerade mache und ob sie denn Lust auf „ein Bierchen" habe, hatte sie angefangen, ihn sich wieder mehr auf Distanz zu halten. Da sie ihn gleichzeitig nicht als Informanten verlieren wollte, stellte die Kontaktpflege zu ihm seither eine nicht unproblematische Gratwanderung dar.

Nun saß sie wieder bei ihm, um einen Gefallen einzufordern. Keine günstige Ausgangssituation, dachte Corinna, und verdrängte die Vorgeschichte so gut es ging, um sich besser konzentrieren zu können.

„Du hast doch die Ermittlung in dieser Kemmling-Sache geführt", kam sie, ganz Profi, nach ein paar knappen Begrüßungsfloskeln zum Punkt. „Hast du eine Ahnung, weswegen Henn keine Leichenöffnung anordnete?"

„Hat er nicht?"

„Nein."

Koffer zuckte die Achseln, zog eine fast kindliche Schnute. Ob die es gewesen war, wegen der sie nie auch nur eine Sekunde daran gedacht hatte, ihn zu ihrem Liebhaber zu machen? Oder war es insgesamt diese Mischung aus großem massigen, fast fettleibigem Mann und kindlichem Gesicht mit Babyschnute?

„Wenn das so ist ... Ich kann dir auch nicht sagen, weshalb er es nicht getan hat. Es gab wohl keine Anhaltspunkte, wegen denen er es hätte tun sollen", meinte er.

„Aber der Mann ist eines nicht natürlichen Todes gestorben. Da kann es doch nicht sein, dass sein Leichnam nicht einmal zwei Tage nach seinem Tod schon zur Beerdigung freigegeben worden ist."

„Warum nicht? Wir haben alle notwendigen Ermittlungen geführt. Gut, vielleicht hätte Henn den Alten auch noch aufschneiden lassen sollen, der Vollständigkeit halber – aber was hätte es gebracht?"

„Ihr habt alle nötigen Ermittlungen durchgeführt? Wie denn, in der kurzen Zeit?" Sie spürte, wie ihre prompten Nachfragen Koffer zu nerven begannen.

„Die Zeit hat absolut ausgereicht, um sein Umfeld zu untersuchen. Da gab es nämlich nicht viel zu ermitteln. Ich glaube, er war der einsamste Mensch, der je auf dieser Erde gelebt hat."

Koffers Gesicht wurde noch trauriger. Offenbar wollte er Corinna unter allen Umständen beweisen, was für eine mitfühlende Seele er war. Oder aber andeuten, dass er sich mit Kemmling identifizierte. Dass er eine ebenso einsame Seele war, nachdem seine große Liebe ihn verschmäht hatte.

Corinna verdrängte auch diesen Gedanken, blieb knallhart auf Kurs.

„Kannst du mir das vielleicht ein bisschen erklären?", fragte sie.

„Du weißt aber hoffentlich, dass ich das eigentlich nicht dürfte." Damit begann er immer, wenn er Corinna Näheres über seine Ermittlungen erzählte. Auch so eine Masche, um ihr verstehen zu geben, dass er es nur tat, weil sie ihm so viel bedeutete. „Wir haben zuerst deine Eltern vernommen, bei denen er ja in den letzten Wochen gewohnt hat", begann er. „Was die uns sagen konnten, weißt du sicherlich. Dann sind wir in seine Wohnung in Ginsheim-Gustavsburg gefahren, haben mit den Nachbarn gesprochen, die so gut wie nichts über ihn wussten, außer dass er ein bisschen merkwürdig und wunderlich war, aber immer höflich. Sein Vermieter hat ebenfalls nichts Schlechtes über ihn sagen können, außer dass er letztes Jahr eine Zeit lang Probleme hatte, seine Miete zu bezahlen, was er aber gegen Ende des Jahres wieder in den Griff bekam. Was auch nichts Verdächtiges ist, weil dein Vater ausgesagt hat, dass er Kemmling finanziell unter die Arme gegriffen hat."

Genau, wie Corinna es immer vermutet hatte: Ihr alter Herr hatte sich seinen alten Büttenpartner regelrecht eingekauft, um mit ihm sein großes Comeback zu feiern.

„Und Verwandte hatte er keine mehr", ergänzte Koffer.

„Überhaupt keine?"

„Keine. Es soll wohl eine Schwester gegeben haben, die aber vor ein paar Jahren gestorben ist. Kinderlos. Die ganze Familie ist damit vom Erdboden getilgt. Habe ich so auch noch nicht oft erlebt. Auf der Suche nach Bekannten und Freunden sind wir außer auf deinen Vater nur auf einen Brieffreund in Frankreich gestoßen."

„Robert Hunslicker."

„Woher kennst du den Namen?"

„Er ist gerade in der Stadt. War auch bei der Beerdigung." Mehr wollte Corinna nicht erzählen. „Wie sah Kemmlings Wohnung denn aus?", bohrte sie fleißig weiter.

„Insgesamt sehr aufgeräumt. Es gab da auch nicht viel zum Aufräumen. Winzige Zweizimmerwohnung unterm Dach, zum Teil auch noch mit schrägen Wänden, so dass er sich nicht mal überall aufrecht stehend bewegen konnte. Kaum Habseligkeiten außer einer Menge Bücher. Fast alle Wände waren mit Regalen verstellt. Noch nicht mal viel mehr Geschirr, als für eine Person notwendig ist. Ein ewiger Junggeselle eben. Er hatte sogar noch einen Schwarzweißfernseher."

„Wenn er so spartanisch gelebt hat, wie ist er dann in Geldschwierigkeiten gekommen?“ Corinna war fast ein wenig stolz, dass ihr die Frage eingefallen war.

„Das haben wir uns auch gefragt“, gab Koffer sich jedoch nicht sehr überrascht. „Bis wir einen Aktenordner mit Anwaltspost fanden. Kemmling war abgezockt worden, als ihn jemand vor einiger Zeit bequatschte, in ein Dritte-Welt-Projekt in Afrika zu investieren, dass es gar nicht gab. Als gutmütige Seele, die er war, hat er da viel mehr reingesteckt, als er sich als Rentner leisten konnte. Er war wohl so ein Mensch, der mit seinem Geld einfach nicht haushalten konnte. Bis ins hohe Alter. Wenn dein Vater ihm nicht aus der Patsche geholfen hätte, wäre er wohl obdachlos geworden.“ Koffer zuckte wieder die Schultern. „Was hätte es bringen sollen, den alten Mann nach seinem Tod noch aufzuschneiden?“, fragte er noch einmal.

„Das muss ich dir doch nicht erzählen. Da gibt es noch Einiges, was man hätte feststellen können. Zugegeben, es gibt keine Anhaltspunkte für eine Beziehungstat. Aber vielleicht sind ein paar betrunkene Halbstarke des Weges gekommen und haben ihn ausnehmen wollen.“

„Seine Brieftasche hatte er noch bei sich.“

„Dann haben sie ihn halt nur so zum Spaß ein wenig hin- und hergeschubst. Erzähl’ mir nicht, dass es so etwas nicht gibt. Naja, und dabei könnte er dann im Wasser gelandet sein. Auf jeden Fall sind nicht alle Möglichkeiten ausgeschöpft worden, um das herauszufinden.“

„Ach, und daraus willst du uns jetzt einen Strick drehen?“

„Wieso uns?“

„Na, dann Henn zumindest. Was hast du überhaupt vor? So eine Revolverblattnummer in der Art: Mainzer Staatsanwalt vertuscht brutalen Mord an Starfastnachter oder was? Hast du mal daran gedacht, dass Henn dem Alten vielleicht wirklich nur seine Ruhe lassen wollte? Und dass er ein bisschen Rücksicht auf Menschen wie deinen Vater nehmen wollte, denen Kemmling was bedeutet hat? Aber nein, ihr Zeitungsleute müsst immer alles schlecht machen.“

Koffer redete sich in Rage, sein Babyface lief puterrot an.

„Außerdem haben wir natürlich auch mit den Rheinanliegern in der Ecke gesprochen. Da gibt es aber nicht viele, sieht man von eventuellen Besuchern des Laubenheimer Campingplatzes mal ab. Aber um diese Jahreszeit ist dort keiner …“

„Wen wundert's." Corinna überlegte, ob sie Koffer nicht wenigstens darauf aufmerksam machen sollte, dass seine Koteletten, die sich von seinem braunen Lockenkopf bis kurz über die Kinnpartie kräuselten, „megaout" waren. Aber das wäre schon wieder zu vertraut gewesen.

„Den wenigen Anliegern, mit denen wir gesprochen haben, sind keine halbstarken Jugendlichen aufgefallen", fuhr er fort. „Die grölen übrigens, wenn sie besoffen sind, und von daher machen sie sich schon bemerkbar."

Corinna bemühte sich, ob dieser spitzfindigen Belehrung nicht beleidigt die Augen zu verrollen.

„Außerdem schubst man einen erwachsenen Menschen nicht einfach so ins Wasser", argumentierte Koffer weiter. „Da gibt es vorher einen Kampf, und der hinterlässt fast immer Spuren. Kemmlings Leichnam hatte aber keine äußeren Wunden, zumindest habe ich keine an ihm gesehen. Und unter die Fingernägel wird ihm der Gerichtsmediziner wohl geguckt haben.

„Da wäre ich mir nicht so sicher", konterte Corinna. „Davon abgesehen, stolpert ein Spaziergänger auch nicht einfach so ins Wasser und ertrinkt. Dazwischen sind doch die Uferböschungen, die mit Steinen befestigt sind. Da hüpft man nicht einfach so drüber."

„An der Natorampe zum Beispiel geht es direkt steil ins Wasser. Vielleicht ist er ausgerutscht. Und wenn man erst ins Wasser gefallen ist, ist selbst bei einem geübten Schwimmer nicht gesagt, dass er sofort wieder auftaucht. Wir haben Februar: Das Wasser ist bitterkalt, da spielen die Muskeln nicht lange mit. Dazu kommt die schwere Winterkleidung, die sich sofort mit Wasser vollsaugt und nach unten zieht. Und die Flussströmung ist auch nicht zu verachten."

„Hhm". Corinna überlegte, wo sie noch einmal einhaken konnte. Gerne hätte sie jetzt Hunslicker neben sich gehabt, damit er ihr noch etwas Argumentationsmunition lieferte.

Koffer registrierte zufrieden, dass ihr nichts mehr einfiel, und schaute sie erwartungsfroh an: Offenbar erwartete er, dass sie jetzt eine Einladung aussprach, als Gegenleistung für seine Informantendienste. Den Gefallen aber tat Corinna ihm nicht.

Eine Schweißperle löste sich eilig aus Hasselblatts Haaransatz und wuselte die Stirn hinab, geradewegs auf sein Nasenbein, das sie offenbar als Sprungschanze benutzen wollte. Immer schneller werdend schoss sie auf die Nasenspitze zu, wo sie zu Corinnas Überraschung aber nicht abhob. Die Schweißperle stoppte plötzlich und rollte sich dann träge ums äußerste Ende des Knorpels herum. Am unteren Ende blieb sie dann hängen, unentschlossen – offenbar wollte sie noch ein wenig damit kokettieren, sich in die Tiefe stürzen zu wollen. Ein Selbstmordkandidat, der es genoss, zum ersten Mal in seinem Leben ein wenig Aufmerksamkeit erheischt zu haben.

Hasselblatt selbst war absolut regungslos in sein Redaktionsleitersesselchen gepflanzt, den Maikäferleib nach vorne gebeugt und auf die verschränkten, wurstigen Arme gestützt, die auf dem picobello aufgeräumten Schreibtisch auflagen.

Es war siebzehn Sekunden her, dass Corinna ihm erklärt hatte, was sie vorhatte. Sie hatte im Stillen mitgezählt, das machte das Warten interessanter.

„Ich versteh nicht, auf was du hinaus willst", brabbelte er endlich los. Sein Genuschel war Gift für Corinnas verkaterten Schädel.

„Auf was ich hinaus will? Ich habe gute Anhaltspunkte, dass die Mainzer Staatsanwaltschaft bei einer Todesermittlung geschlurt hat, und darüber würde ich gerne schreiben. Schließlich geht es um eine Todesermittlung, die einen lokalen Prominenten betrifft. Wenn du mich daraus einen Aufmacher drehen lässt, sind wir morgen im Straßenverkauf im Nu weg."

Corinna hatte es noch nicht ausgesprochen, da hätte sie sich auch schon auf die Zunge beißen können: Das Straßenverkaufs-Argument zog beim heiligen Hasselblatt nicht, er wollte die Zeitungsauflage langfristig durch superseriöses, korrektes Arbeiten steigern. Wer aufs schnelle Geld aus war, den bezeichnete er geringschätzig als „Scheckbuchjournalisten".

„Ich versteh aber nicht, was an der Sache so skandalträchtig sein soll", brabbelte er. „Willst du diesem Staatsanwalt unterstellen, was vertuschen zu wollen?"

„Nicht unbedingt. Vielleicht hat Henn es einfach versäumt, die Obduktion anzuordnen, weil ihm der Fall so klar erschien – jeder weiß doch, dass er sich für unfehlbar hält. Daher sagte er zum Gerichtsmediziner, komm', geschenkt, Fastnacht steht vor der Tür, schaffen wir den alten Knaben schnell unter die Erde und Ruh' ist. Aber das darf nun einmal nicht sein."

„Du magst diesen Henn nicht besonders, was?“

„Niemand mag diesen Henn besonders, aber darum geht es nicht. Er hat einfach nicht die notwendigen Untersuchungen veranlasst. Der alte Kemmling hat leider niemand hinterlassen, der für ihn Partei ergreift. Also müssen wir das für ihn tun, oder? Sind wir die vierte Gewalt oder nicht?“ Ein kurzes, fast siegessicheres Lächeln huschte über Corinnas Gesicht. Dieser Grundsatz musste doch auch in der journalistischen Ethik des heiligen Hasselblatt zu finden sein, so ähnlich zumindest.

„Hat dein Vater vielleicht damit zu tun, dass du daraus eine große Geschichte machen willst?“

Natürlich. Ihr Vater. Fiel denn niemandem mal etwas Anderes ein? In Corinnas Magen sammelte sich Säure.

„Mein Vater hat damit nichts zu tun. Wenn du es genau wissen willst: Er hat die Beerdigung bezahlt und sogar persönlich daran mitgewirkt, dass sie so schnell abgewickelt wurde, damit es noch vor den närrischen Feiertagen erledigt wird. Ich glaube, in dieser Stadt versenken die Menschen die Toten eher auf die Schnelle im Rhein als zuzulassen, dass sie sich durch sie vom Fastnacht feiern abhalten lassen.“

„Ich frag mich manchmal, ob du als Lokalredakteurin in Mainz wirklich so gut aufgehoben bist. Du hast einfach kein Gefühl für die Mentalität der Menschen in dieser Stadt.“

Corinna fiel unweigerlich einer ihrer sehnlichsten Herzenswünsche ein. Einmal in der Position zu sein, sich nach einem derart unterirdischen Einwurf erheben, ihm ein gelassenes „Weißt du was, fick' dich ins Knie“ entgegnen und dann auf Nimmerwiedersehen verschwinden zu können. Doch die Zeitungsredakteursstellen waren rar geworden im Lande, und die Stellen für Redakteurinnen, die sich, um diese zu bekommen, nicht von ihren künftigen Vorgesetzten bumsen lassen wollten, erst Recht.

„Ein Blick auf meinen Stammbaum sagt aber etwas Anderes: Ich bin ein Meenzer mit zwei e, das kann hier nicht jeder von sich behaupten“, konterte sie statt dessen. Was auch schon ganz schön kess war, denn es wurmte den heiligen Hasselblatt, der aus einem Kaff in der Eifel stammte, schon, dass er in seiner Wahlheimat sein Leben lang als „Messfremder“ gelten würde. Vorwitzige Antworten von vorwitzigen Mitarbeitern schätzte er noch weniger.

Die Schweißperle unterhalb seiner Nasenspitze begann, bedrohlich hin und her zu schwingen. Sie schien ernst machen zu wollen.

Sieben, acht Sekunden verstrichen. Wenn Hasselblatt nicht bald etwas sagte, würde er wegdämmern. Oder Corinna.

„Also, was jetzt", hakte Corinna nach.

„Ist das denn juristisch einwandfrei zu belegen, dass hier ein Verfahrensfehler gemacht wurde?"

Corinna rollte genervt die Augen. „Es lässt sich aus der Strafprozessordnung nicht hundertprozentig herleiten, dass Henn verpflichtet war, eine Obduktion anzuordnen. Aber angesichts der Tatsache, dass er kaum was Aussagekräftiges über Kemmlings Tod in der Hand hatte, hätte er es einfach tun müssen. Ich kann ja einen Staatsanwalt oder Polizeibeamten aus Wiesbaden zitieren, der bestätigt, dass dies in so einem Fall die gängige Praxis ist."

„Ach, die Wiesbadener, die lassen doch keine Gelegenheit aus, einen Mainzer in die Pfanne zu hauen."

„Wenn uns das aber hilft, warum sollen wir das dann nicht ausnutzen?"

„Aber was haben wir davon?

„Einen starken Aufmacher."

„Aber hast du eine Ahnung, was dann passiert? Henn ist Vizepräsident der Kurfürstengarde, in der fast alle einflussreichen Geschäftsleute der Stadt sind. Wenn du die gegen uns aufbringst, verlieren wir unsere besten Anzeigenkunden."

„Ich denke, Kemmling war auch ein angesehener Fastnachter."

„Aber schon seit über 30 Jahren kein Mainzer mehr. Außer deinem alten Herren kannte ihn in der Stadt keiner mehr."

„Ach, und deswegen braucht man nicht viel Aufhebens zu machen, wenn er plötzlich stirbt, oder wie? Außerdem war er ja schon alt, hätte sowieso nicht mehr lange zu leben gehabt, was?" Je mehr Corinna sich in Rage redete, desto beistandsbedürftiger schien ihr der alte Kauz. „Mein Gott, machst du es dir einfach."

Empört blickte Hasselblatt sie an. Damit hatte sie einen genialen Streich gelandet. Dem heiligen Hasselblatt vorzuwerfen, er mache es sich einfach, traf ihn tief.

„Wenn du was machst, dann muss es hunderprozentig rund sein. Die Sache mit der Oduktion reicht mir noch nicht. Kannst du nicht noch ein paar andere Quellen anzapfen, um nicht vielleicht noch ein paar Versäumnisse mehr zu Tage zu fördern?", lenkte er nun tatsächlich ein.

„Ich kann es versuchen."

„Na wunderbar. Bis morgen kriegen wir die Geschichte ohnehin nicht mehr rund, und dann können wir sie bis Aschermittwoch sowieso nicht mehr bringen, denn am Montag oder Dienstag würde sie kein Mensch ernst nehmen. Du hast also genügend Zeit."

Der Schweißtropfen unter Hasselblatts Nasenspitze hatte genug: Er stürzte sich in die Tiefe und klatschte auf den grauen Kunstoffbelag des Schreibtischs.

Hasselblatt nickte Corinna kurz zu, um ihr zu bedeuten, dass das Gespräch beendet war. Er musste sich wieder seinem Tagwerk widmen, was bedeutete: Im Bewusstsein seiner Verantwortung vor sich hin dämmern. Vielleicht betete er auch dann und wann, wenn er so vor sich hin dämmerte. Corinna war sogar überzeugt, dass er beim Beten besonders schwitzte.

Ihr war klar, dass Hasselblatt nicht wirklich hoffte, sie würde die Geschichte tatsächlich noch „rund" bekommen. Er setzte viel mehr darauf, dass sie bis Aschermittwoch das Interesse daran verlor. Aber da sollte er sich täuschen.

Am Freitagabend vor Fastnacht traf sich der „harte Kern" der Redaktion stets bei Graf, um die Fernsehsitzung zu schauen. Corinna verließ schon kurz nach Sieben ihre Wohnung, da sie Iris noch abholen wollte. Sie hatte Graf gefragt, ob sie eine Freundin mitbringen dürfe, und der hatte natürlich zugesagt, in der Hoffnung, es käme jemand anders mit als Iris. Denn ihre Freundin hatte sich mit ihrer streitbaren Art und ihrer intellektuellen Überlegenheit auch im Redaktionskreis schon unbeliebt gemacht. Doch Corinna liebte es, sie gerade deswegen immer wieder mitzubringen. Eine junge, hübsche, verführbare Freundin mitzubringen, wäre ihr nicht im Traum eingefallen. Sie wollte nicht zur Frischfleischversorgung ihrer Kollegen beitragen. Abgesehen davon, hatte sie auch keine Freundin, die deren Wunschvorstellungen von einem Partymitbringsel entsprach.

Sie schloss die Haustür ihres Wohnblocks in der Walpodenstraße, drehte sich um und nahm schon, während sie den Schlüssel in ihrer Handtasche verschwinden ließ, Kurs Richtung Neustadt.

Plötzlich tat es einen Knall. Es warf sie um, sie landete auf dem Hosenboden, einen Moment wurde ihr schwarz vor Augen. Sie war wieder einmal gegen jemanden gelaufen. Das häufte sich wirklich in letzter Zeit.

Sie spürte eine Hand, die ihre Rechte fasste, um ihr aufzuhelfen. Noch benommen begann sie, sich wieder aufzurappeln. Bis ihre Sinne Alarm schlugen: Der feste Männergriff, der wollene Mantel, über den ihre Wange kurz rieb, der raue Atem, der ihr von ihrem Helfer entgegenschlug – das alles kannte sie doch!

Fast ängstlich schlug sie die Augen auf – und blickte nach oben. ER stand vor ihr! ER und kein anderer. Sofort stellte ihr Herz jede Tätigkeit ein.

„Na, so ein Zufall", hörte sie ihn sagen, während sie sich erst noch mit Fragen wie „Wieso? Weshalb? Warum?" zu beschäftigen begann. Ihr Schweigen erneut nicht weiter beachtend, fuhr er fort: „Ich habe Sie gestern in Mombach gesehen und mich sehr gefreut, dass Sie da waren."

Corinna blieb der Mund offenstehen. Möglicherweise stammelte sie ein „Aber weshalb ...", wahrscheinlich aber las er dies lediglich von ihren Lippen ab.

„Sie waren leider in männlicher Begleitung. Da habe ich mich nicht getraut, Sie anzusprechen, weil ich Sie nicht in Verlegenheit bringen wollte.

Aber Morgen, zur Ballhalla, bringen Sie, wenn überhaupt jemanden, nur ihre Freundin mit, ja?"

Corinna nickte vermutlich. Er jedenfalls wünschte ihr einen „Schönen Abend", entließ sie aus seinem Griff und verschwand in Richtung der Altmünsterkirche, die sich in einigen Metern Entfernung düster in der Nacht erhob. Langsam nahm Corinnas Herz wieder seine Arbeit auf.

ER war da gewesen! Gestern! Den ganzen Abend hatte sie sich immer wieder verstohlen nach ihm umgesehen, aber sie hatte ihn nicht entdeckt, er aber sie! Und er hatte offenbar niemanden anders treffen wollen als sie! Und, unfassbar: Er hatte sie nicht angesprochen, weil Luzifer und der blöde Captain sie in Beschlag genommen hatten! Konnte das Leben grausamer sein?

Es dauerte eine Weile, bis sie zu einem festen Schritt gefunden hatte. Zunächst konnte sie nicht erwarten, Iris davon zu erzählen. Aber als sie in die Boppstraße einbog, entschloss sie sich, Iris gar nichts zu erzählen. Sie wollte die Freundin vielmehr überreden, sie morgen auch zur Ballhalla zu begleiten, ohne dass ER als Argument dafür herhalten sollte. Denn falls es morgen wieder eine Pleite geben würde, konnte Corinna keine Zeuginnen ertragen. Nicht einmal die beste Freundin.

Graf hauste für einen Junggesellen vergleichsweise geräumig, ähnlich wie Corinna, und allein schon deswegen war anzunehmen, dass er seine Kontakte zu Fastnachtsfunktionären aus dem Immobiliengewerbe genutzt hatte, um an die Wohnung zu kommen. Das fand Corinna ausnahmsweise verzeihlich, denn auch sie hatte die Freundschaft ihres Vaters zum Leiter der Immobilienabteilung einer großen Bank ausgenutzt, um ihr Apartment zu finden. Um in Mainz an eine schöne Wohnung zu kommen, musste es auch einer ansonsten unbestechlichen Lokaljournalistin mal gestattet sein, mit den Mächtigen anzubändeln, fand sie.

Ein weitläufiger Wohnraum mit angrenzender Küchenbar machte Grafs Wohnung für Kollegenfeten ideal. Da er im Gegensatz zu Corinna nicht viel in Innenausstattung investiert hatte, brauchte er auch nicht viel Angst vor etwaigen Renovierungsarbeiten am Tag danach zu haben. Außer einer Polstermöbelgarnitur, die von etlichen Umzügen gezeichnet war, einem Couch- und einem Beistelltischchen, einer Stehlampe und zwei, drei schnell aus den übrigen Zimmern herbeigeklaubten Stühlen gab es keine Möbel. Das Gros der Gäste nahm einfach auf dem Boden Platz, um sich vor der auf einer Fußbank platzierten Flimmerkiste zusammen zu rotten. Bier stand im Kühlschrank, für die Alkohol schmähenden jungen Damen war dort auch Mineralwasser zu finden. Der Pfälzer hatte auch einige Tüten Salzbrezeln und Kartoffelchips besorgt, die bereits aufgerissen und zwischen herumliegenden Besuchern drapiert waren, als Corinna und Iris sich zu der Runde gesellten.

Sie kamen als letzte, die Sitzung hatte bereits begonnen. „Macht's euch gemütlich", bat Graf aufgeräumt.

Corinna nickte zur Begrüßung kurz in die Runde. Wie üblich, war etwa die halbe Redaktion anwesend. Graf hatte es natürlich auch nicht versäumt, sein kleines Budenfest mit den derzeitigen Redakteursfavoritinnen Heidrun Nasch und Kerstin „Bambi" Dunst zu schmücken, zwei Praktikantinnen, deren Weg in die Nester ihrer gönnerhaften Lehrmeister schon vorgezeichnet schien. Es war nur noch zu klären, wer sie für sich gewinnen konnte.

Corinna holte sich ein Fläschchen Pils aus dem Kühlschrank, nahm gleich ein zweites für Iris mit heraus, öffnete beide mit Hilfe des neben dem Herd bereitliegenden Werkzeugs und drückte Iris das angenehm kühle und schlanke braune 0,33-Liter-Fläschchen in die Hand. Sie nahmen in der Runde Platz und widmeten sich der Fernsehsitzung.

Viel hatten sie noch nicht verpasst. Nur den Einmarsch des Komitees, die Begrüßung des Sitzungspräsidenten und den Vortrag des „Protokollers", der stets der erste Redner war, der bei einer Fastnachtssitzung auftrat.

Das „Protokoll" sollte eine Rückschau aufs abgelaufene Jahr sein, wobei politische Themen im Vordergrund standen. Von daher war der „Protokoller" ausersehen, einer der typischsten Vertreter dessen zu sein, was die städtischen Brauchtumsbewahrer als „politisch-literarische Fastnacht" verstanden, also des Charakteristikums, das die Mainzer Fastnacht vom Niveau her über allen anderen Karneval erheben sollte. Eine Last allerdings, die den Reimen der meisten „Protokoller" im Laufe der Jahre jeden Humor entzogen hatte. Nach ihnen war eine Gesangs- oder Tanzdarbietung an der Reihe, danach wieder ein Vortrag und erneut Gesang oder Tanz. In einer „normalen" Mainzer Fastnachtssitzung ging das sechs, sieben Stunden lang so, die „Fernsehsitzung" dauerte nur etwa vier. Deswegen war sie für Corinna noch die erträglichste. Länger konnte sie die Mainzer Sitzungsfastnacht schon lange nicht mehr durchstehen. Obwohl sie gnädiger geworden war im Lauf der Jahre: Aus der Phase, in der ihr diese Form des organisierten Humors zutiefst verhasst war, war sie endlich heraus. Schreiben musste sie schon lange nicht mehr darüber, seit ihr das geniale Argument eingefallen war, dass sie als Tochter einer Fastnachtslegende unmöglich über Fastnacht schreiben könne, denn wenn sie über jemanden negativ schriebe, konnte man ihr das als Bösartigkeit oder Intrige auslegen, die von ihrem alten Herren gesteuert war. Dem Einwand hatten sich weder Graf noch Hasselblatt verschließen können.

Allerdings war sie, nun langsam auf die 40 zugehend, den Aktiven gegenüber mittlerweile etwas gnädiger gestimmt. Sie empfand aufrichtigen Respekt vor diesen Rechtsanwälten und Zahnärzten, Bankangestellten und Schullehrern, Straßenkehrern und Busfahrern, die schon Wochen vor der Kampagne an Feierabenden und in Büropausen an fleckigen Manuskripten herumfeilten und ihrem großen Auftritt entgegenfieberten. Um dann vor 400, 600 oder, wie in der Rheingoldhalle, gar 1200 Sitzungsbesuchern in die Bütt zu steigen, Selbstgereimtes zum Besten zu geben und auf Applaus zu hoffen, sich aber auch der Gefahr auszusetzen, durchzufallen und in tiefste Depressionen gestürzt zu werden. Auch wenn die meisten Fastnachter sich diesem Risiko schon lange nicht mehr ganz so umsonst aussetzten, wie es die Narrenehre im Grunde gebot.

Nicht einmal amüsierunwillig begann Corinna, sich dem Vortrag von Klaus-Dieter Hertz zu widmen, dem „Mundschenk aus der Bundestagskantine." Er zählte ebenfalls zur „politisch-literarischen" Rednerfraktion und war in dieser Rolle seit Jahrzehnten fester Bestandteil der „Fernsehsitzung".

Leider war es nicht einfach, ihm zu folgen. Knoll musste nach jeder Pointe zum Besten geben, ob diese nun „platt", „daneben", „populistisch" gar „rrreaktionär" einzuschätzen war, und Graf entblödete sich nicht, ihm darauf ständig etwas entgegnen zu müssen, wohl, um Heidrun Nasch und „Bambi" Dunst zu demonstrieren, wer im Raum die journalistische Hauptkompetenz besaß.

„Der tut, als würrrde er jeden Morrrgen die FAZ lesen, dabei schafft er vermutlich nicht einmal die Bild-Zeitung", wetterte Knoll. Den Satz hatte er sich nicht selbst ausgedacht, sondern irgendwo angelesen, vermutlich in der „Taz" oder in der Frankfurter Rundschau.

„Sooo schlecht ist er jetzt auch wieder nicht. Obwohl, das eben kannt' ich schon von irgendwoher, hat er bei einem Kabarettisten mitgehen lassen, Mathias Richling, glaub' ich", besserwisserte Graf.

„Ach, nicht, dass ich Mathias Rrrichling toll finde, aber auf so ein Niveau begibt der sich doch nicht herrrab. Das ist doch allerrreaktionärstes CDU-Geschwätz. Wenn der fertig ist, müssen sie den Rrrruß aus der Bütt kehren", nörgelte Knoll weiter. Auch dieser Satz stammte nicht originär von ihm.

„Ich kenn' den Vortrag, da kommen auch noch ein paar Spitzen gegen die Schwarzen. Seit ich ihm in einem Artikel mal vorgehalten habe, dass er zu einseitig austeilt, versucht er immer, auch seinen Leuten mal ein paar mitzugeben." Graf grinste selbstzufrieden, als Hertz kurz darauf tatsächlich ein wenig gegen die CDU kalauerte. Vermutlich fühlte er sich dabei, als hätte er den ganzen Vortrag geschrieben.

„Trrrotzdem peinlich, einfach nur peinlich. Das soll jetzt politische Satirrre sein. Errrbärmlich", quäkte Knoll. Erwartungsfroh musterte er dabei „Bambi" Dunst, suchte nach Zeichen der Zustimmung. Ein paar Kilometer Luftlinie weiter, im Lerchenberger Reihenhaus, das Eltern und Schwiegereltern dem ehemaligen Debattierzirkelsozialisten finanzieren halfen, hob seine Frau wahrscheinlich gerade Knolls schreienden Nachwuchs aus dem Kot.

So ging es munter weiter. Corinna saugte kräftig an ihrer Pilsflasche. Da sie den Redebeiträgen unter diesen Umständen kaum folgen konnte, konzentrierte sie sich auf die Zwischenschnitte, auf die strahlenden Gesichter der Doktorsleut' und Direktoren, Politiker und Professoren, Großgrundbesitzer und Großgastronomen nebst ihren Schaubusenbesitzerinnen, öffentlich-rechtlichen Anstaltsschaffenden und nichtöffentlich-widerrechtlich miteinander bändelnden Ämterverwahrern, regionalen Wirtschaftsgrößen und Baufachleuten. Alle strahlten, allerdings nicht, weil das Programm sie erheiterte, denn das kannten sie schon: Sie hatten schon während der Kampagne Sitzungen besucht, beziehungsweise besuchen müssen, um sich oder ihr Unternehmen zu repräsentieren – daher waren fast jedem Fernsehsitzungsbesucher die Vorträge schon bekannt. Sie lachten und schunkelten und salutierten, weil sie es als ihre Pflicht und Schuldigkeit ansahen, eine stimmungsvolle Kulisse abzugeben, wenn Mainz alljährlich in den Wohnstuben der Nation „seine Visitenkarte abgab", wie es einer der Fastnachtsoberen mal formuliert hatte.

Und sie strahlten natürlich, weil es ihnen wieder mal gelungen war, zu den sechshundert Auserwählten zu gehören, die für die „Fernsehsitzung" ein Ticket ergattert hatten. Damit triumphierten sie über Nachbarn, Freunde, Bekannte und Verwandte, die nun vor dem Fernseher saßen, und sonnten sich in ihrem Neid. Der Videorekorder, der zeitgleich Zuhause eine Kopie des Ereignisses anfertigte, würde obendrein bis in allen Ewigkeiten dokumentieren, dass sie zu den auserwählten Sechshundert gehört hatten.

Corinna betrachtete sich die Gesichter. Es gab fast keines, das sie nicht kannte. Nahezu alle hatten auch im vergangenen Jahr dazugehört und im vorvergangenen Jahr sowieso. Eigentlich gelang es immer den gleichen Sechshundert, die begehrten Eintrittskarten zu ergattern, von ein paar Bundesministerhanseln mal abgesehen, die sich alljährlich von Mainzer Bundestagsabgeordneten zur „Fernsehsitzung" einladen ließen, um als Ehrengäste begrüßt zu werden – die wechselten mit schöner Regelmäßigkeit. Einmal allerdings hatte ein pitbulliger Verteidigungsminister das Angebot, eine „Fernsehsitzung" zu besuchen, mit der Bemerkung abgelehnt, Mainzer Fastnacht sei doch „eine Form von BSE". Damit hatte er sich für alle Zeiten den Zorn aller Mainzer Brauchtumsbewahrer zugezogen. Sogar einige lokale Parteifreunde waren ihm dafür Gram und das wollte was heißen.

Die Freude der immer gleichen Sechshundert, die „live" dabei sein durften, war indes verständlich. Sie hatten schließlich Einiges dafür tun müssen, um dazu zu gehören. Sie pflegten ebenso kostspielige wie zeitraubende Mitgliedschaften in Förderkreisen der ausrichtenden Vereine, nahmen schlecht dotierte Aufsichtsratsposten oder ehrenamtliche Politmandate in Kauf, machten durch Liebedienerei bei Fernsehschaffenden auf sich aufmerksam et cetera – nur, um an diesem Abend zum Kreis der Kartenbezieher zählen zu können. Wer nicht über das dazu notwendige Durchhaltevermögen verfügte, aber dennoch unbedingt zu den auserwählten Sechshundert gehören wollte, versuchte, einen der Frohsinnsfunktionäre, die auf die Vergabe der Eintrittskarten Einfluss hatten, mit einer aufwändigen Zahlung gewogen zu stimmen.

Der Preis für ein auf diese Art zu erwerbendes Ticket richtete sich nach der so genannten „Fernsehsicherheit“ der Karten. Denn es existierten exakt erarbeitete Studien darüber, welche Sitzreihen sich in den bevorzugten Schwenkbereichen der Kamerazyklopen befanden. Diese konnten zusätzlich beeinflusst werden durch anwesende Prominenz, der natürlich öfter Zwischenschnitte gewidmet wurden als unbekannten Gästen, solchen mit ausladenden Dekolletés mal abgesehen. Als prominent galten neben den Bundesministerhanseln etwa Fernsehnachrichtensprecher und -sprecherinnen, Sportmoderatoren oder Familienseriendarstellerinnen oder auch Fußballpräsidenten.

Mit der Prominenz rückten selbstverständlich auch deren Tischnachbarn ins Bild. Daher war es erstrebenswert, neben einem Prominenten platziert zu werden. Ein Phänomen, mit dem bisweilen sogar politisch taktiert wurde. So durften einmal ein sehr populärer Altbürgermeister und ein ebenso populärer Seniorfastnachter, die miteinander befreundet waren, nicht bei der „Fernsehsitzung“ zusammen sitzen, obwohl dies ihr gemeinsamer Wunsch war. Da der eine ein SPD- und der andere ein CDU-Parteibuch besaß und in Mainz die Oberbürgermeisterwahlen nahten, forderten ihre Parteifreunde von ihnen, sich neben den jeweiligen Spitzenkandidaten ihrer Partei zu platzieren, um die Kamerazyklopen anzulocken.

Es war auch schon vorgekommen, dass eifrige Polithelfershelfer während der Fernsehsitzung in ihren Parteizentralen vor TV-Geräten saßen und Strichlisten führten, wie oft auf CDU- und auf SPD-Politiker geschnitten wurde, um, falls sie ihr Lager als benachteiligt ermittelten, schlimme Vorwürfe gegen die Fernsehschaffenden zu richten.

Ein weiterer Aspekt, dem sich Corinna widmen konnte, ohne viel von den Vorträgen zu verstehen, war die Auswahl der Garderobe, die die Sechshundert getroffen hatten. Sie gestaltete sich offenbar für Herren bisweilen problematischer als für Damen. Während sich Frauen in den flitterndsten und flirrendsten Kostümierungen zeigen durften, die die Bankkonten ihrer Gatten zuließen, geriet für diese die Textilfrage meist zu einer Gratwanderung zwischen gesellschaftlich korrektem, gedecktem Schwarz sowie fastnachtlich-telegener Farbenfröhlichkeit. Als akzeptabler Kompromiss galt eine überdimensionale, vierfarbbunte Fliege zum Smoking.

Eindeutig fastnachtlich gewandete sich nur der geringere Teil des männlichen Fernsehfastnachtspublikums. Als eleganteste Lösung galten dabei ans Rokoko gemahnende Patrizierkostüme mit viel Gold und noch mehr Rüschen. Diese setzten den Sitzungsbesucher in karnevalistisch gebotener Weise ins Bild und reflektierten gleichzeitig trefflich augenzwinkernd seine gesellschaftliche Position. Gut dran war vor allem, wer über einen kurzen Dienstweg zum Kostümfundus des Mainzer Staatstheaters verfügte. Er konnte sich Gewänder organisieren, in denen ansonsten der Kaufmann von Venedig, Don Carlos oder auch der Prinz von Homburg ihre Bühnenschicksale durchlitten.

Sich dagegen eine Maske oder gar einen Papp-Kopf aufzusetzen, der einen Spitzenpolitiker karikierte, war unklug: Die Fratze garantierte zwar fortwährend Großaufnahmen, doch war man von vor der Mattscheibe sitzenden Freunden, Bekannten und Arbeitskollegen nicht zu erkennen. Und was gab es Schöneres als denen, die zu Hause saßen, zu zeigen, dass man dazugehörte?

Die Sitzung lief bereits über zwei Stunden, als der Auftritt der „Bloe Brieder“ das Saalpublikum zum ersten Mal aus den Sitzen trieb. Die „Bloe Brieder“ waren eine Musikgruppe, die zu den Senkrechtstartern der Kampagne gehörten. Sie spielten alte Rhythm'n Blues-Nummern nach, und die Frontmänner, die wie die Blues Brothers gekleidet waren, sangen in Mainzer Mundart neu gedichtete Texte dazu. Fachleute bezeichneten dies als „Lieder verknoddeln“. Aus *Gimme some lovin'* hatten sie etwa *Gimme some Fasching* gemacht – „Fasching“ sagte man in Mainz gemeinhin zwar nicht, aber beim „Verknoddeln“ durfte man mal Fünfe gerade sein lassen.

Nach ein paar Takten erhob sich das Saalpublikum und rockte mit – etwas unentschlossen und zahm, aber immerhin. Und Corinna fragte sich einmal mehr, warum Frauen ein wenigstens rudimentäres Rhythmusgefühl offenbar angeboren war, während Männer nur von einem Fuß auf den anderen hampeln konnten. Nach Gimme some Fasching gaben die „Bloe Brieder“ den Santana-Oldie *Oye como va* zum Besten, der bei ihnen *Handkäs' schmeckt ganz gut* hieß. Das ließ die Herren im Publikum noch unbeholfener zappeln.

Dafür standen sie beim anschließenden, lang anhaltenden Applaus umso disziplinierter. „Der erste Abräumer des Abends“, dozierte Graf, als müsse dies seinem Gefolge erst erklärt werden.

„Wer jetzt kommt, wird es schwer haben“, gab einer aus dem Rund zurück – und es war ausnahmsweise mal nicht Knoll.

„Ja, und ratet mal, wer jetzt kommt“, frohlockte Graf und warf einen derart auffälligen Seitenblick auf Corinna, dass alle ihm folgten.

Corinna setzte erschrocken ihre Bierflasche ab.

„Draußen stehn 'n Mufti und sein Emir – wolle mer se roilasse?“, dröhnte die Stimme des Sitzungspräsidenten aus dem Fernsehgerät. Die Narrenschar wollte, der Narrhallamarsch hob an.

Corinna hielt den Atem an, als sie den mächtigen runden Mann, der ihr Vater war, auf die Bühne watscheln sah, in seiner orientalischen Aufmachung mit dem goldfarbenen Turban auf den Kopf und in diesen Tausend-und-eine-Nacht-Schlappen mit den merkwürdig nach oben gebogenen Spitzen. Aufmerksam horchte sie in sich und stellte erleichtert fest, dass sie sich nicht mehr für ihn schämte, so wie damals in ihren pubertären Rebellenjahren, als es ihr schrecklich peinlich war, wenn ihre Mitschüler sie während der Kampagne nur mit einem „Tä-tää, tä-tää, tä-tää" begrüßten und sie mit dem Narrhallamarsch verabschiedeten. Endlich konnte sie ihrem alten Herren im Grunde völlig gleichgültig zusehen – eine erwachsene Frau, die einem erwachsenen Mann zusah, der halt in Gottes Namen tat, was er nicht lassen konnte. Diese Distanz fühlte sich gut an. Es störte sie nicht einmal, dass unablässig die Blicke ihrer Kollegen von der Mattscheibe zu ihr und zurück schweiften – sollten sie doch.

„Mufti" begann sein Zwiegespräch mit dem Emir – Corinna sah ihren Bruder Fritz, wie er hinter dem Mufti hertippelte und ihm mit einem Palmwedel Luft zuwedelte. Ein Kalif und sein Diener also. Im Grunde also waren die beiden falsche Wiedergaben der orientalischen Märchenfiguren: Denn eigentlich war ein „Mufti" ein Rechtsgelehrter und ein „Emir" ein arabischer Fürst. Ihr alter Herr und Kemmling hatten es wohl nicht besser gewusst, als sie die Rollen in den 50er Jahren geschaffen hatten. Vermutlich hatten sie die Namen gewählt, weil sie lustiger klangen als Kalif und Sklave.

Das Gespräch handelte davon, dass der Mufti „sein Scheichtum" Moguntia modernisieren wollte. Er hatte Millionen in Gutachten und Ideenwettbewerbe investiert und wollte nun das Mainzer Stadtbild dem 21. Jahrhundert anpassen: Aus den Weinlokalen sollten Internet-Cafés werden, das sei zeitgemäßer. Die Elektrisch, die Mainzer Straßenbahn, sollte durch eine futuristische Hochbahn ersetzt werden, das sei wirtschaftlicher. Der Dom sowie der Fastnachtsbrunnen sollten abgerissen und künftig nur noch als Hologramme existieren, die sich auch mal „wegswitchen" ließen, das sei im Unterhalt billiger. Und die Mainzer Fleischwurst solle künftig nur noch synthetisch hergestellt werden, da wisse man besser, was drin sei. Der „Mufti" wollte fürs Umsetzen dieser Neuerungen Zuwendungen von Wirtschaftsunternehmen einstreichen, wie ihm der „Emir" immer wieder mit hinterhältigen Zwischenfragen entlockte.

Von diesen utopischen Visionen wurden ständig gedankliche Brücken zu sich bereits vollziehenden Veränderungen im Mainzer Stadtbild geschlagen, und das so geschickt, dass Corinna aufrichtig ins Staunen kam. Sogar die superkritische Redaktionsrunde um sie herum begann, die Seitenhiebe auf die real existierenden „Muftis" mit wissendem Gelächter zu quittieren.

Von Zeit zu Zeit stimmte der „Mufti" ein „verknoddeltes" Lied an. So sang Corinnas alter Herr anstelle von *Für eine Nacht voll Seligkeit* die

Zeile *Für ein Denkmal für die Ewigkeit, da geb' ich alles hin* oder statt *Die Nacht ist nicht allein zum Schlafen da* den Satz *Die Macht ist nicht allein fürs Volke da.* Corinna musste sich eingestehen, dass ihr alter Herr durchaus singen konnte.

Schrecklich war allein die Vorstellung von Fritz, der seine Texte so uninspiriert aufsagte, dass jeder sah, wie wenig er mit dem Herzen bei der Sache war. Offenbar dachte er nur daran, dass diese letzte aller närrischen Demütigungen, die ihm sein Vater in diesem Leben auferlegte, nun bald vorbei sein würde und er dann endlich den Scheck in Empfang nehmen durfte, mit dem er sein geliebtes Fitnessstudio finanzieren konnte.

Es ließ sich nur ahnen, wie stark dieser Vortrag gewesen sein musste, als ihn noch ein talentierter Darsteller gesprochen hatte. Denn im Grunde war der „Emir" gegenüber dem „Mufti" der anspruchsvollere Part, da er die verschmitzt-hintergründigen Einwürfe zu machen hatte, die die Blödheit und Eitelkeit des „Mufti" entlarvten, ohne dass dieser es merkte.

Am Ende brachte der „Emir" den „Mufti" zur Besinnung, in dem er ihm eine ach so gesunde synthetische Fleischwurst kredenzte. Der „Emir" selbst gönnte sich natürlich die originale Mainzer Spezialität, verspeiste sie mit Paarweck und Wein und machte dem unlustig von seinem Teller aufschauenden „Mufti" dabei den Mund so wässrig, dass der den „Emir" schließlich um die echte Mainzer Fleischwurst anbettelte. Nachdem er dann ein Stück gegessen und einen Schoppen Wein dazu geleert hatte, schmiss er all seine Erneuerungspläne über Bord und stimmte, Arm in Arm mit dem „Emir", den Klassiker *Mainz bleibt Mainz* an. Worauf der ganze Saal mitsang. Der Schluss ging dann in tosendem Applaus und Standing Ovations unter.

„Echt nicht schlecht", war sogar aus der Wohnzimmerrunde zu hören, und Corinna fühlte ernsthaft so etwas wie Familienstolz, das erste Mal in ihrem Leben. Als Knoll nur ein „Naja" knarzte, hätte sie ihm fast ein paar Zähne ausgeschlagen.

Der Sitzungspräsident bedankte sich im nur langsam abebbenden Applaus für dieses „großartige Stück Mainzer Fastnacht" und beleuchtete kurz den tragischen Hintergrund dieser Aufführung. Dann bedankte er sich zunächst bei Fritz, dass es ihm gelungen war, „kurzfristig diesen schwierigen Part mit Leben zu füllen", anschließend bei Charly Uhl, dass er sich überwunden habe, in dieser schweren Stunde auf die Bühne zu kommen, um seinem Publikum das „Vermächtnis" seines Freundes Karl nicht vorzuenthalten: „Du hast mit dieser Geste deinem langjährigen Weggefährten die größte Ehre erwiesen, die man einem Fastnachter erweisen kann".

Und zu guter Letzt hob der Sitzungspräsident pathetisch sein Haupt und seine rechte Hand in die Höhe und bedankte sich bei Karl Kemmling, „einem der wirklich Großen der Mainzer Fastnacht." Dann rief er tatsächlich: „Helau, Kall, und mach's gut dort obbe!"

Erneut hob tosender Applaus an, richtete das Saalpublikum sich auf, und noch immer stand der mächtige runde Mann, der Corinnas Vater war, regungslos auf der Bühne, in seinem lächerlichen Turban mit den nach oben gebogenen Fußspitzen, und dicke Tränen kullerten ihm übers runde Gesicht.

„Ist doch genau so, wie ich vorhergesagt habe", neckte Graf.

Corinna spürte die Blicke, die sich jetzt wieder auf sie gerichtet hatten. Glücklicherweise verloren die lieben Kollegen schon bald nach dem Auftritt ihres Vaters wieder das Interesse an ihr, so dass sie sich unbemerkt und allein dem Unterdrücken ihrer Gefühlsaufwallungen widmen konnte. Sie kippte noch das ein oder andere Bier in sich und fand bald, dass sie langsam so viel soff wie die männlichen Junggesellen, die sie kannte, und wurde von Horrorvisionen übermannt, in denen sie auch so aussah.

Irgendwann war die Sitzung zu Ende, und die Runde klönte noch eine Weile weiter. Knoll und Graf mussten die Gesprächsführung jedoch bald an Iris abgeben, die über den Zusammenhang von Hodengrößen und männlichem Dominanzverhalten im Tierreich zu referieren begann. Zum Entsetzen der männlichen Kollegen folgten Heidrun Nasch und „Bambi" Dunst Iris' Ausführungen mit leuchtenden Augen und nahmen die Annäherungsversuche ihrer Lehrmeister bald gar nicht mehr zur Kenntnis. Frustriert wandte Graf sich bald von der Runde ab und kam zu Corinna in die Ecke gekrochen, in die sie sich mit ihrem Bier verzogen hatte.

„War echt gut, dein Alter", begann er. Offenbar musste er sich irgendwie ablenken.

„Ich war selbst erstaunt. Hatte ich ihm nicht zugetraut", bestätigte Corinna. „Wobei ich natürlich nur seine Darstellung meine. Geschrieben hat er den Vortrag ja nicht."

„Ach?“ Grafs Miene hellte sich etwas auf, weil ihm bestätigt wurde, was er sich ohnehin gedacht hatte.

„Ich bitte dich, das steht ja wohl außer Frage. Der alte Kemmling muss als Schreiber echt was auf dem Kasten gehabt haben.“

„Da hast du Recht. Noch'n Bier?“ Corinna nickte, und Graf besorgte noch zwei Fläschchen Pils, öffnete beide und reichte ihr eines.

„Wirklich ein Jammer, dass sie als Duo 35 Jahre von der Bildfläche verschwunden waren.“

„Tja“, nickte Corinna. Eine Weile saßen sie still nebeneinander und guckten vor sich hin, wie ein altes Ehepaar, das auf einer Bank vor seinem Eigenheim sitzt und dem Feierabendtreiben auf der Straße zusieht.

„Wieso nur haben sie sich damals getrennt?“, begann Graf schließlich wieder.

„Hab' ich dir doch schon erklärt“, leierte Corinna los.

„Komm' mir jetzt nicht mit dem Gipfel des Ruhms und so“, fiel Graf ihr ins Wort. „Wenn zwei erfolgreiche Narren sich trennen, haben sie Krach miteinander gekriegt, sonst gibt es keine Erklärung. Aber warum haben sie sich zerstritten?“

Corinna zuckte die Schultern. „Was meinst du denn?“

„Überleg' doch mal: Weswegen bekommen zwei Männer Krach?“

Corinna überlegte eine Weile. „Ach, was“, sagte sie dann. „Mein Vater war Mitte der 60er Jahre schon über 20 Jahre glücklich verheiratet.“

„Eben,“ gab Graf keck zurück.

„Du meinst – meine Mutter?“, fuhr Corinna hoch.

Graf wog den Kopf hin und her, lächelte schief.

„Nein“, erklärte Corinna entschieden, kam dann aber doch ins Grübeln. Nicht, dass sie glaubte, ihre Mutter hätte tatsächlich ein Verhältnis mit Kemmling gehabt. Aber dann fiel ihr ein, was Koffer ihr erzählt hatte: Dass der Kauz ein ewiger Junggeselle gewesen war und ein einsamer und unglücklicher Mensch offenbar auch. In der Nachkriegszeit, als ihr Vater noch in Gefangenschaft war, hatte er sich aufopferungsvoll um ihre Mutter gekümmert – war es da nicht möglich, dass Katharina Uhl die große, unglückliche, unerfüllte Liebe Kemmlings war?

Corinna konnte sich zwar nicht vorstellen, wie dieses Dilemma im Greisenalter seinen Tod verursacht haben sollte. Aber ein paar Nachfragen schien es ihr doch wert. Morgen wollte sie noch einmal nach ihrer Mutter schauen.

-Samstag-

Närrischer Vampir biss zu

Keine besonders hohe Ereignisdichte meldet die Polizei vom Verlauf des gestrigen Rosenmontagszuges. Kurios lediglich ein Fall: Gegen 16.10 Uhr erschien eine 25-jährige Zugbesucherin auf der Polizeiinspektion 1, die deutliche Bissmale am Hals trug. Die hätte ihr ein maskierter junger Mann beigebracht, der sie in der Menschenmenge mitten in der Altstadt gegen eine Hauswand drängte und dann zubiss, erklärte sie. Die Polizei startete zwar eine Suche nach dem Täter, hatte jedoch in dem Trubel keine Chance. Erfreulicherweise erwiesen sich die Verletzungen der 25-jährigen als nicht schwerwiegend.

Der Fastnachtsreporter las aus einem Ringbuch vor, in dem alte Zeitungsmeldungen auf DIN A4-Schreibmaschinenpapier geklebt waren. Sie saß immer noch in der Oma-Wohnung von Frau Feldmann, der geriatrischen Studentin des Volks- und Aberglaubens. Offenbar handelte es sich um eine Wiederholung der Sendung, deren Anfang Corinna am Mittwoch bei Iris gesehen hatte. Dieser Teil war für sie noch neu, daher wollte sie noch ein wenig zusehen. Wenigstens solange, wie der Unsinn zu ertragen war.

„Ein Zeitungsbericht aus dem Jahr 1987", erklärte der Fastnachtsreporter in einem unerträglich schlecht gespieltem Ernst. „Und wir alle würden diesen Fall wohl dahingehend interpretieren, dass hier ein betrunkener Narr offenbar zu sehr über die Stränge geschlagen hat, als er seine Zähne in den Hals einer – zumindest mutmaßlich nicht mehr jungfräulichen – 25-Jährigen grub. Nicht so Frau Feldmann ..."

„Nein", erklärte Frau Feldmann entschlossen, und Corinna war es einmal mehr ein Rätsel, weshalb das Muttchen einfach nicht merkte, dass es auf den Arm genommen wurde. Es machte doch so einen wachen, gar gebildeten Eindruck.

„Sie glauben, dass es sich hier um das Werk eines – jawohl – echten Vampirs handelt, nicht?"

„So ist es", nickte die Alte.

„Und haben Sie Beweise für diese These?"

„Ich studiere auch den Vampir-Mythos schon seit über 50 Jahren. Und ich habe Ihnen bereits meine These erläutert, dass das Huldigen der Elf das Böse förmlich anlockt. Was liegt also näher, als dass auch Vampire an Fastnacht in Mainz ihr Unwesen treiben? Die vielen Masken, die sexuelle Leichtfertigkeit vieler junger Damen – da lässt sich nur allzu schnell zu Potte kommen."

Der Fastnachtsreporter heuchelte leichte Traurigkeit. „Das heißt, wenn es nach Ihnen geht, müsste die holde Weiblichkeit nun allen Fastnachtsfreuden entsagen, um keinem Vampir zum Opfer zu fallen. Was wiederum unterm Strich für uns Männer und Nicht-Vampire eine ziemlich freudlose Angelegenheit wäre, wenn ich als Mann und Nicht-Vampir das mal so sagen darf. Kann man den Kerlen denn nicht einfach den Garaus machen?"

„Seien Sie versichert: Wenn ich könnte, würde ich."

„Ah ja. Dann schließen wir doch unser Gespräch mit der Empfehlung an alle lebenslustigen Fastnachterinnen, während der nächsten Tage in der Handtasche neben den obligatorischen Lümmeltüten auch einen zugespitzten Holzpflock mit sich zu führen. Oder was meinen Sie?“

„Wenn Sie möchten – schaden kann es nicht.“

„Nicht, solange es nicht zu ein paar versehentlichen Verwechslungen kommt. In diesem Sinne: Schöne Feiertage – und behalten Sie Ihr Narrenblut für sich. Helau!“

Der Abspann setzte ein. Als musikalische Untermalung war der rheinische Fastnachtshit „Ich bin eene Vampir“ ausgesucht worden. Corinna schaltete den Fernseher ab und schaute auf die Uhr. Es war kurz nach Neun. Ein zweiter Besuch bei Muttern stand an.

„Ta-taa, ta-taa, ta-taa", dröhnte es abermals von nebenan, als Corinna in den großen Wohnraum trat. Diesmal aber war der Narrentusch in besserer Tonqualität zu hören. Weshalb, brauchte Corinna sich nicht lange zu überlegen: Ihr Vater schaute jetzt nicht mehr die bewusste Videoaufzeichnung auf den 50er Jahren, sondern die seines gestrigen Auftritts an.

Es mochte nicht einmal eine Stunde her sein, dass Corinnas Eltern an dem Tisch gefrühstückt hatten. Charly Uhl hatte am Kopfende gesessen, rund und rosa, neben sich seine Frau, vor sich eine reich gedeckte Tafel mit einem Korb krosser Paarweck, Kürbiskern- und Rosinenbrötchen, Marmelade und Butter in eigens beschrifteten Schälchen, Schinken, Wurst und Käse, Orangensaft und frischem Rührei. Denn dass die Ereignisse der vergangenen Tage Charly Uhl den Appetit verdorben hatten, daran war nicht zu denken.

Jetzt war schon alles wieder aufgeräumt, und es war Corinna ein Rätsel, wie ihre Mutter seit über 40 Jahren schon die Disziplin aufbrachte, einen Frühstückstisch erst so verschwenderisch zu decken und nach etwa einer halben Stunde wieder abzuräumen, und das jeden Tag, Wochenenden inklusive.

Und wie immer ließ es sich Katharina Uhl nicht nehmen, erst einmal ihre Tochter mit Kaffee und reichlichen Frühstücksresten zu bewirten, bevor sie sich zu ihr setzte.

„Nach dem Triumph gestern war er völlig aus dem Häuschen, derart hin- und hergerissen zwischen Rührung und Glückseligkeit, dass ich fast schon wieder Angst haben musste", begann sie.

„Du wirst es nicht für möglich halten, aber Papas Auftritt gestern fand sogar ich toll", schmeichelte Corinna und log nicht einmal. „Ich hab' mir die Sendung gestern mit Kollegen zusammen angesehen. Du weißt ja, Journalisten sind normalerweise Schandmäuler, aber wir waren alle aufrichtig begeistert. Was für ein Verlust, dass sie fast 30 Jahre lang nicht aufgetreten sind."

„Ja, schade", nickte Katharina Uhl, durchaus auch ein bisschen stolz.

„Vor allem hat man gesehen, dass Karl Kemmling als Autor schwer was auf dem Kasten gehabt haben muss. Wenn ich an die Vorträge denke, die Papa allein geschrieben hat, und mir jetzt diesen anschaue, ist mir klar, weshalb Papa wieder mit ihm auftreten wollte. Er brauchte ihn nicht so sehr als Büttenpartner, er brauchte ihn als Autor, nicht wahr?" Corinna biss herzhaft in einen frischen Kreppel, und begann sofort den Kampf gegen die herausquellende Marmelade.

„Vor allem brauchte er ihn als Freund“, verbesserte ihre Mutter sofort.

„Ja, ja ich weiß. Ihr habt ihm viel zu verdanken. Er hat dir nach dem Krieg zur Seite gestanden, als Papa noch in Gefangenschaft war.“

Katharina Uhl nickte wieder. „Aber es war nicht nur das. Wir drei waren schon seit der Schulzeit Freunde.“

„Ach? Das wusste ich gar nicht.“

„Wir sind zusammen in die Neutorschule gegangen. Dein Vater war allerdings zwei Klassen über uns. Deswegen wurde er ja später dann noch Soldat. Karl war noch zu jung.“

„Und beide waren sie in dich verliebt, nicht wahr?“ Sie versuchte, das Thema humoristisch-neckisch anzugehen und nahm sich vor, sofort aufzuhören, wenn es ihrer Mutter unangenehm wurde.

„Wie kommst du denn darauf?“, versuchte Katharina Uhl zunächst so zu tun, als sie dies ein absolut abstruser Gedanke. Doch schoss ihr das Blut so schnell in den Kopf, dass es keinen Wert hatte, es länger abzustreiten. „Ein bisschen wird's wohl so gewesen sein“, gab sie zu.

„Und warum hast du Papa geheiratet? Weil er älter und reifer war als Karl?“

„Ja, wahrscheinlich.“ Corinna war erleichtert: Ihre Mutter druckste zwar herum, aber es quälte sie offenbar nicht, darüber zu reden. Sie schmunzelte sogar ein wenig, als sie in ihren Erinnerungen zu kramen begann. „Irgendwie habe ich Karl nie als Mann gesehen. Mag sein, dass er intelligenter, geistreicher und phantasiebegabter war als dein Vater, aber es ist ihm niemals gelungen, sich im Leben zurechtzufinden. Er hat immer in seiner eigenen Welt gelebt, das heißt: Gelebt hat er eigentlich nur in der Bütt. Für eine Frau oder eine Familie hätte er niemals sorgen können. Ich glaube, auf solche Eigenschaften haben wir damals mehr geschaut als die jungen Frauen heute.“ Sie lächelte verschmitzt. Corinna sollte merken, dass dies auf sie gemünzt war.

„Immerhin war er gut genug, aus Papa einen umjubelten Fastnachtsstar zu machen. Allein wäre Papa dazu nicht fähig gewesen, wie er später leider beweisen musste.“

„Dein Vater hatte andere Qualitäten. Er hat ein kleines Bäckereiimperium aufgebaut, das solltest du nicht vergessen. Euch Kindern ist es jedenfalls nie schlecht gegangen." Das war typisch für ihre Mutter, seit Corinna denken konnte: Immer, wenn die Kinder am Vater herummäkelten, wurde sofort betont, wie vorbildlich er stets die Familie ernährt hatte. „Und auf seine Art konnte auch dein Vater sehr kreativ sein. Hab' ich dir eigentlich schon mal erzählt, wie er seinem Verein einmal ganz kurzfristig einen neuen Komiteewagen für den Rosenmontagszug organisierte? In den 50er Jahren war das. Den Brüdern war ausgerechnet am Fastnachtssonntag die Achse an ihrem Wagen gebrochen und es war eigentlich unmöglich, für Rosenmontag noch schnell Ersatz aufzutreiben. Da hatte dein Vater eine Idee: Er fuhr zum Yachthafen nach Schierstein und bequatschte einen reichen Wiesbadener, seine Luxusyacht auf einen Tieflader zu heben und an einen Traktor zu hängen. Sie wurde noch etwas geschmückt, dann stieg das Komitee auf und fuhr beim Zug mit – ein Narrenschiff im wahrsten Sinne des Wortes. Der Wiesbadener durfte sich ebenfalls einen Komiteetermantel anziehen und mitfahren, damit hatte dein Vater ihn geködert. Am Ende war der Kerl so begeistert, dass er Mitglied und einer der größten Förderer des Vereins wurde. So rettete dein Vater seinem Komitee nicht nur den Rosenmontagszug, sondern gewann gleichzeitig auch noch einen Mäzen."

„Wie ist Papa eigentlich Fastnachter geworden? Durch Karl?", beeilte sich Corinna, wieder zum Thema zu kommen.

„Karl hatte als erster von den beiden angefangen, Vorträge zu halten. Dein Vater hat das gesehen – und auch, wie Karl gefeiert wurde. Also hat er ihn solange beackert, bis er was für sie beide schrieb. Dafür hat er ihn reichlich mit Backwaren abgefunden. Was irgendwie symbolisch war: Karl hatte schon damals nicht viel Talent, sich seine Brötchen selbst zu verdienen."

„Und wieso ist Karl dann ausgestiegen?" Jetzt war es soweit.

„Das weißt du doch."

„Weil sie lieber auf dem Gipfel ihres Ruhms Schluss machen wollten als auf dem absteigenden Ast? Mama, das konnte man mir erzählen, als ich noch ein Kind war. Mittlerweile bin ich erwachsen. Was war los?"

„Was glaubst du denn, was los war?"

Corinna räusperte sich erst einmal. Sie hätte keine Hemmungen gehabt, eine Fremde unverblümt darauf anzusprechen, so viel Kaltschnäuzigkeit hatte ihr Beruf sie gelehrt. Aber die eigene Mutter?

„Naja ... war es vielleicht wegen dir?“, brachte sie schließlich heraus.

Katharina Uhl blickte ihre Tochter an, entsetzt und verlegen zugleich.

„Nimm's mir nicht übel, wenn ich das für möglich halte, aber es liegt nun mal auf der Hand“, versuchte Corinna, es ihr leichter zu machen. „Du hast ja schon zugegeben, dass Karl verliebt in dich war. Er ist immer Junggeselle geblieben. In den beiden Jahren nach dem Krieg, die er dich umsorgte, dürfte er die engste Beziehung zu einer Frau erlebt haben, die er überhaupt jemals hatte. Kann es nicht sein, dass er es vielleicht nicht mehr ertragen konnte, mit dem Mann seiner großen Liebe zusammen aufzutreten?“

„Ta-taa, ta-taa, ta-taa“, ertönte es von nebenan.

Katharina Uhl schwieg. Lange. „Nein“, sagte sie endlich.

„Was war dann der Grund?“, hakte Corinna sofort nach. Sie wollte es jetzt wissen.

Ihre Mutter atmete tief durch, zierte sich, hob an, überlegte es sich noch einmal, wiederholte die gesamte Prozedur. „Das ist eine lange Geschichte“, meinte sie dann.

„Dann erzähl' sie mir. Bitte.“

„Wo soll ich anfangen? Also, du musst dir vorstellen. Um die 60er waren die Wirtschaftswunderjahre weit fortgeschritten, in Mainz wurde weiter gebaut und gebaut, aber leider auch nicht viel Schönes. Es entstanden auch eine Menge Betonklötze, die langweilig und hässlich waren, aber das erklärte man kurzerhand zum modernen Baustil. Verschiedentlich vergriff man sich auch an den paar Gebäuden, die bei den Bombenangriffen stehen geblieben waren. Das Hotel Zur Römertherme zum Beispiel: Du kennst das ja nur als den viereckigen Kasten, der es heute ist. Aber bis in die 50er Jahre war das ein wunderschöner Jugendstil-Bau mit herrlich verschnörkelten Balkönchen, Erkerchen und Fensterchen, eine echte Pracht. Das ist damals auch verschandelt worden. Modernisiert, haben die es allerdings genannt. Sie haben die Hauswände ganz einfach plangeschliffen und das Ganze auch noch Grün angestrichen. Eine Barbarei. Ein paar Jahre später wäre das Haus unter Denkmalschutz gestellt worden.“

Katharina Uhl machte eine kleine Pause. Starrte auf den Korb mit den Kreppeln. Zugreifen mochte sie jedoch nicht.

„Für den Mufti und Emir war das natürlich ein gefundenes Fressen. Sie machten sich über die Modernisierer gnadenlos lustig, so ähnlich wie in dem Vortrag, den du gestern gesehen hast. Dieser Vortrag ist allerdings nie ihm Fernsehen gelaufen, weil er den Fernsehleuten zu lokal war, um ihn bundesweit auszustrahlen. Aber hier in Mainz war er während der Kampagne der absolute Renner. Die Spottlieder, die Karl geschrieben hatte, wurden auf der Straße nachgesungen. Wenn im Stadtrat über neue Bauvorhaben dieser Art diskutiert wurde, haben Ratsmitglieder sogar den Mufti und den Emir zitiert, um dagegen zu wettern, auch Zeitungsredakteure haben in ihren politischen Kommentaren darauf Bezug genommen. Es gab später einige, die sagten, dass der Wahnsinn in den darauffolgenden Jahren zumindest in Mainz einigermaßen gebremst wurde, wäre dem Mufti und dem Emir zu verdanken."

„Schade, dass ich das nicht erlebt habe." Corinna konnte es nicht verhindern – das erste Mal seit ihrer Kindheit war sie wieder stolz auf ihren Vater. Sie hätte sogar mitgesungen, wenn ihre Mutter in diesem Moment „Oh, mein Papa" angestimmt hätte.

„Ja, nur gab es leider auch einen schlimmen Zwischenfall", riss Katharina Uhl sie dann jedoch aus ihrer wieder erwachenden Vaterliebe. Ihre Stimme nahm einen unheilvollen Klang an.

„Welchen denn?", fragte Corinna fast ängstlich zurück.

„Bei einem der Vorträge, die der Mufti und der Emir im Kürfürstlichen Schloss hielten, saß der Chef des Architekturbüros in der ersten Reihe, das für den Großteil dieser abscheulichen Modernisierungen verantwortlich war. Er wurde blasser und blasser, je lauter die Leute um ihn herum lachten. Als am Ende alle aufstanden und klatschten, ging er zunächst wie automatisch mit in die Höhe – dann sackte er plötzlich zusammen und krachte der Länge nach auf den Boden."

„Herzinfarkt?", fragte Corinna.

„Schlaganfall. Er blieb von der Hüfte an abwärts gelähmt. Seitdem sitzt er im Rollstuhl."

Als hätte jemand einen Diaprojektor in ihrem Kopf eingeschaltet, sah Corinna wieder den alten Runze in seinem Rollstuhl vor sich, bei der Beerdigung des alten Kemmling. Und in ihrem inneren Ohr hörte sie noch einmal seinen ohrenbetäubenden Furz in voller Länge. Und vor ihrem inneren Auge sah sie erneut, wie der alte Runze sich aus seinem Rollstuhl empor rappelte, um in die Grube schauen können. Jetzt war ihr klar, weshalb er dies getan hatte: Er wollte am Grab seines Peinigers stehen, auf ihn herab sehen – vielleicht hatte er auch auf den Sarg gespuckt, ohne dass sie es gesehen hatte. Und diesen grässlichen Wind hatte er am Ende vielleicht sogar absichtlich fahren lassen.

„Ta-taa, ta-taa, ta-taa“, dröhnte es von nebenan aus dem Fernsehzimmer.

Hunslicker starrte lange regungslos vor sich hin, nachdem ihm Corinna ihre Rechercheergebnisse der vergangenen 24 Stunden referiert hatte. Endlich schüttelte er leicht den Kopf.

„In den vergangenen 400 Jahren haben die Franzosen Mainz insgesamt sechs Mal besetzt, ihr ward zeitweilig auch schon selbst Franzosen, aber es ist besser, dass ihr keine mehr seid. Wir werden euch nie verstehen. Ihr seid einfach zu merkwürdig. Einerseits seid ihr stolz auf eure Narren und ihre Tradition, es an Fastnacht nicht nur toll zu treiben, sondern auch den Mächtigen mal die Meinung zu sagen. Aber wenn euer Spott dann mal einen von euch trifft, klappt er vor lauter Entsetzen zusammen. Schlaganfall. Unvorstellbar."

Corinna zuckte die Achseln. „Auch das hat in unserer Region Tradition, und noch nicht einmal eine närrische. In Carl Zuckmayers Lustspiel *Der fröhliche Weinberg* gibt es beispielsweise einen Winzer namens Gunderloch. Als das Stück herauskam, vor 70, 80 Jahren etwa, gab es in Nackenheim tatsächlich einen Weinbauern, der so hieß. Und als der erfuhr, was sein Namensvetter in dem Stück, das übrigens auch noch in Nackenheim spielt, so alles treibt, hat auch er einen Schlaganfall bekommen. Hat es also alles schon mal gegeben."

Hunslicker schüttelte erneut den Kopf. „Aber das Schicksal seines Vaters hat den jungen Runze nicht gehindert, selbst ein Vollblutfastnachter zu werden?"

„Woher denn? Das ist Mainz, wie es singt und lacht. Andreas Runze ist Sitzungspräsident der Mainzer Kurfürstengarde, auch sein Vater ist bis heute Mitglied des Großen Rates oder Ehrenpräsident oder so. Wenn Sie wollen, können wir nachher einen Spaziergang zum Gutenbergplatz machen. Nach dem Jugendmaskenzug findet dort die Rekrutenvereidigung statt, da wird zumindest Runze junior bestimmt dabei sein."

„Und Sie glauben, dass diese alte Geschichte etwas mit Karls Tod zu tun hat?"

„Ich weiß nicht. Ich wollte sie Ihnen jedenfalls erzählen. Aber ich vermute, Karl hat Ihnen damals davon geschrieben."

Hunslicker nickte bedächtig.

„Und warum haben Sie mir dann nicht gleich davon erzählt?", fragte Corinna.

„Ich wollte sehen, ob Sie von allein darauf stoßen."

„Nett, dass Sie mich nicht nur für sich recherchieren lassen, sondern auch testen, wie gut ich bin."

Hunslicker schmunzelte schelmisch und schaute ihr tief in die Augen. Nein, man konnte ihm wirklich nicht böse sein, dachte Corinna amüsiert. Sie fragte sich einmal mehr, ob der Alte allen Ernstes mit dem Gedanken spielte, sie im Lauf der nächsten Tage in seinem mickrigen Hotelzimmer flachzulegen. Oder dass sie ihn vielleicht sogar mit zu sich nach Hause nahm. Was für eine Vorstellung: Ein Weltkriegsveteran in ihrem durchgestylten Designerapartment – das war ein Kontrast, der fast schon wieder reizvoll war.

„Mir ist noch was aufgefallen", fuhr Corinna fort. „Henn, der Staatsanwalt, der die Ermittlungen schleifen ließ, ist Vizepräsident der Mainzer Kurfüstengarde. Dr. Ziehlke, der Arzt, der als erster zu der Leiche gerufen wurde, Mitglied des Großen Rates im gleichen Verein. Der junge Runze ist Sitzungspräsident der Kurfürstengarde, der alte Runze Ehrenfunktionär. Merkwürdig, nicht?"

Hunslicker wog den Kopf. „Soweit ich weiß, ist das in Mainz nicht ungewöhnlich, dass die wichtigen Leute der Stadt alle in ein und demselben Verein sind, oder?"

„Es gibt durchaus auch ein paar wichtige, die in anderen Vereinen sind", lächelte Corinna.

Sie blickte kurz um sich. Sie saßen im Weinhaus Weinel, an einem der voll besetzten Sechs-Personen-Tische. Am Vormittag hatte die Kleppergarde zum Närrischen Frühschoppen geladen und ein Großteil dieses Publikums saß noch immer, überbrückte die Zeit bis zum Beginn des Jugendmaskenzuges am Nachmittag. Hinzu kamen die „normalen" Mittagstischgäste, die allerdings auch nur so normal sein konnten, wie es in diesen Tagen in der Stadt üblich war.

Etwas unangenehm war es Corinna schon, mit diesem alten Franzosen, den niemand kannte, mitten unter ihr bekannten Gesichtern zu sitzen, die sich ständig nach ihr umdrehten. Zumal sie und Hunslicker leise sprechen mussten und sich dabei sogar die Köpfe zuneigten. Da konnte es leicht sein, dass sie ins Gerede kam, so vertraut, wie ihr Gespräch wirkte. Konnte ja niemand ahnen, dass es bei ihrem scheinbaren Süßholzgeraspel um Mord und Totschlag ging.

Corinna lief mit Hunslicker zur Schillerstraße, wo die Spitze des Jugendmaskenzuges bereits angekommen war. Der Himmel hatte sich ein wenig aufgeklärt, so dass Publikum und Zugteilnehmer den Nachmittag auf jeden Fall trocken überstehen würden. Die schnellen, diszipliniert ausgeführten Trommlerrhythmen der Musikzüge machten Corinna ein wenig munterer. Fast war ihr das ein wenig unheimlich, nach nunmehr zwei Tagen, beziehungsweise Nächten hintereinander, in denen sie ordentlich dem Alkohol zugesprochen und kaum geschlafen hatte. Es ist eben Fastnacht, dachte sie sich zu ihrer Entschuldigung und wunderte sich im nächsten Moment, weil sie doch im Grunde ihres Herzens ein Fastnachtsmuffel war.

Kinder bestimmten das Bild nicht nur innerhalb des Zuges, sondern auch im Publikum am Wegesrand. Corinna entdeckte kleine Dinosaurier, Bienen und Teletubbies, Cowboys mit aufgemalten Bärten. Auch der ein oder andere Raumfahrer war unterwegs, sogar ein kleiner menschlicher Fliegenpilz. Dazwischen jede Menge Erwachsene, die dem Kindertreiben mit gütig-entseeltem Lächeln zusahen und bei jeder sich bietenden Gelegenheit „Helau" schrien.

Auch Hunslicker musterte aufmerksam die kostümierten Kinder, doch mit einem anderen Gesichtsausdruck. Nicht, dass er wie ein notorischer Kinderhasser schaute, aber er betrachtete das bunte Jungvolk eher mit einer Art forschendem Interesse, als beobachte er eine putzige, im ganzen aber doch recht eigenartige Tierart. Er mochte Kinder offenbar, doch schienen sie ihm fremd. Um sicher zu gehen – und weil sie nichts dabei fand – fragte Corinna ihn, ob er denn Kinder habe. Er lächelte.

„Jedenfalls keine, die von mir wissen", sagte er dann. Ein nicht sehr origineller Ausspruch – Corinna hatte ihn schon öfter von alternden Junggesellen gehört, die andeuten wollten, dass sie es ihr Leben lang kreuz und quer getrieben und es vorgezogen hatten, lieber anderen Hörner aufzusetzen als selbst Hörner aufgesetzt zu bekommen. Normalerweise waren Typen, die solche Sprüche absonderten, bei Corinna sofort unten durch, doch sie musste zugeben, dass Hunslicker selbst das noch mit einem gewissen Charme rüberbrachte. Schade, dass er nicht 20 Jahre jünger ist, dachte sie, und als er sie noch ein weiteres Mal anlächelte, reduzierte sie sogar auf zehn Jahre.

„Ich glaube Ihnen ja, dass Sie ein Grand Filou gewesen sind, aber ist Ihnen denn nie die eine Frau über den Weg gelaufen, mit der Sie gerne eine Familie gehabt hätten?“

„Doch, doch“, lachte Hunslicker, „sogar viele. Aber eben das war mein Problem.“

Sie erreichten den Fastnachtsbrunnen, schoben sich parallel zum Zug voran. Auf dem Zugweg lief eine Gruppe Pierrots, jeder etwa sieben oder acht Jahre alt, wahrscheinlich Schüler einer Mainzer Grundschule. Der Jugendmaskenzug wurde fast ausschließlich von Mainzer Schulen bestückt. Die Kostüme wurden in den Wochen vor dem Fastnachtssamstag im Kunst- oder Werkunterricht entworfen und geschneidert.

Einer der Pierrots scherte aus seiner Gruppe aus, kurz bevor sie in die Ludwigsstraße einbog. Offenbar wollte er flüchten: Er stapfte an den Zugwegrand, sah sich dort jedoch einer geschlossenen, unüberwindbaren Reihe Erwachsener gegenüber und blieb stehen, ratlos. Die Menge jedoch war entzückt von dem kleinen Kerl. Ein „Helau“ aus über hundert Kehlen donnerte ihm entgegen, selbst vom Balkon des Innenministeriums entboten sie ihm einstimmig den Narrengruß.

Die Wucht des Schalls warf den Knirps fast um, er machte zwei, drei Schritte zurück. Und revanchierte sich: Mit einem erhobenen Mittelfinger, den er entschlossen von seiner winzigen rechten Faust wegstreckte. Einige in der Menge, ältere Frauen vornehmlich, stöhnten entsetzt auf, der Rest lachte. Corinna und Hunslicker schmunzelten.

„Das überlieferte Brauchtum fortzuführen, ist eben nicht jedermanns Sache“, meinte Hunslicker.

„Hoffen wir nur, dass diese Form des Narrengrußes nicht irgendwann die traditionelle ersetzt“, witzelte Corinna. „Stellen Sie sich mal vor, die Mainzer Narren grüßen künftig nur noch so in die Kameras.“

Hunslicker lachte erneut. Sie liefen weiter.

„Meine Mutter sagt, Sie haben Karl Kemmling kennengelernt, als sie ihn beim Kohlen klauen erwischten?“, fragte Corinna dann. Hunslicker nickte. „Mir hatten sie doch erzählt, sie hätten ihn bei seinem allerersten Aufritt kennengelernt.“

„Dort bin ich ihm das erste Mal begegnet“, verbesserte Hunslicker. „Kennengelernt habe ich ihn in der Tat erst zehn Tage später.“

Sie liefen jetzt langsamer, so dass sie von verschiedenen Zugnummern überholt wurden. Eine Horde Teletubbies tippelte vorbei, die alle paar Meter stehen blieb, sich zu einer Reihe aufstellte, dem Publikum zuwandte, winkte und dazu auch noch „Winke, winke" rief. Die Menge jedoch beharrte auf ihrem „Helau", nur vereinzelte, offenbar kinderprogrammkundige Zugbesucher gaben ein „Winke, winke" zurück.

„An dem Nachmittag, als ich ihn erwischte, hatte ich mir unter irgendeinem fadenscheinigen Vorwand einen Jeep organisiert und mich aus der Kaserne gestohlen", begann Hunslicker zu erzählen. „Ich polterte durch die zerbombte Innenstadt. Es war kurz vor Ende der ersten Enttrümmerung. Die Gassen waren wieder einigermaßen befahrbar, allerdings sehr holprig, so dass ich ganz schön durchgeschüttelt wurde. Sie können sich nicht vorstellen, wie es damals hier aussah. Die Innenstadt war zu 80 Prozent zerstört und fast menschenleer. Wahrscheinlich war es diese Einsamkeit, die mich anzog, als ich durch diese dach- und fensterlosen Gemäuer polterte."

Er hob die Hände, als halte er ein Lenkrad. „Ich nahm eine scharfe Kurve – und musste dahinter plötzlich mit aller Gewalt auf die Bremse treten." Er stampfte mit dem Fuß auf. „Da stand vor mir dieser arme, verhärmte, halb verhungerte Wicht. Und blickte mich an, als sähe er den Leibhaftigen. Der Schreck hatte ihn total gelähmt. Hinter ihm stand ein Bollerwagen, den er hinter sich hergezogen hatte. Vollbeladen mit Kohlen."

Sie waren nun ihrerseits in die Schillerstraße eingebogen, begleiteten den Zug Richtung Gutenbergplatz. Corinna merkte, wie Hunslicker sich wieder in seiner Erzählung verlor. Es machte jedoch nichts aus, diesmal hatte sie Zeit und im Moment auch keine Lust, Zwischenfragen zu stellen. Also ließ sie ihn reden.

„Kohleklau war seinerzeit ein schweres Verbrechen", erzählte er weiter. „Ein paar Tage zuvor erst hatten wir einen Kohlendieb erschossen, wenn auch nicht unbedingt absichtlich, aber wer hat je die Menschen gezählt, die in diesem Krieg nicht unbedingt absichtlich getötet worden sind. Jedenfalls war die Todesangst, die das Kerlchen da vor mir hatte, nur allzu verständlich. Er hatte ja gar keine Ahnung, dass ich mich eigentlich nur ärgerte, weil ich jetzt dienstlich zu werden hatte gegen dieses Häufchen Elends und mein freier Nachmittag, den ich mir so erfolgreich ergaunert hatte, damit futsch war."

Eine Gruppe Schulkinder, die sich als Buchstaben verkleidet hatte, tänzelte vorbei, und Corinna fragte sich, ob die Buchstaben, aus der richtigen Perspektive betrachtet, eine Botschaft ergaben. Sie vermutete, dass jeweils fünf menschliche Buchstaben ein „Helau“ ergeben sollten – genau erkennen konnte sie es jedoch nicht.

„Das ist not pur moa, not pur moa, stammelte das Würstchen, als ich aus meinem Wagen stieg und ihn betrachtete“, fuhr Hunslicker fort. „Nach und nach merkte ich, dass ich ihn von irgendwoher kannte – bis es mir schließlich einfiel: Es war dieser freche Kerl, der in dem Bootshaus am Winterhafen diesen grandiosen Vortrag gehalten hatte und uns dann entwischt war.“

Auf dem Zugweg krabbelte eine Horde Marienkäfer vorbei.

„Das ist not pur moa, not pur moa, stammelte er immer wieder. Ich ließ ihn noch eine Weile allein mit seiner Angst, dann baute ich mich vor ihm auf, setzte eine ganz strenge Miene auf und sagte:

Sie bescheißt uns, tut ihren Schnabel wetzen,
doch meint ihr, die tät' sich setzen?

Das war aus seinem Vortrag mit der Friedenstaube. Jetzt erschrak er erst Recht. Wo er erkannt war, war es noch unumgänglicher, dass sein letztes Stündlein geschlagen hatte, dachte er. Plötzlich sagte er: Ach du Scheiße. Da konnte ich nicht mehr anders. Ich fing an zu lachen und lachte so lange, bis sich seine Anspannung löste und er mitlachte.“

Hunslicker schüttelte den Kopf und begann laut zu lachen. Corinna stimmte, wenn auch verhalten, ein.

„Und dann?“, fragte sie.

„Half ich ihm, diese Kohlen wegzubringen. Wenn ich dabei erwischt worden wäre, wäre ich wahrscheinlich auch erschossen worden, zumindest ein paar Monate in den Bau gewandert. Aber was sollte das? Er hatte die Kohlen in einem verschütteten Keller entdeckt. Das Haus darüber gab es nicht mehr und seine Bewohner auch nicht. Wen hatte er also bestohlen? Ich dachte mir, was soll's, und habe ihm geholfen, die Kohlen dahin zu schaffen, wohin er sie haben wollte – in die Wohnung ihrer Mutter.“

Corinna erinnerte sich an alte Fotos, die ihr ihre Mutter einmal gezeigt hatte. Ihre Eltern hatten damals in der Kaiserstraße gewohnt, auf der Seite, die zur Neustadt gehörte, in der Nähe der Christuskirche. Das Haus war eines der wenigen weit und breit gewesen, das nicht zerstört worden war.

„Da habe ich dann Ihre Mutter kennengelernt. Ihr Vater war damals noch in Kriegsgefangenschaft, er kam erst ein paar Monate später, Ende 1948, nach Hause. Karl kümmerte sich damals um Ihre Mutter. Er tat alles für sie. Klaute Äpfel, klaute Kohlen, half ihr, so gut er halt konnte – schließlich war er nicht sehr kräftig und alles andere als ein handwerkliches Genie. Natürlich glaubte ich damals sofort, dass da was war zwischen ihm und Ihrer Mutter – schließlich war ich selbst kein Kind von Traurigkeit. Aber da war nichts. Er half ihr wirklich nur, um ihr zu helfen. Ich habe nicht viele solche Männer kennen gelernt in meinem Leben." Er schaute Corinna ernst an. Es schien ihm wichtig zu sein, dass sie ihm glaubte.

„Und so wurden Sie Freunde?", fragte Corinna, um sich an diesem Punkt nicht länger aufhalten zu müssen.

„So wurden wir Freunde. Karl fühlte sich in meiner Schuld, aber was hatten er und Ihre Mutter schon, was sie mir hätten geben können? Sie hatten keinen Kaffee, den sie mir anbieten konnten, geschweige denn einen Cognac. Ich glaubte, an diesem ersten Nachmittag kauten wir auf nichts als ein wenig Dörrobst herum, aber wir fühlten uns wohl und haben uns prächtig verstanden. Das nächste Mal brachte ich ein Fläschchen Rotwein mit, das ich von zu Hause geschickt bekommen hatte. Das wurde dann richtig lustig. Als ich dann Geburtstag hatte, haben sie mir einen Kuchen gebacken. Karl hatte Äpfel geklaut und ich in der Kaserne Zucker und Mehl mitgehen lassen. Der Kuchen war köstlich. Obwohl alles so armselig war, war es doch das schönste Fest, das ich je gefeiert habe."

„Merkwürdig, dass mir meine Mutter nie davon erzählt hat. Zumindest nicht, dass Sie da auch dabei waren."

Hunslicker lächelte verschmitzt. „Ja, es scheint, als hätte ich nicht bei allen Mademoiselles, denen ich im Leben begegnet bin, einen bleibenden Eindruck hinterlassen."

Mittlerweile hatten sie das Gutenbergdenkmal erreicht. Gegenüber, vor dem Theater, war die Tribüne aufgebaut, von der aus gleich die Rekrutenvereidigung vorgenommen werden sollte.

Corinna kaufte zwei Glühwein für sich und Hunslicker. Sie wollte ihm etwas Gutes tun, doch als sie den Franzosen daran nippen sah, erkannte sie, dass das Gebräu nicht sein Geschmack war, auch wenn er sich artig bedankte. Als sie in ihren Becher blickte, ging es ihr nicht anders: Dieses dampfende, süße Gesöff sollte sie jetzt in sich schütten? Sie würde Sodbrennen davon bekommen, und wie sich der Glühwein mit ihrem Bierkater vertragen würde, musste sich erst noch zeigen. Alles in allem war es also eine blöde Idee gewesen.

Die letzten Zugnummern waren nun durch, doch Blasmusik und Trommlerrhythmen ebbten nicht ab. Der Gutenbergplatz war jedoch immer noch dicht gefüllt mit Menschen, Gardisten vornehmlich. Die Rekrutenvereidigung stand noch an.

Auf der Tribüne vor dem Theater nahm die Zahl der Zivilisten ab, konzentrierten sich statt dessen Uniformträger, allerdings mit glitzernderen und prunkvolleren Orden behangenere als die, die unten auf dem Platz standen: Hohe Offiziere verschiedener närrischer Garden, dazu Komiteeter in ihren weiten Mänteln, die in kräftigen Farben strahlten – Dreispitze und Narrenkappen, wohin man blickte.

Bald glaubte Corinna, mitten in den Dreharbeiten für einen Kostümfilm zu sein, in einer Stellprobe für eine Massenszene. Sie sah nur noch Soldaten in historischen Uniformen um sich herum, das heißt: fast historischen Uniformen, doch die Änderungen, die die Aufzüge der aktuellen Fastnachtsgarden im Laufe der Jahre erfahren hatten, wären nur einem Militärhistoriker aufgefallen.

Die Prinzengarde etwa trug rote Uniformröcke mit blauen Aufschlägen, die dem Garde-Regiment des Alten Fritz nachempfunden waren, ihr Fußvolk trug sogar dessen charakteristische Spitzhüte, die die Soldaten noch größer erscheinen ließen, allerdings war auf deren Innenseite eine „11“ geprägt. Die Uniform der Garde der Prinzessin war überwiegend in Grün gehalten und ging auf das elsässische Jägerregiment zu Zeiten Napoleons zurück. Die Mainzer Freischützengarde trug breitkrempige, an der linken Seite hochgeklappte Hüte und grüne Fräcke, die an die Aufzüge bayerischer Jägerregimenter angelehnt waren.

Gänzlich unmilitärisch, aber nicht minder traditionsbehaftet kam die Haubinger-Garde daher: in Frauenkleidern nämlich. Die närrischen Streiter trugen samtene Röcke, Spitzblusen und weißen Hauben. Die Garde war, wie die meisten, schon über 100 Jahre alt. In den 70er Jahren allerdings hatten sich nach einem heftigen internen Streit einige Mitglieder abgespalten und einen eigenen Verein gegründet. Die Splittergruppe nannte sich nun „Haubinger von 1957" und trug jetzt Hosen statt Röcke, um sich von der Haubinger-Garde zu unterscheiden.

Überhaupt waren in den vergangenen 150 Jahren die meisten neuen Garden vornehmlich nach Vereinsquerelen und daraus resultierenden Absplitterungen entstanden.

Die Kurfürstengarde war im Grunde ein Ableger der Ranzengarde, daher ähnelten sich auch ihre Uniformen. Historisches Vorbild waren die Füsiliere des letzten Mainzer Kurfürsten. Die aktuellen Uniformen variierten ein wenig im Schnitt des Fracks und der Aufschläge sowie deren Farben, ansonsten trugen beide Korporationen Zopfperücken, Dreispitze mit Federbüschen, Patronentaschen und Säbel.

Dieses bisschen Hintergrundwissen über Mainzer Garden hatte Corinna mitbekommen, als ihr Vater es seinerzeit dem kleinen Fritz einbläute. Dann natürlich hatte auch Fritz einst den Rekruteneid sprechen müssen. Der alte Uhl hatte ihn in die Ranzengarde gezwungen, in der er selbst auch heute noch Mitglied war. Allerdings trug er seine Uniform nicht mehr, er sah sich selbst zu sehr als Saalfastnachter – beziehungsweise „Fastnachtskünstler." Wenn er am Rosenmontagszug teilgenommen hatte, dann nur auf einem „Aktivenwagen" in seinem Mufti-Gewand.

Nicht alle Mainzer Garden waren auf dem Gutenbergplatz vertreten. Zur Rekrutenvereidigung erschienen fast nur noch Abordnungen aus der Innenstadt, die aus den Stadtteilen waren zumeist anderswo im Einsatz. Corinna fühlte sich zwischen all dem militärischen Gedöns und Gescheppere von Hieb- und Stichwaffen, langen schwarzen Schaftstiefeln, Orden und Schärpen nicht sehr wohl, Hunslicker dagegen schien es nicht viel auszumachen, er hatte wieder seinen Zoobesucher-Blick aufgesetzt.

Sie versuchte, auf der Tribüne einen der Runzes zu entdecken, um ihn Hunslicker zu zeigen, entdeckte aber keinen. Das war weniger verwunderlich, was den alten Runze anging. Als Ehrenvorsitzender oder Alterspräsident oder was auch immer war seine Gegenwart nicht selbstverständlich, und mit seinem Rollstuhl war für ihn ohnehin jeder öffentliche Auftritt beschwerlich genug. Doch was war mit dem jungen Runze – dem, der bei der Beerdigung den Rollstuhl des Alten geschoben hatte? Er war doch Sitzungspräsident der Kurfürstengarde, und seine Amtskollegen waren fast alle anwesend.

Statt Runze entdeckte Corinna jedoch Primm, einen so genannten „Wanderredner“, der während der Kampagne auf Sitzungen aller möglichen Vereine auftauchte und es dabei auf bis zu 70 Auftritte innerhalb von von fünf, sechs Wochen brachte. Er war kein besonders hoch angesehener Redner, weswegen man ihn auch noch nie bei der „Fernsehsitzung“ gesehen hatte. Auch wenn er nach außen hin immer vom „Spaß an der Freud“ redete, konnte er nur schlecht überspielen, dass er sich als Büttenredner verdingte, um die ein-, zweihundert Euro abzugreifen, die man ihm maximal für einen Auftritt bezahlte. Wirklich renommierte Redner kassierten das zwei- bis Dreifache.

Primm stellte keine hohen Ansprüche an sich und sein Publikum: „Motto“ seiner Vorträge waren meist die Leiden des gestressten Ehemannes, der in gereimter Mundart über Ehefrauen und Schwiegermütter wetterte.

Corinna hatte ihn vor Jahren in einem Sitzungsbericht einmal als „echtes Määnzer Schlappmaul“ bezeichnet, der als Schlussredner den „Saal zum Kochen“ gebracht hätte oder irgend so etwas. Hatte zwar nicht gestimmt, aber auch sie hatte in jungen Reporterjahren den Standpunkt vertreten, dass sie den wenigsten Ärger bekam, wenn sie prinzipiell nur Gutes über Aktive schrieb. Primm schien noch nie so etwas Nettes über sich gelesen zu haben, jedenfalls brachte er ihr am Erscheinungstag einen Strauß Maiglöckchen in die Redaktion, um sich überschwänglich für die „objektive und faire Berichterstattung“ zu bedanken. Seitdem verfolgte er Corinna mit seiner Zuneigung, versuchte sie überall, wo er ihr begegnete, zu einem Drink einzuladen, worum sie sich jedes Mal herumwand. Um so leichter war es jetzt, mit ihm ins Gespräch zu kommen. Sie nahm einen kurzen Blickkontakt mit ihm auf, lachte, winkte kurz in seine Richtung – und schon kam er auf sie zugestampft.

„Helau“, begrüßte er sie.

Eine schwere, süße Alkoholfahne wehte ihm voran. Sein Kopf und sein Körper waren zwei Tropfen, ein kleiner und ein großer, übereinander gesetzt. Sein aschblondes Haar hing glatt und dünn vom Kopf herab, und obwohl er offensichtlich Mühe hatte, Corinna unter seinen schwer getrunkenen Augenlidern anzublicken, gab er sich aufgeräumt und lebendig.

„Was machst du denn hier, Mädchen?“, fragte er und schenkte Hunslicker nur einen kurzen abschätzenden Blick, der fragte und gleichzeitig antwortete: Was macht ein so alter Kerl mit so einem jungen Ding hier – der will doch nicht etwa? Ach was, der kann eh nicht mehr.

„Ich schau den Umzug und die Rekrutenvereidigung an – und was machst du?“ Corinna hasste sich jedes Mal dafür, wenn sie versuchte, Dialekt zu sprechen, um sich bei ihrer Klientel anzukumpeln – das Graf-Syndrom. Bei ihr war es insofern ärgerlicher, als dass sie den Mainzer Dialekt eigentlich hätte beherrschen müssen. Doch ihre Mutter hatte ihn nie mit ihr gesprochen, und in der Schule hatte sie ihn sich auch nicht aneignen können.

„Mein Bomber wird heute vereidigt“, erzählte Primm. „Da muss ich doch dabei sein, auch wenn ich nur von weitem zuschauen darf.“ Corinna bemerkte, dass Primm noch betrunkener war, als es zunächst den Anschein gehabt hatte.

„Und wo steht er, dein Bomber?“ Sie schloss messerscharf, dass es sich bei dem „Bomber“ um ein Kind Primms handelte.

Primm wies auf einen ungeheuer dicken Jungen in einer Kurfürstengarde-Uniform, der bei einer blondierten Mittvierzigerin mit bitter gewordenem Gesicht stand. Neben ihr stand ein dicklicher Kurfürstengardist, etwas jünger als sie, der sich mit einem schmalen Oberlippenbärtchen ein wenig Pfiff zu verleihen versuchte.

„Meine Exfrau und ihr neuer Freudenspender“, spöttelte Primm. Und schon war es mehr als genug, was Corinna über Primms leidvolles Familienleben erfahren wollte.

Auf der Tribüne ging der Generalfeldmarschall der Prinzengarde in Position, um die Eidesformel für die Rekruten zu sprechen. Corinna drängte sich ein wenig an Primm.

„Sag mal, ich seh den Andreas Runze von der Kurfürstengarde gar nicht – dabei sind die anderen Sitzungspräsidenten vollständig hier. Ist Runze krank oder so etwas?“, kauderwelschte sie in Mainzerisch.

Primm schaute sie an, etwas irritiert, etwas ungläubig.

„Krank? Der? Willst du mich anspucken und behaupten, dass es regnet, oder was?“

Corinna überlegte, wie sie diese Worte deuten sollte, als der Generalfeldmarschall der Prinzengarde mit seiner Begrüßungsformel begann.

„Rekruten!“ rief er der vor der Tribüne versammelten Schar zu. „Wiederum sind Mucker und Philister, die Erbfeinde unseres Prinzen Carneval, übermütig geworden und drohen von seiner Residenz Moguntia Besitz zu ergreifen. Dies darf nie und nimmer geschehen!“

Das Protokoll sah an dieser Stelle „Unmutsäußerungen unter den Rekruten“ vor. Da diese sich aber zu kleinlaut anstellten, sprangen die ebenfalls anwesenden altgedienten Gardisten und einiges Zivilpublikum in die Presche: „Hört, hört!“ – „Niemals!“ – „Sie sollen ruhig kommen!“

„Ich habe euch deshalb mobilisiert“, fuhr der Generalfeldmarschall fort, „damit ihr den Muckern und Philistern ein dreitägiges Schlachtfest liefert und dieselben wieder aus Moguntias Mauern vertreibt! Schwört, dass Ihr unsern Prinzen Karneval treu verteidigen wollt. Zu Land, zu Wasser und in der Luft!“

„Wir schwören!“

„Schwört, dass Ihr den alten Gardeschwur nicht vergessen wollt: Die Garde trinkt, aber sie übergibt sich nicht.“

„Wir schwören!“

Sie schworen und schworen und schworen. Corinna beobachtete während der Zeremonie Primm, wie er mit feuchten Augen zu seinem „Bomber“ sah, der fleißig mitschwor. Es war der Blick, den sie ansonsten nur bei Vätern während der Hochzeit ihrer Töchter beobachtete.

Nach der Vereidigung wartete Corinna noch einen Moment, ehe sie Primm erneut ansprach.

„Sag mal, wie hast du das mit dem Spucken eigentlich gemeint?“ Sie versuchte erst gar nicht, sich vorzustellen, wie ihr verkrampftes Mainzerisch auf Hunslicker wirken musste. Der stand regungslos neben ihr. Sie spürte jedoch, dass er aufmerksam zuhörte.

„Hast du denn das nicht gehört?“, fragte Primm zurück.

„Was denn?“

„Erzählt dein Vater seiner hübschen Tochter denn gar nichts?“

„Ich seh mein Vadder zurzeit nett so oft. Es ist doch Fastnacht.“

Primm lachte kurz auf. Doch schlich auch etwas Argwohn in sein Gesicht.

„Aber in der Szene wird doch seit Tagen von nichts anderem mehr geredet.“

„Ich gehör doch nicht zur Szene. Du weißt doch, dass ich anständig bin“, versuchte Corinna zu witzeln.

Primm musterte sie misstrauisch. „Dann weiß ich nicht, ob ich es dir sagen soll. Wenn es dir schon dein eigener Vater nicht erzählt. Am Ende schreibst du darüber einen Artikel und ich werde geschimpft, weil ich es dir erzählt habe."

„Jetzt hör doch auf. Erstens will ich nichts schreiben, zweitens würd' ich keinen Informanten auffliegen lassen, wenn ich's tät. Das weißt du doch. Du hast doch oft genug gesagt, du traust niemand von der Zeitung außer mir." Damit würde sie ihn knacken. Hoffentlich.

In der Tat geriet Primm ins Grübeln. Er schaute nach links und nach rechts, senkte dann die Stimme – und wirkte nun wie ein zweifelhafter Informant aus einem drittklassigen Drogenthriller.

„Nach der Sitzung von der Kurfürstengarde am Sonntag hat es einen Riesenärger gegeben", flüsterte er.

„Mein Vater und Kemmling sind bei der Kurfürstengarde aufgetreten?" Das war neu für Corinna – und höchst erstaunlich. Mufti und Emir, ausgerechnet beim Stammverein der Runzes in der Bütt!

„Darüber hat sich jeder gewundert", bestätigte Primm. „Ausgerechnet die beiden. Aber so ist nun mal dein Vater. Sein Comeback sollte ein einzigartiger, grandioser Triumph sein. Und dazu musste er auch unbedingt bei der Kurfürstengarde in die Bütt. Für die Runzes war das natürlich ein offener Affront. Du weißt ja, was dem alten Runze passiert ist."

Corinna nickte.

„Nur weil dein Vater so ein einflussreicher Mann ist, wurde er vom Vorstand ins Programm genommen. Und der junge Runze ist seitdem stinksauer. Deswegen ist er heute auch nicht da."

„Aber was genau ist denn passiert auf der Nachsitzung?" Als „Nachsitzung" bezeichnete man den Umtrunk nach der offiziellen Sitzung, bei der Aktive und Vereinsfunktionäre ausgiebig auf die vergangene Veranstaltung anstießen.

Primm wand sich noch ein wenig. Außerdem leckte er sich die Lippen. Offenbar plagte ihn aufs Neue der Durst. „Der junge Runze ist total ausgeflippt", sagte er dann. „Seine Sitzungsmoderation hat er zuvor professionell durchgehalten, da kann man nichts sagen. Aber danach hat er wieder einmal ein paar Gläser zuviel erwischt und ist ausfällig geworden."

„Er ist ausfällig geworden?" Corinna spürte, wie sich auch Hunslicker neben ihr anspannte.

„Er schimpfte auf den Vorstand. Dass das Ganze eine große Sauerei wäre, einfach über seinen Kopf hinweg die Mörder seines Vaters in seine Sitzung zu holen – wirklich: er sagte 'die Mörder seines Vaters' und 'seine' Sitzung. Da war natürlich was los. Er hat sich dann in seine Wut reingesteigert. Einen solchen Affront gegen seine Familie – die so viel für diesen Verein getan hätte und die üblichen Übertreibungen – könnte er unmöglich auf sich beruhen lassen. Er tobte weiter, dass er es sich überlegen würde, sich aus dem Verein zurückzuziehen. Das würde er aber nicht tun, ohne vorher noch ein paar Kracher explodieren zu lassen, so dass sich so mancher umschauen müsste." Primm stockte, leckte sich wieder die Lippen, hatte den Getränkestand erspäht, an dem Corinna den Glühwein gekauft hatte. „Sag mal, wollen wir nicht noch etwas trinken?"

„Jetzt nicht!" Corinna zischte fast. „Erzähl' weiter – was geschah dann?"

Primm seufzte, erkannte dann aber, dass er die Geschichte erst zu Ende erzählen musste, bevor man ihn wieder etwas trinken ließ. Also redete er jetzt ein wenig schneller. „Die großen Herren sind natürlich ganz ruhig geblieben, ganz demonstrativ – du kennst sie doch. Dann hat der Staatsanwalt Henn erklärt, wenn Runze ein Problem hätte, dann sollte man in Ruhe darüber reden und vor allem, wenn er, der Runze, nüchtern ist. Seine Drohungen könnte er sich allerdings sparen, sonst bräuchte er als Sitzungspräsident nicht zurückzutreten, sondern würde vom Verein zurück getreten. Dann ist dein Vater aufgestanden und meinte, dass der Runze außerdem zurück nehmen solle, dass er und sein Freund Karl die Mörder seines Vaters wären. Runzes Vater wäre nämlich nicht tot und außerdem hätte er, also dein Vater, immer bedauert, was passiert sei und das, obwohl er nie was Unrechtes gegen den alten Runze getan hatte. Er und Karl hätten nie was Unwahres verbreitet, sondern nur die Wahrheit gesagt und wenn er die nicht vertragen könnte, wäre das sein Problem."

Corinna schluckte, blickte kurz zu Hunslicker, der weiterhin gebannt lauschte – wenngleich sie sich nicht sicher war, ob er alles verstand.

„Darauf ist der junge Runze aufgesprungen und auf deinen Vater los", plapperte Primm weiter. „Der ist aber ganz ruhig stehen geblieben. Du kennst ihn ja. Der weicht vor niemandem zurück. Und in dem Moment, als Runze deinem Vater an den Hals wollte, stürzte sich der alte Kemmling zwischen die beiden. Das musst du dir mal vorstellen: Der dünne Hering zwischen den zwei Dicken – fast wäre er zerquetscht worden. Im nächsten Moment waren fünf, sechs Leute dabei und haben sie auseinandergerissen. Und als sie auseinander gezogen wurden, hat der junge Runze seinen dicken Zeigefinger gegen Kemmling gestreckt und gesagt: Ich bring' dich um!"

„Wie bitte?"

„Er hat gesagt: Ich bring' dich um." Primm blickte etwas irritiert um sich. Einige Gardisten hatten sich während seiner Erzählung nach ihm umgedreht. Ein paar sahen irgendwie verärgert aus.

„Und dann?", feuerte Corinna ihn weiter an.

„Dann hat dein Vater erklärt, er, der junge Runze, wäre nicht der Einzige, der Kracher zum Explodieren bringen könnte. Wenn er sich nicht bis morgen entschuldigt hätte, würde er der Polizei ein paar Tipps über die Familie Runze geben – und der Steuerfahndung."

„Mein Gott. Und wie hat Runze darauf reagiert?"

„Der hat doof geguckt. Dann ist aber der Doktor Ziehlke ganz nah zu deinem Vater getreten und hat ihm ins Ohr gezischt, dass er mit ihm kurz ins Nebenzimmer gehen solle, bevor er so eine dicke Lippe riskieren würde. Das haben die beiden gemacht – und dann war Ruhe."

Corinna und Hunslicker blickten sich erstaunt an.

Heimwärts liefen sie durch die schattige Schusterstraße. Es dauerte lange, bis sich einer von ihnen wieder zu reden getraute.

„Er hat gesagt: Ich bring' dich um“, begann Hunslicker schließlich. Er murmelte es mehr vor sich hin, als dass er es zu Corinna sagte.

Wie sollte sie reagieren? Ihn beschwichtigen – aber weshalb denn? Runze hatte Kemmling gedroht, ihn zu töten – und einen Tag später war er tatsächlich tot. Sollte sie sich nicht schleunigst zu Koffer aufmachen, um ihm Bescheid zu sagen? Andererseits: Wie würde Koffer wohl darauf reagieren? Er würde sagen, dass man Sachen, die betrunkene Narren im Zorn mal so daher sagten, nicht allzu ernst nehmen müsse – zumal ja auch Fastnacht sei.

„Was tun wir jetzt?“, fragte Hunslicker.

„Hören Sie, der Mann war betrunken. Die Polizei wird dieser Information nicht allzu viel Bedeutung beimessen“, gab Corinna fürs Erste zurück. Tatsächlich wusste sie selbst nicht, was nun zu tun war.

„Seien Sie still“, zischte der alte Franzose, so uncharmant, wie er ihr gegenüber noch nie gewesen war. „Glauben Sie denn wirklich, so viele Merkwürdigkeiten auf einmal lassen sich noch so ohne Weiteres abtun? Die versäumte Obduktion, die rasch abgeschlossenen Ermittlungen, der Staatsanwalt und der Doktor, die beide demselben Verein angehören, und jetzt dieser Runze, der ein Mordmotiv hat und sogar gedroht hat, Karl zu töten?“

Was sollte sie dazu sagen? Er hatte ja Recht. Corinna fühlte ihren Jungjournalistinnentraum wieder in sich wachsen: Einmal die ganz große Sauerei aufdecken. Sollte sich ihr diese Chance tatsächlich doch noch bieten? Aber warum musste es gerade jetzt sein? Sie war ganz und gar nicht in der Verfassung, ein Mordkomplott aufzudecken. Sie hatte zwei Nächte hintereinander kaum geschlafen und heute Abend wollte sie sich auf die Ballhalla schleppen, in der vagen Hoffnung auf so etwas wie eine Romanze mit einem merkwürdigen Zigeunermusiker, den ihr eine Horde Hexen in die Arme getrieben hatten.

Am sinnvollsten schien es ihr daher, erst einmal Zeit zu gewinnen. Bis sich ein ruhiges Stündchen fand, alles noch einmal in Ruhe zu überdenken.

„Hören Sie, wir dürfen uns nicht verrennen“, erklärte sie Hunslicker daher. „Ich werde diese Fakten, die wir jetzt zusammengetragen haben, meinem Bekannten vortragen, dem Kriminalkommissar, der soll sie ganz objektiv beurteilen. Aber nicht mehr heute. Lassen Sie uns einfach mal eine Nacht über die ganze Sache schlafen, ja?“

„Die Polizei, die hat doch bis jetzt nur geschlampt", schimpfte Hunslicker.

„Jetzt wird sie nicht mehr schlampen, das verspreche ich Ihnen", machte Corinna sich wichtiger, als sie war. „Sie müssen doch auch zugeben, dass wir selbst vielleicht zu sehr von persönlichen Gefühlen geleitet werden, um die Angelegenheit objektiv zu beurteilen. Also lassen sie uns erst einmal ein wenig Abstand gewinnen. Okay?"

Hunslicker sah sie todunglücklich an. „Also gut", sagte er dennoch.

Das Kurfürstliche Schloss war ein riesiger Sandsteinbau mit ungezählten hohen Fenstern. Prächtig zog er sich am Rheinufer dahin, und den Flusstouristen, die den deutschen Schicksalsstrom entlang schipperten, kündete er von der Geschichtsträchtigkeit der Stadt.

Sie trafen gegen halb neun ein. Corinna war wieder als kleiner Pirat, Iris als „Cats"-Verschnitt unterwegs. Es ginge durchaus in Ordnung, wenn man über die tollen Tage stets das gleiche Kostüm trüge, hatte Corinna der Freundin erklärt, obwohl sie selbst nicht recht wusste, wo das geschrieben stand.

Iris zu überzeugen, sie noch einmal zu begleiten, war im Übrigen leichter gewesen, als Corinna geglaubt hatte. Verdächtig leicht eigentlich, denn sie hatte im Grunde gar nicht viel sagen müssen. Vermutlich ahnte Iris, dass Corinna immer noch auf ein Wiedersehen mit dem geheimnisvollen Fremden hoffte. Sie sagte dazu aber nichts weiter, um die Freundin nicht in Verlegenheit zu bringen, sondern fügte sich schweigend in ihre Rolle als Begleiterin, die sich im günstigen Fall diskret zurück zu ziehen, im ungünstigen als verständnisvolle Trösterin zu geben hatte. Eine echte beste Freundin eben.

Das Schloss platzte bereits aus allen Fugen. Glücklicherweise hatte Corinna sich gestern bei Graf noch Karten besorgt, denn an der Abendkasse wäre nichts mehr zu machen gewesen. Das Treppenhaus war permanent überfüllt, so dass nur schwer vorwärts zu kommen war. Zumal Corinna darauf bestand, erst einmal in Ruhe alles „abzuchecken". Iris erklärte zwar sofort, Live-Bands spielten nur im Großen Saal, doch Corinna ließ sich nicht davon abbringen. Ihr grauste vor der Vorstellung, sich den ganzen Abend wie ein Groupie an die Bühne zu stellen, bis ER auftauchte.

Daher zogen sie zunächst durch Leibnizsaal, Forstersaal und die anderen Räume, in denen den verschiedenen Musikgeschmäckern Rechnung getragen wurde. Ein Saal beschallte nur mit Deutschrock, ein anderer nur mit Oldies aus den Sechzigern und Siebzigern, ein dritter gar mit Techno. Corinna und Iris fühlten sich in der Oldie-Disco am wohlsten und rockten wild drauflos, und nach und nach löste sich sogar die Verwirrung in Corinnas Kopf ein wenig auf. Sie tanzten ausgelassen zu *Ticket to Ride* oder *With a Girl like you,* und als *I can't get no satisfaction* erklang, grinsten sie sich neckisch an.

Kurz nach zehn besuchten sie das erste Mal den Großen Saal. Eine Gruppe deutscher Folklorerocker stand gerade auf der Bühne, die den *Zillertaler Hochzeitsmarsch* intonierten. Zwei Mönche nahmen Corinna und Iris in Beschlag und hopsten mit ihnen zur Bühne vor und zurück. Überhaupt wimmelte es von Mönchen, offenbar war dies wieder einmal das Trend-Kostüm der Kampagne. Scheichs mit schwarzen Sonnenbrillen waren auch einige da, gingen aber insgesamt zwischen den Äbten unter.

Nach einer halben Stunde räumten die Folklorerocker die Bühne. Während der Umbaupause spielte Musik vom Band. Corinna und Iris besorgten sich etwas zu trinken.

Als sie zurückkamen, verdunkelte sich gerade der Saal. Nach und nach legte sich auch das Stimmengewirr. Schließlich war es stockfinster – und völlig still. Nur ein Hüsteln und Räuspern dann und wann.

Eine akustische Gitarre begann zu spielen. Rhythmisch, schnell, dann aber immer wieder stockend. Ein Flamenco. Corinna fuhr das Gitarrengerassel sofort ins Blut, doch hätte sie dazu tanzen wollen, hätte sie wohl nur ein paar unbeholfene Zuckungen zustande gebracht. Die Musik ergriff Besitz von ihr, ohne dass sie wusste, wie sie sich dazu hätte bewegen können.

Plötzlich ging auf einen Schlag das Licht an – und in das Spiel der akustischen Gitarre stimmte eine Band ein.

Eine spanische Folklore-Popgruppe mit einem fetten schmalztolligen Sänger, Percussionisten, Bläsern und Gitarristen, insgesamt acht Mann in eng geschnittenem Schwarz und kräftigen rosa Hemden.

Corinna sah jedoch nur einen: IHN.

Natürlich hatte ER eben auch die Sologitarre gespielt, Corinna hatte es sofort geahnt, als sie die ersten Akkorde vernommen hatte. ER stand etwas abseits vom Rest der Gruppe, als gehöre ER nicht ganz dazu. ER war es auch, der ihrer Musik eine andere Qualität gab. Ohne ihn wären sie nichts als handelsübliche Latino-Popper gewesen, die *Bamboleo* und Ähnliches spielten – was, zugegeben, beim Ballhalla-Publikum exzellent ankam. Der Saal ruckelte sofort los, versuchte sich an Tanzschritten, die aber nur die wenigsten beherrschten. Und ER flocht mit seiner Gitarre selbst in einfache Melodiewindungen Schlenker, setzte Akzente und gab ihnen eine Eigenständigkeit, die sie raffinierter klingen ließen als die Originaleinspielungen.

„Ich brauch' ja wohl nicht mehr zu fragen, wer von denen dein Mister Latin Lover ist", hörte Corinna neben sich Iris höhnen.

Sie reagierte nicht darauf – sie starrte nur noch IHN an. Iris war so rücksichtsvoll, sie nur noch eine kurze Weile kopfschüttelnd zu mustern und sie dann in Ruhe zu lassen.

Nach einer Dreiviertelstunde verabschiedete sich die Gruppe mit einer Cover-Version von *Brazil*. Im Saal wurde es wieder hell.

„Ähem", stieß Iris sie irgendwann an, „könntest du jetzt so langsam wieder ansprechbar werden?"

Corinna kehrte in die Welt zurück. Ihr fiel nichts ein, was sie zu den vergangenen 45 Minuten sagen konnte. Daher beschränkte sie sich darauf, rot zu werden und verlegen zu lächeln.

„Junge, Junge", meinte Iris nur. „Und wie geht's jetzt weiter?"

„Keine Ahnung." Corinna atmete einmal tief durch. In der Tat: Wie ging es weiter? Erst mal ein paar Meter von der Bühne weg, weiter nach hinten, dann in Ruhe noch was trinken, dann mal sehen. Sie machte Iris ein kurzes Zeichen mit dem Kopf und begann, sich zwischen Mönchen, Zigeunerinnen und Außerirdischen hindurch zu schieben.

Sie hielt den Kopf gesenkt, als sie plötzlich gegen ein Hindernis stieß. Schon wieder.

„Wie schön, dass Sie gekommen sind", sagte ER.

ER!

Corinna wusste jetzt, wie es Lots Weib ergangen war. Was hätte sie darum gegeben, wenn ihr jetzt eine bezaubernde, dem Augenblick angemessene Gesprächseröffnung eingefallen wäre! Doch außer „Wie haben Sie mich denn gefunden?" – und das auch noch sehr stotternd – fiel ihr überhaupt nichts Vernünftiges ein. Sie sah nur IHN, der noch seine Bühnenbekleidung trug, sah sein Gesicht, seinen Blick – und konnte nichts sagen. Ihr fiel einfach nichts ein. Doch das störte IHN nicht.

ER erklärte ihr freundlich, ER habe sofort, nachdem Licht im Saal angegangen war, nach ihr Ausschau gehalten und sie prompt entdeckt. Sie habe sein Spiel inspiriert. Er habe es genossen, für sie zu spielen, dennoch habe er das Ende des Auftritts herbeigesehnt, um zu ihr hinunter zu kommen – hier sei ER nun.

Corinna horchte in sich, hoffte auf eine Idee, das Gespräch zu erwidern, es musste nun nicht einmal mehr etwas Geistreiches, Witziges oder auch „Cooles" sein, aber ihr fiel auch sonst nichts ein. Sie verfluchte sich selbst, wie sie so dumm dastand. Dann verfluchte sie Iris, weil diese offenbar ihr Problem nicht bemerkte und mit etwas Überbrückungskonversation aushalf, bis sie sich gesammelt hatte. Doch Iris war anscheinend selbst in Agonie gefallen.

ER aber blieb bei ihr stehen, ließ das ein oder andere sanfte Wort fallen und gab sich, als sei sie die kurzweiligste Gesellschaft, die er sich wünschen konnte. Corinna wusste nicht mehr, wie ihr geschah.

Irgendwann fand sie sich auf der Damentoilette wieder. Iris hatte sie dorthin geschleift.

Das Schloss hatte bei aller Pracht einen Makel, der vor allem für Frauen nur schwer zu ertragen war. Es gab in diesem gewaltigen Bau nur eine einzige Toilette, etwa in der Mitte des Treppenaufgangs. Bei der „Ballhalla“ waren Wartezeiten von bis zu 30 Minuten vor der Damentoilette daher nichts Ungewöhnliches. Und wer es endlich nach drinnen geschafft hatte, sah sich einem Gedränge gegenüber, das jedem Hauptbahnhof zur Ehre gereicht hätte.

Unter diesen Umständen war es besonders schwer, ein Beste-Freundinnen-Gespräch zu führen. Corinna senkte, als sie mit Iris vor den Spiegeln des Waschraums stand, die Stimme zwar so gut es ging, hatte aber dennoch das Gefühl, dass etwa 30 weitere Toilettengäste jedes ihrer Worte mithörten. Als sie sich die Hände wusch und ihr Make-up überprüfte, spürte sie außerdem die ungeduldigen Blicke der hinter ihr Wartenden. Iris, die neben ihr stand, erging es bestimmt nicht anders, doch sie ließ sich wie immer nichts anmerken.

„Ich weiß nicht, wo dein Problem ist,“ nörgelte die Freundin, während sie die Zähne bleckte, um nach Nahrungsrückständen zu suchen.

„Wenn ich das nur selber wüsste“, beteuerte Corinna. „Ich glaube, mein Problem ist, dass ich selber nicht genau weiß, was mein Problem ist.“

„Da könnte was dran sein“, bestätigte Iris auch noch. „Nur solltest du dann auch in Erwägung ziehen, dass du, wenn du nicht weißt, was dein Problem ist, möglicherweise gar keines hast. Du hast unter wild romantischen Umständen diesen Typ kennengelernt, hast dich entschlossen, ihn wiederzusehen, um herauszufinden, was dann passiert, und jetzt läuft alles so super, dass was passieren könnte, und du denkst, du hättest ein Problem. Das verstehe, wer will.“

Corinna seufzte. Und glaubte, in den Augenwinkeln zu sehen, wie einige der hinter ihr Wartenden beifällig nickten.

„Ich kann es halt nur schwer fassen“, verteidigte sie sich. „Ich habe IHN tatsächlich wiedergetroffen, und ER tut tatsächlich so, als habe er heute Abend nur mich treffen wollen. Und ich stehe da und markiere den blubbernden Grießbrei, und er scheint mich trotzdem bezaubernd zu finden. Das kann doch alles nicht wahr sein. Stehe ich unter Drogen oder was?“

„Dummes Ding“, meinte Iris so gütig, dass Corinna sie fast nicht mehr wiedererkannte. „Vielleicht meint es Amor einfach nur mal gut mit dir.

Das ist alles. Also stell' dich nicht so an und lass einfach geschehen, was geschieht."

„Aber ..." Sie linste zur Seite. Blickte in etwa ein Dutzend Frauengesichter, die interessiert mithörten. Sie rückte noch näher an Iris heran. Worauf aber auch die Gesichter näher rückten.

„Aber ich hatte noch nie im Leben einen One-Night-Stand", flüsterte sie so leise sie konnte. Doch die Raumakustik war gnadenlos, ließ selbst das leiseste Wispern noch bis in die hinterste Ecke schallen, wie in einem griechischen Theater.

„Schön blöd", sagte Iris nur. Dies ärgerte Corinna ein wenig. Iris, vor der jeder Mann nach fünf Minuten wegrannte, hatte doch bestimmt auch noch nie einen One-Night-Stand gehabt, warum tat sie jetzt so, als sei sie die Sexualerfahrenere, vor all den Leuten? Pikiert wandte Corinna sich wieder zur Seite – und traf erneut den Blick eines runden halben Dutzend Waschraumbesucherinnen. Zwei oder drei nickten ihr aufmunternd zu.

Mit weichen Knien schlich Corinna in den Großen Saal zurück, entschlossen, Iris' Rat zu folgen und geschehen zu lassen, was geschehen sollte. ER erwartete sie brav zurück, sie stellte sich wieder zu ihm, ER beplauderte sie mit Belanglosem, sie schwieg dazu. Es war, als könne sie gar nichts falsch machen.

Schließlich gelang es ihr wenigstens, sich etwas näher an ihn zu schieben. Als ER nicht zurückwich, drängelte sie sich noch etwas näher. Wenn sie schon nicht reden konnte, musste sie wenigstens handeln. Sie konnte nur hoffen, nicht allzu plump zu wirken.

Plötzlich drehte ER sich ihr ganz zu, griff sie an den Armen und zog sie sanft zu sich. Je näher sein Gesicht kam, desto lauter hörte sie ihr Herz schlagen. Sie sah noch wie seine Lippen sich leicht öffneten, dann schloss sie die Augen, erwartete seinen Kuss. Sie spürte schon den Hauch seines Atems auf ihrem Mund, als ER plötzlich aufhörte, sie näher zu ziehen. Sie spürte, wie seine Lippen zur Seite wanderten, über ihre Wangen, dann über ihre Augen.

Warum küsst ER mich nicht, schrie es in ihr, fast wahnsinnig. Andererseits war sie gelähmt, konnte ihrerseits die Initiative nicht ergreifen.

Plötzlich zog ER sein Gesicht ganz von ihr weg. Dann drehte er sie einfach um, sanft, aber bestimmt, und schob sie Richtung Ausgang. Der Welt entrückt, lief sie los, das heißt, eigentlich schwebte sie mehr. ER blieb hinter ihr, und alles war so wunderbar, dass sie auch nicht nur eine Sekunde dachte, wie ungehörig es doch war, sich so leicht erobern zu lassen. An Iris dachte sie nur noch einmal kurz: Sie stellte sich vor, dass die Freundin sie aus einiger Entfernung beobachtete und verstand, weshalb sie grußlos entschwand, und ihr nicht weiter grollen würde.

Corinna verließ das Schloss, voran in die Nacht, IHN hinter sich. Kurz bevor sie in die Große Bleiche einbogen, war Corinna endlich wieder soweit, selbstständig handeln zu können: Sie stoppte, warf ihre Arme um seinen Hals und küsste ihn. Fest und fordernd, aber noch sanft. Sie presste sich an ihn und sie spürte unter seinem langen schwarzen Mantel – wann hatte er sich den eigentlich angezogen? – seine unbändige Kraft, und bekam einen ersten Vorgeschmack auf das, was ER in dieser Nacht noch alles mit ihr anstellen würde.

Sie küssten sich lange, ER drängte sie nicht, wartete, bis sie weiter gehen wollte, was sie irgendwann auch tat.

Sie schafften allerdings nur, den Flachbau des Römisch-Germanischen Zentralmuseums zu passieren. Auf Höhe des Dativius-Vicktor-Bogens-respektive: der Abgussrekonstruktion desselben – überkam es Corinna erneut. Sie vermochte zwar kurz den vernünftigen Gedanken fassen, dass es dadurch nur um so länger dauerte, bis sie bei ihr zu Hause ankamen, je öfter sie Knutschpausen einlegten, doch fiel sie ihm dennoch ein weiteres Mal um den Hals, diesmal im matten Licht einer Laterne. ER küsste sie jetzt heftiger, so heftig, dass sie einen Moment glaubte, ihr sackten die Knie weg. Sie musste sich, um bei Bewusstsein zu bleiben, von ihm lösen.

Mit dem Anflug eines Lächelns im Gesicht drehte ER sich von ihr weg, gönnte ihr die Pause. Offenbar wusste ER nur zu gut, wie es ihr ging. Corinna schnaufte kurz durch, schaute kurz die Mauern der St. Peterskirche hinauf, die sich auf der anderen Straßenseite erhob.

Und dann ging alles sehr schnell.

Es begann mit einem Mark durchdringenden Schrei, der Corinna auf der Stelle festfrieren ließ.

Mit schreckgeweiteten Augen sah sie, wie etwas auf ihn zustürzte. Etwas, was aus der Nacht getreten war. Etwas, dass sie zunächst nicht genauer erkennen konnte, denn ER rückte genau zwischen sie und dem Etwas.

Sie hörte eine Art Knirschen, dann, wie ER aufstöhnte, kurz und fast tonlos. ER wich zwei, drei Schritte zurück, krümmte sich.

Jetzt erkannte Corinna den Angreifer: Ein altes Weib, dessen Gesicht Corinna bekannt vorkam, das sie aber im Moment nicht einordnen konnte.

Ihr jedoch schenkte die Vettel keine Beachtung. Sie war allein auf ihn fixiert, beobachtete, wie er sich wand vor den Schmerzen, die sie ihm zugefügt hatte. ER sank auf die Knie, ohne einen weiteren Laut von sich zu geben.

Aus den Untiefen ihrer Winterkleidung zog die Alte ein gigantisches, gezacktes Messer hervor, trat hinter ihn, packte ihn an der Stirn und drückte seinen Kopf in den Nacken. Dann setzte sie ihm dieses scheußliche Messer an den Hals.

Verzweifelt versuchte Corinna, ein „Nein“ zu krächzen, doch nicht einmal dies brachte sie heraus.

Die Klinge der Alten wollte gerade in sein Fleisch schneiden, als sie plötzlich von etwas nach hinten weggerissen wurde. Die Vettel schrie kurz auf. Corinna hörte einen Schlag, dann wurde ihr einen Moment schwarz vor Augen.

Das nächste, was sie wahrnahm, war, dass sie jemand an den Armen packte. Und eine Stimme fragte: „Alles in Ordnung?“ Sie starrte kurz in das Gesicht eines wenig attraktiven Wuschelkopfes mit Vollbart um die 40, dann trat sie erneut für einen Moment weg. Jemand fing sie auf, setzte sie einigermaßen behutsam auf eine Bank. Sie hörte, wie die Stimme nach der Polizei verlangte, offenbar sprach sie in ein Handy.

Als sie wieder zu sich kam, saß sie immer noch auf dieser Bank. Sie hörte, wie die Alte geiferte. Sie stand zwischen zwei grün uniformierten Polizeibeamten, beschimpfte sie übel, erklärte ihnen, dass sie nicht wüssten, was sie täten. Auch der Bärtige stand dabei und redete, alles im flackernden Schein eines Blaulichts. Corinna schloss wieder die Augen.

-Sonntag (Fastnachtssonntag)-

„Blutsauger“ bekam Saures

Narrenspiel und Wirklichkeit nicht mehr recht auseinanderhalten vermochte eine 81-jährige Mainzerin, die in der Nacht zum Sonntag die Polizei auf Trab hielt. Diese wurde gegen 0.40 Uhr von einem 43-jährigen Autofahrer verständigt, der sie gerade daran gehindert hatte, mit einem großen Fleischermesser gegen einen etwa 35-jährigen jungen Mann südländischen Aussehens tätlich zu werden. Wie die in der Neustadt wohnhafte alte Dame aussagte, glaubte sie in ihrem Opfer einen Vampir wiedererkannt zu haben, der sie in ihrer Jugendzeit gebissen hätte. Dafür habe sie ihm, nach nunmehr 60 Jahren, „den Garaus machen“ wollen. Bei ihrer Festnahme widersetzte sie sich und verletzte einen Beamten. Ihr Opfer malträtierte sie zunächst mit einem Holzpflock, bevor sie ihm mit dem Messer zu Leibe rückte. Der Mann erlitt glücklicherweise jedoch keine schlimmeren Verletzungen. Seine weibliche Begleitung (38) kam mit dem Schrecken davon. Die 81-Jährige soll psychiatrisch begutachtet werden.

Jetzt hatte sie es geschafft. Endlich würde sie als handelnde Person in einer Polizeimeldung ihrer Zeitung auftauchen. Zugegeben in keiner Hauptrolle, dazu hätte sie es mit ihrem brutalen Übergriff auf Captain Kirk ins Blatt schaffen müssen. Aber immerhin als „weibliche Begleitung (38)". Was ihr lieber war als „Corinna U. (38)" oder auch eine „38-Jährige aus der Mainzer Altstadt". Vermutlich würde Knoll die Meldung schreiben, denn sie hatte keinen Sonntagsdienst.

Sie hatte den Text im Geiste schon mal aufgesetzt, während sie im Flur der Polizeiinspektion Weißliliengasse saß und wartete. ER war in die Uni-Kliniken gebracht worden, musste vorsorglich untersucht werden, ob er nicht doch innere Verletzungen abbekommen hatte. Corinna hatte wenigstens so viel Geistesgegenwart besessen, ihm ihre Visitenkarte zuzustecken, damit er sie erreichen konnte. Warum hatte sie sich eigentlich nicht seine Telefonnummer verlangt? Jetzt musste sie vielleicht tagelang auf seinen Anruf warten. Ich bin so blöd, schalt sie sich einmal mehr.

Jetzt wartete sie darauf, vernommen zu werden. Von Koffer auch noch. So traf man sich wieder.

Mittlerweile hatte Corinna die Alte auch wiedererkannt. Es war Frau Feldmann, die in den vergangenen Tagen im Regionalfernsehen zu sehen gewesen war. Die Volks- und Aberglaubenforscherin. Und Vampirjägerin, wie sie eben eindrucksvoll unter Beweis gestellt hatte.

Die Wahnsinnige hatte IHN angefallen. IHN, den Mann, mit dem Corinna gerade die erste wirklich romantische Liebesnacht ihres Lebens erleben wollte. Die Alte hatte ihm gemäß dem Maßnahmenkatalog des Vampirjägertums den Garaus zu machen versucht, mit Pflock ins Herz, Kopf abschneiden und vermutlich noch den Hals mit Knoblauch ausstopfen und so.

Corinna hoffte, irgendwann einmal soviel Abstand zu der Geschichte zu entwickeln, dass sie darüber lachen konnte. Denn im Grunde war sie doch einfach nur zum Totlachen. Und passte doch wunderbar in ihr Leben, genauer: in ihr Liebesleben. Erst Captain Kirk und jetzt dies – es war eigentlich gar nicht so irrwitzig, sondern nur typisch für sie.

Koffer vernahm Frau Feldmann derweil mit kühler Professionalität. Offenbar gehörte es zu seiner Vernehmungstaktik, bei besonders haarsträubenden Geschichten erst Recht so zu tun, als gehörten sie zum Alltagsgeschäft – wohl, um die Aussagenden nicht zu ermuntern, noch mehr zu fabulieren. Da die Tür zu Koffers Büro offenstand, konnte Corinna mithören. Das entsprach zwar nicht den Vernehmungsvorschriften, doch es war eben Fastnacht.

„Ich bin nicht wahnsinnig, auch wenn es Ihnen im Moment so erscheinen mag,“ hörte Corinna Frau Feldmann sagen. Ihre Stimme klang heller, energischer als im Fernsehen.

„Können Sie mir dann vielleicht erklären, warum Sie glauben, der junge Mann sei ein Vampir?“, fragte Koffer ruhig, und hämmerte seelenruhig ihre Geschichte in den PC.

Demnach hatte ER die Alte in den Sommermonaten des Jahres 1938 gebissen. 17 sei sie damals gewesen. An dem Blutverlust wäre sie beinahe gestorben. Und jetzt, im hohen Alter, sei ER ihr gestern Nachmittag zufällig wieder über die Füße gelaufen. „Natürlich hat er mich nicht mehr erkannt, denn ich bin ja jetzt eine alte Frau“, erzählte Frau Feldmann. „ER hatte sich aber überhaupt nicht verändert.“ Sie sei ihm daher gefolgt und habe geduldig auf die Chance gewartet, ihn zu töten – gerade als er ein neues Opfer gefunden habe.

Corinna hob die Augenbrauen: Mit „Opfer“ war sie gemeint.

„Dieser egoistische Teufel hätte mir ewige Jugend schenken können“, klagte Frau Feldmann. „Vampire können das nämlich, wie Sie vielleicht wissen. Wie sehr ich ihn dafür hassen muss, das werden Sie erst verstehen, wenn Sie selber alt geworden sind. Wenn die ersten Falten und Wehwehchen kommen, wenn Sie sich selber nicht mehr gefallen und ihre Mitmenschen Sie nicht mehr um sich herum haben möchten und Sie im Supermarkt eine Schlange an der Kasse verursachen, weil Sie das Kleingeld nicht mehr so schnell aus dem Geldbeutel klauben können. Davor hätte mich dieser Teufel bewahren können, verstehen Sie?“

„Na, das ist doch ein astreines Motiv“, griff Koffer den Gedanken auf. „Sie wollten den Mann töten, weil er Ihnen keine ewige Jugend geschenkt hat.“ Koffers Finger pollerten weiter über die PC-Tastatur.

„Und übrigens, ich gestehe außerdem: Ich hatte damals auch eine sexuelle Beziehung mit diesem Teufel gehabt. Und ich war erst 17“, ergänzte Frau Feldmann noch ganz entschieden.

„Ah ja“, meinte Koffer nur, „dann schreiben wir das doch auch noch dazu.“ Ich muss den Quatsch ja nicht psychiatrisch begutachten, dachte er sich vermutlich.

„Denn auch wenn Sie es sich nicht vorstellen können: Auch ich war mal eine leidenschaftliche Frau“, fügte Frau Feldmann hinzu. „Glauben Sie, dass das, was Sie heute One-Night-Stand nennen, von Ihrer Generation erfunden worden ist? Sie sind ganz schön eingebildet, mein Lieber. Wir haben uns nur diskreter angestellt.“

Jetzt musste Corinna schmunzeln, bei allem Frust, den ihr diese Nacht bereitet hatte.

Sie hatte sich fest vorgenommen, nicht verlegen zu werden, wenn sie Koffer gegenüber saß. Sie war gerade dabei gewesen, einen wildfremden Mann abzuschleppen. Na und? Das ging ihn nichts an. Sie konnte nichts dafür, dass ihre Beziehung zu Koffer nicht so war, wie er es sich wünschte. Daher war sie fest entschlossen, sowohl Koffers gekränkte Leidensmiene als auch eventuelle moralapostolisch-verurteilende Blicke einfach zu ignorieren.

Zunächst ging es ganz gut. Koffer erkundigte sich teilnahmsvoll nach ihrem Befinden, dann fragte er: „Verrückte Geschichte, was?

„Ist Fastnacht“, antwortete sie nur.

Als er sie dann aber fragte, ob sie wisse, wer der Mann war, schoss ihr doch das Blut in den Kopf. „Ich weiß es nicht“, gestand sie. Und ärgerte sich über sich selbst. Sie hatte sich doch vorgenommen, sich nicht vor Koffer zu schämen. Bekannte von ihr hatten jede Woche One-Night-Stands, na und?

„Aber du warst doch mit ihm unterwegs?“, hakte Koffer nach.

„Schon, aber ich habe ihn erst heute Abend auf der Ballhalla kennen gelernt.“

„Und ihr habt euch nicht miteinander bekannt gemacht? Ich meine, nicht einmal die Vornamen gesagt?“

„Nein.“ Jetzt trocknete ihr auch noch der Hals aus.

„Und wohin wolltet ihr, als die Alte euch angegriffen hat?“

„Zu mir“. Sie schluckte noch einmal, dann fand sie endlich ihren spitzen Tonfall wieder: „Bist du dir sicher, dass du diese Informationen für deine Ermittlungen brauchst?“ Koffer verzog beleidigt das Gesicht. Corinna war es egal, sie hatte ihr Ziel erreicht: Die Vernehmung war nun schnell zu Ende.

Als sie sich erhob, vermieden beide, sich einander anzusehen. Und Corinna hatte das ungute Gefühl, dass es mit ihren guten Kontakten ins Mainzer Polizeipräsidium jetzt vorbei war.

Es war schon fünf, als sie nach Hause kam. Schon das dritte Mal hintereinander, dass sie sich fast die ganze Nacht um die Ohren schlug, doch nach der Aufregung fand sie auch diesmal keine Ruhe. Sie legte sich dennoch ins Bett, versuchte, all den Unsinn, den sie in vergangenen Tagen erlebt hatte, von sich zu schieben. Vergebens. Alles um sie herum schien immer verrückter zu werden. Kemmlings Tod, der Tod, der ihr gewunken hatte, das Auftauchen Hunslickers, der Furz auf der Beerdigung, der Fernseh-Auftritt ihres Vaters, Dr. Ziehlke auf seinem fahlen Pferd, die Erzählungen Primms und ihrer Mutter, und jetzt ER und die Alte?

Oder war vielleicht sie es, die verrückt wurde? Es dauerte lange, bis sie in einen unruhigen Schlaf fiel, aus dem sie jedoch immer wieder erwachte.

Draußen wurde es langsam hell, als das Telefon das erste Mal klingelte. Corinna presste sich ihr Kopfkissen aufs Gesicht. Der Anrufbeantworter schaltete sich ein, doch sie mochte nicht einmal hören, wer ihr aufs Band sprach.

Das gleiche tat sie, als, irgendwann später, das Telefon zum zweiten Mal klingelte.

Als es das dritte Mal läutete, war es bereits Nachmittag. Nun endlich war sie soweit, endlich wieder einmal den Hörer abzunehmen. Bestimmt, dachte sie, ist es Iris und will einen möglichst detaillierten Bericht über ihre Liebesnacht mit IHM. Die würde sich wundern.

Doch es war nicht Iris. Es war Koffer.

„Ich hoffe, du hast dich einigermaßen erholt“, begann er.

„Einigermaßen“, brummte Corinna.

„Also, ich weiß selber nicht, wie ich das Ganze erklären soll. Geschweige denn, wie das alles zusammenpasst. Ich meine, weiß der Teufel, in was du da reingeschlittert bist. Ist deine Sache, wenn du dich niemandem anvertrauen willst“, quakte er los. Von was zum Teufel redete er eigentlich?

„Könntest du mal langsam zum Punkt kommen?“, fragte Corinna genervt.

„Also gut: Wie sagtest du, heißt der Kerl, über den wir am Freitag gesprochen haben? Dieser Brieffreund von Kemmling?“

„Hunslicker.“

„Robert Hunslicker?“

„Ja.“

„Und sagtest du nicht, er sei nach Mainz gekommen, um Kemmlings Beerdigung zu besuchen?“

„Ja“, krächzte Corinna, der die Stimme langsam versagte.

Das klang alles gar nicht gut. Ihr wurde heiß.

„Er hat offenbar heute Vormittag seinen Kummer etwas zu ausgiebig ertränkt. Und das ist ihm gar nicht gut bekommen.“

„Wie bitte?“ Corinna blieb das Herz stehen.

„Er hatte einen Autounfall.“

Sie spürte, wie der Boden unter ihren Füßen nachgab. Sie musste sich setzen. Sie versuchte, Speichel im Mund zu sammeln, um Koffer fragen zu können, ob Hunslicker noch lebte, aber sie brachte keinen Ton mehr heraus. Herrgott, konnte Koffer nicht alleine darauf kommen, dass sie dies wissen wollte?

„Er ist schwer verletzt, liegt in der Uni-Klinik. Ist nicht sicher, ob er durchkommt“, sagte Koffer endlich.

„Wie ... ist das passiert?“, stotterte Corinna endlich.

„Können wir noch nicht so genau sagen. Wir haben seinen Wagen in der Rheinhessenstraße gefunden, kurz vor Harxheim. Hatte sich mehrmals überschlagen. Bislang haben wir keine Hinweise, dass noch ein zweites Fahrzeug beteiligt war. Das Einzige, was wir bis jetzt feststellen konnten, ist, dass er sturzbetrunken war.“

„Aber ... das kann doch nicht sein ...“, stammelte Corinna.

„Von den Indizien her betrachtet, gibt es dazu nicht mehr sagen. Du solltest vorsichtig sein, diese Sache mit deinen komischen Theorien über Kemmlings Tod in Zusammenhang zu bringen, oder was immer du da gerade ausbrütest. Das Einzige, was ich daran merkwürdig finde, ist, dass du schon wieder mit drinhängst, so kurz nach dieser merkwürdigen Geschichte gestern Nacht.“

Er machte eine Pause, um ihr Gelegenheit zu geben, sich dazu zu erklären. Aber sie sagte nichts.

„Natürlich kann das alles auch nur ein Zufall sein“, lenkte Koffer schließlich von selbst ein. „Ist schließlich Fastnacht.“

Corinna bedankte sich formhalber, weil Koffer sie angerufen hatte. Wie üblich meinte er, sie wisse ja, dass er ihr das alles eigentlich gar nicht hätte sagen dürfen, aber das nahm sie kaum wahr. Völlig entgeistert hängte sie ein.

Erst mal durchatmen, zweimal, dreimal. Einen klaren Gedanken fassen, irgendwie. Aber wie?

Lieber hätte sie sich wieder im Bett vergraben und alles zu vergessen versucht. Was war nur los? Konnten sich nicht erst einmal die Rätsel lösen, die sich bereits vor ihr aufgetürmt hatten, bevor neue hinzukamen?

Ihr schossen die Bilder von Hunslicker in den Kopf, wie sie gestern noch mit ihm über die Ludwigsstraße gelaufen war. Wie er sie angelächelt hatte, seinen greisen Charme an ihr ausprobiert hatte. Sie versuchte sich einzureden, dass ihr das nicht so nahe gehen dürfe, sie kannte den Alten doch kaum.

Doch es gelang ihr einfach nicht. Ein Weinkrampf packte sie, der einerseits ein wenig erleichternd war, sie andererseits aber auch ärgerte, weil er sie aufhielt. Sie musste sich doch jetzt konzentrieren, nachdenken. Was hatte es mit diesem Unfall auf sich? Es konnte nicht sein, dass Hunslicker sich einfach so volllaufen ließ und dann in ein Auto setzte.

Sie stand auf, ging in die Küche, setzte die Kaffeemaschine in Gang, in der Hoffnung, ein oder zwei große Tassen Kaffee würden sie wieder klare Gedanken fassen lassen. Doch als der Duft frisch gerösteter Kaffeebohnen, den sie normalerweise so sehr liebte, durch ihre Wohnung waberte, stellte sie fest, dass es damit heute nichts würde. Ihr wurde nur noch übler. Also schüttete sie sich ein großes Glas Milch ein, das sie in einem Zug austrank. Sie trank noch ein zweites hinterher, und damit war die letzte Liter-Packung Milch weg, die sie im Hause hatte. Auch ansonsten bot ihr Kühlschrank ein armseliges Bild. Was das Aufstocken von Vorräten anging, stellte sie sich mittlerweile genauso planlos an wie all die anderen Singles, die sie kannte.

Die Milch tat wenigstens ihrem Magen gut, und ihr Hirn kam wenigstens so weit in Gang, dass sie auf die Idee kam, den Anrufbeantworter einzuschalten und die beiden Nachrichten abzuhören, die sie heute Morgen nicht entgegen genommen hatte.

Sie drückte die Abspieltaste – und erschrak erneut fast zu Tode.

Da sprach diese raue, kehlige Stimme zu ihr, die so sehr nach Gitanes Mais und Pastis klang!

Robert Hunslicker. Der Anruf stammte von 9.40 Uhr, insofern war daran nichts Erschreckendes, er hatte das Band eben vor seinem Unfall besprochen. Doch Corinna erschien seine Stimme in diesem Moment, als käme sie aus dem Jenseits.

„Bonjour. Ich wollte Sie nicht stören“, sagte er. „Ich wollte nur nachhören, wann wir zu Ihrem Freund von der Polizei gehen. Mir sind nämlich noch einige Fragen eingefallen. Bitte rufen Sie mich im Hotel an, sobald Sie aufgewacht sind. Au revoir."

Die zweite Nachricht war um 10.20 Uhr aufgezeichnet worden. „Ich wollte nur sagen, ich halte es hier nicht mehr aus. Ich muss was unternehmen. Die nächsten ein, zwei Stunden bin ich nicht im Hotel zu erreichen. Au revoir."

Sagte jemand, der vorhatte, sich sinnlos zu betrinken, er habe eine Idee? Kaum. Hunslicker hatte „was unternehmen" wollen. Aber was?

Und was war dabei mit ihm geschehen? Hatte er den „Fall" gelöst und sich dann vor Freude volllaufen lassen? Kaum.

Viel wahrscheinlicher war doch: Hunslicker hatte Runze aufgesucht oder irgend jemand anders von diesem verschworenen Verein und ihn mit seinen und Corinnas Rechercheergebnissen konfrontiert. SIE hatten schnell kapiert, dass er zuviel wusste, und kurzerhand versucht, ihn aus dem Weg zu räumen. Ihn überwältigt, mit hochprozentigem Zeugs abgefüllt und dann in seinen Wagen gesetzt. Wie sollte es sonst gewesen sein? Mord per Alkohol am Steuer, was passte besser zu dieser närrischen Killermafia?

Aber wie hatte ein erfahrener Detektiv wie Hunslicker nur so unvorsichtig sein können? Na ja, dachte sich Corinna, vermutlich hatte er die Mainzer Narren falsch eingeschätzt. Das konnte einem „Messfremden" durchaus mal passieren.

Sie musste jetzt die Nerven behalten. Denn es war nicht mehr von der Hand zu weisen: Sie war ganz nah dran an der ganz großen Sauerei, dem ganz großen Skandal, der Verschwörung. Und nicht nur das: Jetzt galt es auch, einen Freund zu rächen; oder Gefährten, Mitstreiter oder was auch immer Robert Hunslicker in den vergangenen drei Tagen für sie geworden war. Wegen der gestrigen Nacht würde sie irgendwann einmal einen Therapeuten reich machen. Jetzt hatte sie keine Zeit mehr, darüber noch länger nachzudenken.

Diesmal rasselte sie wenigstens nicht gegen IHN. ER kam gerade die Treppe zur ihrer Wohnung hinauf, als Corinna hinuntersteigen wollte, fest entschlossen, ihre Recherchen zu einem Ende zu bringen. Doch da stand ER wieder vor ihr, plötzlich und unvermittelt, einmal mehr. In einem dunklen Anzug, blendend aussehend, sogar einen gewaltigen Blumenstrauß in der Rechten, den Blick auf sie gerichtet. Ein Blick, der sagte, dass ER nur sie sehen wolle in diesem Moment und nur sie. Für sie wolle er da sein und für sonst niemanden.

Corinna konnte abermals nicht anders reagieren, als wie angewurzelt stehen zu bleiben und erschrocken zu glotzen.

„Hallo", säuselte er sanft und verständnisvoll. „Ich wollte nach dir schauen."

„Ich ... ich muss weg", stotterte Corinna, noch bevor es in ihr schreien konnte: Aber nicht doch!

„Wirklich? Ich dachte, wir könnten uns gemeinsam ein wenig Zeit nehmen, den Schrecken von gestern Nacht zu verarbeiten. Verrückte Geschichte, nicht?"

„J ... ja", glaubte Corinna sich sagen zu hören.

Er schaute sie eine Weile an, lächelnd, reckte ihr schließlich seinen Blumenstrauß entgegen. „Die sind für dich", hauchte er.

Corinna hatte das Gefühl, jeden Moment in Stücke gerissen zu werden. Was war das jetzt? Sie wollte doch gerade losstürmen und den Kampf ihres Lebens kämpfen. Und jetzt? Dieser Traummann stand vor ihr, er war bereit, bettelte förmlich darum, ihr die Welt in den schönsten Farben zu malen – und sie wollte sich hinaus in die Tristesse stürzen, dem Bösen entgegen? Was ging sie das Böse der Welt überhaupt an, was konnte sie allein dagegen ausrichten, es war doch viel zu mächtig, wurde doch von der „Elf" förmlich angezogen, wie Frau Feldmann es erklärt hatte?

Andererseits: Es ging doch auch um ihre Zukunft – und um ihr Seelenheil. Sie musste Robert Hunslicker rächen.

„Ist das wirklich so wichtig, was du erledigen musst?", fragte ER mit einem Augenaufschlag, der ein ganzes Mädcheninternat im Chor hätte seufzen lassen. Herrgott, fluchte Corinna, was war das für ein ungnädiges Schicksal, das sie in ein solches Dilemma stürzte, ein Fluch oder was?

Ein paar Minuten später saß Corinna in ihrem Auto, allein, und trommelte vor Verzweifelung mit den Händen aufs Lenkrad. Sie war sich sicher, dass sie bald schon bereuen würde, so und nicht anders gehandelt zu haben, aber sie war genau so sicher, dass sie sich ebenso verflucht hätte, hätte sie IHN an der Hand genommen und wäre mit ihm in ihre Wohnung zurückgekehrt. Sie versuchte sich einzureden, dass in dieser Situation keine Entscheidung möglich war, die sich hinterher als richtig oder falsch herausstellen konnte, und hoffte, sich irgendwann einmal mit dieser Erkenntnis trösten zu können.

Sind Sie denn mit dem Patienten verwandt?", fragte die Schwester am Empfang im Hauptgebäude der Uni-Kliniken. Ihr Gesicht, schweinchenrosa und kreisrund, leuchtete aus einer segeltuchweißen Kluft heraus.

Corinna hatte mit dieser Frage gerechnet. Auf der Fahrt in die Klinik hatte sie sich überlegt, sich als Robert Hunslickers Verlobte auszugeben, ganz kühl und selbstbewusst, und sie wollte sich am dummen Gesicht der Schwestern weiden, die sich innerlich über den unanständigen Altersunterschied entrüsteten. Auf dem Weg vom Parkplatz ins Klinikgebäude aber hatte sie sich dann doch überlegt, dass sie heute nicht in der Verfassung für eine solche Dreistigkeit war und sich entschieden, sich als Hunslickers Tochter auszugeben. Aber als die schweinchenrosa Schwester sie nun so direkt fragte, wer sie denn sei, dachte sich Corinna, dass sie am überzeugendsten war, wenn sie möglichst dicht an der Wahrheit blieb.

„Robert Hunslicker ist ein guter Freund unserer Familie", schnatterte sie los und es fiel ihr sogar recht leicht, aufgelöst und mitgenommen zu klingen. „Meine Eltern sind sehr in Sorge, wissen Sie, und sie sind doch auch nicht mehr die Jüngsten, und vor ein paar Tagen erst haben sie einen anderen sehr guten Freund verloren. Daher haben sie mich gebeten, irgend etwas in Erfahrung zu bringen, wie es ihm geht. Sie wollen einfach nur eine Nachricht, verstehen Sie, und ich kann nicht nach Hause kommen, ohne ihnen irgend etwas sagen zu können, das bringe ich nicht übers Herz..."

Das Schweinchen schaute sie lange mit wachen, runden Augen an. Darin waren Missmut zu sehen, da dies ja alles nicht den Vorschriften entsprach, aber auch Verständnis für Corinna und den Wunsch, helfen zu wollen.

Endlich erhob es sich, setzte seine Segel und verschwand im hinteren Bereich seines Empfangs-Kobens.

Ein, zwei Minuten vergingen. Corinna liebte diese Situationen: Einfach stehen gelassen zu werden, ohne zu wissen, ob sich überhaupt jemand ihrem Anliegen annahm.

Endlich kam das Schweinchen wieder zurückgesegelt. „Also, Herr Hunslicker ist noch nicht bei Bewusstsein und die Ärzte können auch nicht sagen, wann er wieder aufwacht – beziehungsweise, ob überhaupt. Sein Zustand ist sehr kritisch, er hat schwere innere Verletzungen. Mehr kann ich Ihnen beim besten Willen nicht sagen", protokollierte es artig.

Corinna nickte. „Das sind keine guten Nachrichten, aber es sind wenigstens Nachrichten. Danke."

Um den Bahnhof herum war nicht viel los. Der Umzug der Garden, der am Vormittag des Fastnachtssonntages auf dem Programm gestanden hatte, war bereits vorbei. Heute Nachmittag wurde in den Stadtteilen Straßenkarneval gefeiert, in Finthen etwa war der „Zug der Lebensfreude“ angesagt.

Corinna betrat das Hotel, in dem Hunslicker gewohnt hatte. Der Empfangsraum – soweit man ihn so nennen konnte – war eng und ungemütlich und aus den Ecken, in denen schon seit Jahren kein Putzlappen mehr gewaltet hatte, roch es modrig. Vor allem war nicht viel zu sehen, auch nicht von der Gestalt, die hinter einer Resopaltheke über das Schlüsselbrett wachte.

Wahrscheinlich machte es diesem Wesen Spaß, nicht richtig erkannt zu werden. Es schien, als drehte es sein Gesicht absichtlich so im schummrigen Deckenlampenlicht, dass stets nur Fetzen davon zu sehen waren. Es war nicht einmal zu erkennen, ob es sich um einen Mann oder eine Frau handelte. Ein ungutes Gefühl beschlich Corinna: So wie der Tag bislang gelaufen war, musste sie damit rechnen, dass die Gestalt ihr Gesicht plötzlich und schockartig ins Licht rückte, wenn es ihrem schwachen Magen am ungelegensten kam – und dass es grässlich entstellt sein würde, verbrüht oder zerschnitten oder mit einem herausgerissenen Auge.

Sie klärte die Gestalt über Hunslickers schweren Unfall auf, ohne dass diese die geringste Regung zeigte.

„Hat er Ihnen gesagt, wo er hinwollte, als er das Hotel verließ?“, fragte Corinna. Dabei kniff sie die Augen zusammen, um mehr von ihrem Gegenüber zu erkennen. Sie sah jedoch nur, dass die Gestalt einen Eierkopf und eine Vollglatze hatte. Also ein Mann, oder?

„Sind Sie von der Polizei?“, fragte das Wesen zurück. Seine Stimme war hell und krächzend. Also doch eher eine Frau. Vielleicht war sie in chemotherapeutischer Behandlung, weswegen ihr die Haare ausgefallen waren.

„Nein. Ich bin die Tochter der Familie, die Herr Hunslicker hier in Mainz besucht hat“, leierte Corinna los. „Da wir nicht wissen, wann er wieder zu sich kommt, möchten wir für die nächsten Tage sein Zimmer im voraus bezahlen, damit seine Sachen weiter aufbewahrt werden. So entstehen Herrn Hunslicker - und Ihnen - keine Unannehmlichkeiten. Ich dachte mir, ich bezahle bis Mittwoch, okay?“

Ein bisschen stolz war sie schon auf den Kniff, der ihr da eingefallen war. Sie hatte zuerst überlegt, der Concierge verstohlen einen Geldschein über die Theke zu schieben, wenn sie sie um eine Auskunft bat, so, wie man es in den Fernsehkrimis sah, aber das war ihr zu plump erschienen. So aber gab sie der Gestalt Gelegenheit, vollkommen legitim ein paar Scheine abzugreifen, ganz anständig, ohne sich dabei wie ein schmieriger, käuflicher kleiner Knecht fühlen zu müssen.

Und tatsächlich: „Okay", krähte das Wesen. War es vielleicht doch ein Mann? Die Silhouette hatte nichts Feminines. Die Gestalt war schmal, mit verhältnismäßig breiten Schultern. Vielleicht war er/sie ein Transvestit, der sich nach Einbruch der Nacht in Frauenkleider und Perücken warf.

Auf jeden Fall war das Wesen geschäftstüchtig. Es knöpfte Corinna ohne viel weiteres Federlesen 180 Euro ab. Corinna zahlte bar und versuchte, während sie das Geld hinblätterte, sich Hasselblatts Gesicht vorzustellen, wenn sie ihm eine Quittung über diesen Betrag hinblätterte und eine Rückerstattung forderte – Spesen für Recherchen einer Mordstory, eines Skandals der ersten Güte, der ganz großen Sauerei. Sie musste lächeln.

Die Finger der Gestalt schnellten blitzartig über die Resopaltheke, um das Geld einzustreichen. Sie waren lang und dürr. Die Finger einer Frau, fand Corinna nun. Wahrscheinlich jedenfalls.

Nun, es war an der Zeit, weitere Informationen zu recherchieren. „Eine Frage habe ich noch", begann sie scheinbar ganz beiläufig, „Herr Hunslicker hat heute Morgen, kurz bevor er Ihr Haus verließ, bei mir zuhause auf den Anrufbeantworter gesprochen. Er sagte, er wolle etwas unternehmen und wäre für ein oder zwei Stunden nicht im Hotel. Haben Sie eine Ahnung, wohin er wollte? Oder hat er sich hier mit jemandem getroffen?"

Sie setzte darauf, dass das schnell verdiente Geld die Gestalt redseliger gemacht hatte. Doch sie schwieg zunächst. Corinna glaubte, auf ihrer Stirn Runzeln zu erkennen. Oder waren das Narben?

„Als hier heute Morgen wieder die ersten Trommelwirbel zu hören waren", quäkte die Gestalt nach endlosen Sekunden los, „kam er kurz runter, fragte, was denn heute in der Stadt los sei. Ich sagte ihm, dass heute Vormittag der Umzug der Garden wäre. Und dass am Vormittag der Fastnachtsgottesdienst für die Garden im Dom sei."

„Und dann?", Corinna hielt den Atem an. Jetzt wurde es interessant.

„Dann hat er eine Weile nachgedacht und gefragt, ob da denn auch die Kurfürstengarde vertreten sei. Ich sagte: Natürlich, die Kurfürstengarde ist bei allen großen Umzügen in Mainz dabei."

Corinna bedankte sich und ging. Damit war also klar: Hunslicker hatte jemanden von der Kurfürstengarde aufsuchen wollen. Um wen sonst außer um Andreas Runze konnte es sich hier schon handeln? Wahrscheinlich hatte er ihn mit seinen Erkenntnissen über Kemmlings Tod konfrontiert und dann war geschehen, was geschehen war.

Und sie? Was sollte sie nun tun? Sie konnte nicht denselben Fehler machen wie Hunslicker und Runze allein zur Rede stellen. Sie brauchte Hilfe. Am besten von offizieller Seite.

Also machte sie sich auf den Weg zu Koffer.

Der Kriminalkommissar machte ein Gesicht, als ob er in eine Zitrone gebissen hätte. „Versteh' ich dich richtig? Du willst, dass ich sofort mit dir zu diesem Runze fahre und ihn mir vornehme – ihn mit diesen so genannten Indizien konfrontiere? Oder wie?"

Der einschmeichelnde, sanfte Schmelz, den Koffer immer in seine Stimme gelegt hatte, wenn er mit Corinna sprach, war völlig verschwunden. Corinna konnte nun bis in alle Ewigkeit darüber nachgrübeln, ob dies nun tatsächlich daran lag, dass er ihre Mordtheorie für Blödsinn hielt oder daran, dass sie sich nach der vergangenen Nacht jede Sympathie bei ihm verscherzt hatte.

„Das sind keine so genannten Indizien", hielt sie trotzig dagegen, „das sind echte Indizien. Befrag' doch selber diesen Menschen im Hotel."

Koffer schüttelte einfach nur genervt den Kopf.

„Ich habe dir gesagt, er hat mir auf Band gesprochen, dass er was unternehmen will", wiederholte Corinna. „Ich habe dir auch erzählt, was wir gestern herausgefunden hatten: Dass Runze am Abend vor Kemmlings Tod eine Auseinandersetzung mit Kemmling hatte und diesem drohte, ihn umzubringen. Spricht nicht Einiges dafür, dass Hunslicker Runze beim Gardeumzug zur Rede stellen wollte – zumal er sich im Hotel unmittelbar zuvor nach der Kurfürstengarde erkundigt hat?"

„Ziemlich blöde Idee, jemand während eines Fastnachtsumzuges mit der Frage zu konfrontieren, ob er eventuell einen Mord begangen hat. Findest du nicht?", Koffer versuchte sich an einem ironischen Lächeln, das bei ihm nur idiotisch aussah.

„Warum nicht?", ärgerte sich Corinna. „Er war versessen darauf, den Mörder seines Freundes zu stellen. Übrigens sind auch all die anderen Ideen, die Hunslicker bislang hatte, gar nicht so blöd gewesen. Er und ich haben bei unseren Recherchen übrigens mehr herausgefunden als ihr – und dabei seid ihr ja eigentlich die Polizei."

Das saß. Koffer blickte sie so tief getroffen an, dass Corinna den letzten Satz sofort wieder bereute. Jetzt hatte sie ihn nicht nur sexuell frustriert, sondern ihn auch noch in seiner Kriminalistenehre gekränkt. Dabei war er momentan der Einzige, der ihr weiterhelfen konnte.

„Werd' nicht zu frech, ja?", zischte Koffer. „Es spricht nichts dagegen, dass ich dich einfach hinauswerfe. Ich kann ja verstehen, dass dich die Vorkommnisse der vergangenen Nacht mitgenommen haben ..."

„Die Vorkommnisse der vergangenen Nacht haben mit dieser Geschichte nichts zu tun. Hier geht es nicht um durchgeknallte alte Weiber, sondern darum, einen Mörder dingfest zu machen." Corinna schaute ihn fest an. „Wenn du meine Geschichte für so bescheuert hältst, kannst du mir dann eine vernünftige Erklärung dafür geben, was Hunslicker am Mittag auf der Rheinhessenstraße verloren hatte? In der Nähe von Harxheim? Warum sollte er sich innerhalb von zwei Stunden volllaufen lassen und dann in ein Auto setzen?"

„Ich habe die Fakten nur festzustellen, ich muss sie nicht mit aller Gewalt in einen Zusammenhang bringen. Schon gar nicht in einen vernünftigen, wenn es um das Verhalten Volltrunkener geht. Und schon gar nicht an Fastnacht."

„Aber der Streit einen Tag vor Kemmlings Tod, von dem ich dir erzählt habe, das ist doch ein Hinweis, dem du nachgehen musst!"

„Wenn ich ehrlich sein soll, ist mir nicht so ganz klar, was du und dein betagter Freund sich da zusammengereimt haben. Ein Narr sagt zu einem anderen im Suff, er bringe ihn um. Na und? Gut, einen Tag später ist der dann tatsächlich tot. Das würde vielleicht einen Sinn machen, wenn Kemmling kurz nach dieser Auseinandersetzung gestorben wäre, als Runze noch in Rage war und somit im Affekt gehandelt hätte. Aber glaubst du im Ernst, der schläft in aller Ruhe seinen Rausch aus, wartet dann fast einen ganzen Tag ab, fährt nach Laubenheim, belauert ihn, bis er ihn allein beim Spaziergang am Rhein erwischt und wirft ihn dann ins Wasser? Und überhaupt: Was für einen Sinn soll das machen, ein so kaltblütiger, geplanter Mord, über 30 Jahre, nachdem der alte Runze diesen Schlaganfall hatte, von dem du mir erzählt hast? Wenn Runze seinen Alten rächen wollte, wieso hat er damit so lange gewartet? Kemmling hatte sich zwar verkrochen, aber er war nicht aus der Welt, er lebte lediglich auf der anderen Rheinseite."

Corinna musste eine Weile überlegen, bis ihr dazu was einfiel.

„Wie hast du doch vorhin selbst gesagt? Man muss nicht immer um jeden Preis einen vernünftigen Zusammenhang konstruieren, wenn es um das Verhalten Volltrunkener geht, und schon gar nicht an Fastnacht. Vielleicht hatte Runze am Montag erneut getankt, und als sich dann in seinem zugedröhnten Schädel die Szene vom Sonntag noch mal abspulte, begann das Narrenblut in ihm erneut zu kochen und er vollendete, woran er am Tag zuvor gehindert worden war."

Koffer presste die Lippen zusammen, schüttelte wieder den Kopf. Doch Corinna ließ sich nicht abwimmeln.

„Vernimm' Runze wenigstens mal dazu. Vielleicht verhaspelt er sich. Wenn er aber ein hundertprozentiges Alibi für beide Tatzeiten hat, ist alles in Ordnung. Dann lass' ich dich in Ruhe. Mehr verlange ich nicht. Okay?"

Koffer glotzte eine Weile auf seinen Schreibtisch, sprach dann mehr zu sich selbst: „Ich kann nicht einfach so Ermittlungen wieder aufnehmen. Die Staatsanwaltschaft hat das Verfahren abgeschlossen. Da kann ich nicht einfach weitere Vernehmungen machen."

Auf die sanfte Tour war ihm also nicht beizukommen. Doch Corinna konnte auch anders.

„Wenn du nicht so schnell wie möglich was unternimmst, fahre ich nach Wiesbaden ins Polizeipräsidium und breite den ganzen Krempel mal dort aus, und zwar alles, angefangen bei der Sache mit der versäumten Obduktion", geiferte sie los. „Dann gucken wir mal, was die dazu sagen. Kemmling stammte schließlich von der anderen Rheinseite, warum soll ich mich als gesetzestreue Bürgerin nicht an die Kollegen da drüben wenden? Vielleicht vernehmen deine Kollegen da drüben dann mal Primm und diesen Hotelgeist, und dann werden wir mal sehen, ob die der Sache auch keine weitere Bedeutung beimessen."

Koffer sah sie nur noch an. Sprachlos. Wiesbadener Polizeibeamte, die sich in die Arbeit ihrer Mainzer Kollegen einmischten und eventuell sogar etwas fanden, an dem sie herummeckern konnten – das war das Schlimmste, was sich ein Mainzer Polizist vorstellen konnte.

Je länger Koffer sie anschwieg, desto banger wurde es Corinna. War sie jetzt endgültig zu weit gegangen? Würde er sie nun einfach hinauswerfen? Doch Koffer beherrschte sich, wenn auch nur sehr mühsam. „Warum nur?", zischte er fast zitternd. „Warum fängst du jetzt mit diesen blöden Drohungen an? Was habe ich dir denn getan?" Er schaute sie klagend an, aber auch hilflos, und das machte Corinna wieder Mut, auf dieser Schiene weiter zu fahren.

„Es ist mir einfach zu viel schleifen gelassen worden in den vergangenen Tagen", erklärte sie. „Ich will, dass jetzt was unternommen wird. Außerdem will ich die Sache öffentlich machen. Sobald wie möglich."

Koffer blickte sie an, seine Augen weiteten sich. Äußeres Zeichen eines Aha-Erlebnisses. „Also daher weht der Wind? Du glaubst, du bist dabei, dein eigenes Watergate oder so aufzudecken – stimmt's?“ Er schüttelte abermals den Kopf.

„Ich ruf' dich morgen an, frage, wie weit du bist – okay?“, sagte Corinna und erhob sich. Sie musste jetzt hart bleiben.

Zu Hause angekommen, rief Corinna noch einmal in den Uni-Kliniken an, um etwas Neues über Hunslickers Zustand zu erfahren. Diesmal kam sie jedoch mit ihrer „Ich bin die Tochter seiner besten Freunde und denen geht es gar nicht gut"-Masche nicht durch. Eine schnippische Telefondiensthabende verweigerte ihr jede Auskunft.

Als nächstes rief Corinna ihre Mutter an. Sie dachte, es würde sie vielleicht interessieren, was mit Hunslicker geschehen war.

Katharina Uhl sagte nur „Mein Gott" und dann nicht mehr viel.

Schon im Bett liegend, läutete Corinna bei Iris an, versuchte, die Ereignisse der vergangenen 20 Stunden zu schildern. Dabei musste sie aber schon bald feststellen, dass sie sich zunehmend irrsinniger anhörte. Sie hoffte zwar, lechzte förmlich danach, dass die Freundin ihr dies alles erklären konnte in ihrer kopfgesteuerten Art, ihr vielleicht auch ein paar Ratschläge gab, wie sie weiter zu verfahren hatte. Doch Iris kommentierte Corinnas krause Erzählung über zusehends einsilbiger, am Ende nur noch mit „Hhm", „Tzz" und „So was."

„Du solltest dich da raushalten und die Sache der Polizei überlassen", schloss Iris am Ende sogar. Allen Ernstes: Das empfahl ihr Iris! Ihre Freundin Iris! Die aufgeklärte, allzeit polizei- und systemkritische Selbst-ist-die-Frau-Iris! Es war wirklich nicht zu fassen.

„Kannst du dir vorstellen, wie ich mich fühle?", fragte Corinna, wenigstens um etwas Mitleid heischend.

„Ich kann's versuchen", meinte Iris. „Aber es ist schwer. So etwas Merkwürdiges habe ich wirklich noch nie gehört."

Corinna verabschiedete sich kurz und legte auf. Konnte es jetzt noch schlimmer kommen? Iris, die sich in ihrer Freizeit mit Untersuchungen darüber befasste, unter welchen Umständen sich Gibbon-Affen auf Dreiecksbeziehungen einließen, hatte noch nie so etwas Merkwürdiges gehört! Die beste, souveränste aller besten Freundinnen konnte ihr nicht mehr weiterhelfen! Corinna schloss die Augen und war allein mit dem unentwirrbaren Knäuel ihrer Gedanken.

Worauf hatte sie sich da nur eingelassen? Warum nur wühlte sie in anderer Leute Dreck herum? Weil sie mit Leib und Seele Journalistin war? Aber warum war sie das denn? Vielleicht deshalb, weil es einfacher war, sich mit den Irrungen und Wirrungen anderer Schicksale zu befassen als mit ihrem eigenen?

Sie war 38, lebte und schlief seit fast einem Jahr allein. Eine Gelegenheit, dies zu ändern, hatte sie heute vertan. Was nur hatte sich gegen sie verschworen? Ging es sonst noch jemandem so wie ihr? Bestimmt nicht an Fastnacht.

Vielleicht würde sie sogar einmal so werden wie Frau Feldmann. Die ihr Leben lang einem magischen Erlebnis ihrer Jugend nachgespürt hatte, bis sie verrückt geworden war. Allerdings: Frau Feldmann hatte wenigstens dieses eine intensive Erlebnis gehabt, sie aber würde nun vielleicht ein Leben lang davon träumen müssen, beziehungsweise daran glauben, dass diese Nacht, um die Frau Feldmann sie gebracht hatte, ihr dieses eine, ungeheuer intensive sexuelle Erlebnis geboten hätte.

Corinna kam zu dem Schluss, dass sie, wenn sie diesen Gedanken noch weiter verfolgte, auf dem besten Wege war, schon jetzt, mit noch nicht mal 40, wahnsinnig zu werden. Frau Feldmann hatte es wenigstens bis ins Greisenalter geschafft, ehe sie durchknallte.

Endlich döste Corinna langsam weg, in einen unruhigen Schlaf. Sie träumte von dicken Männern, die „Humba, humba, humba, täteräā“ sangen und fand sich im Veranstaltungssaal des Hauses der Jugend wieder, im gut gelaunten Publikum einer Fastnachtssitzung. Ein Mann in einem langen, engen weißen Brautkleid mit Schleier trat auf die Bühne, und in der Hand hielt er ein Glas Blaukraut, und eine Band spielte zum Tanz auf, und der Mann in dem weißen Brautkleid begann merkwürdige Pirouetten zu drehen, und Corinna erkannte, dass es ihr Kollege Knoll war, der vorlaute, dummschwätzende, sich gerne abwechselnd als alter Sozialist und schöngeistiger Intellektueller gerierende Kollege Knoll. Er entblödete sich nicht, mit diesem idiotischen Glas Blaukraut in der Hand immer weiter Pirouetten zu drehen in seinem merkwürdigen, langen, engen Brautkleid, und schließlich stoppte er, schaute mit großen, um Lacher bettelnden Augen ins Publikum und sagte: „Brautkleid bleibt Brautkleid, und Blaukraut bleibt Blaukraut.“ Und alle schütteten sich aus vor Lachen, und Knoll platzte fast vor Glück ob dieser gelungenen Pointe, nur Corinna blieb stumm. Und die Kinnlade fiel ihr hinunter.

-Montag (Rosenmontag)-

Im Suff den Kopf gedotzt

Ein junger Gardist ärgerte sich am Samstagabend gegen 22.10 Uhr so sehr über sich selbst, dass er seinen Kopf wiederholt und mit aller Kraft gegen die Schaufensterscheibe eines Kaufhauses am Gutenbergplatz stieß. Ursache seiner Zerknirschung: Er hatte seinen Dreispitz in einer Kneipe liegen lassen. Am Nachmittag war er erst vereidigt worden. Seine Kopfstöße waren so stark, dass die etwa zwei mal drei Meter große Schaufensterscheibe zersprang. Ein Alkoholtest ergab 2,01 Promille. Die Berufsfeuerwehr sicherte die Scheibe mit einer Spanplatte ab. Der Rekrut wurde wegen Sachbeschädigung angezeigt – und wird seine Vereidigung sicherlich sein Lebtag nicht vergessen.

Na, also. Es gab doch noch Dinge in ihrem Leben, die Corinna zum Schmunzeln bringen konnten. Sie selbst und ihr Horrortrip Samstagnacht tauchten dagegen in keiner Polizeimeldung auf, entgegen ihren Befürchtungen. Das fand sie schon etwas merkwürdig. Wahrscheinlich, sagte sie sich, war Leo Hoffmann der Vorfall so abstrus erschienen, dass er gar nicht erst versuchen wollte, ihn in einem Polizeibericht zu formulieren.

Es war kurz nach zehn, und abgesehen von dieser Schmunzelmeldung lies der Tag sich gar nicht gut an. Wenigstens versprach er nicht besonders anstrengend zu werden. Die Ausgabe für morgen würde fast nur aus Fotos vom Rosenmontagszug bestehen, garniert mit ein paar Stimmungsberichten, so genannten „Features". Für eines davon war auch Corinna als Autorin vorgesehen. In etwa einer Stunde wollte sie sich in den Trubel stürzen, um ein paar Stimmen begeisterter Zugbesucher aufzuschnappen.

Am frühen Nachmittag dann wollte sie Koffer anrufen und fragen, was die Vernehmung von Runze gebracht hatte. Sie hoffte, dass er schlau genug gewesen war, den Gardisten schon am frühen Morgen aufzusuchen, da er bestimmt am Rosenmontagszug teilnahm. Es war sicher eine undankbare Aufgabe, einen Narren ausgerechnet an seinem höchsten Feiertag zu behelligen, doch Runze hatte es ja wohl nicht anders verdient.

Am Abend wollte sie dann ein weiteres Mal in die Uni-Kliniken fahren, irgendwie herausfinden, wie es Hunslicker ging.

Erst einmal musste jedoch die verbleibende Stunde bis zum Beginn des Rosenmontagszuges überbrückt werden, und das war nicht so einfach. Neben ihr hatte bereits Knoll losgeknarzt. Er telefonierte mit einer Kollegin von einer Schwesterzeitung, klagte ihr sein Leid, dass er gestern Sonntagsdienst gehabt habe und dies schon deswegen nicht in Ordnung gewesen sei, da er öfter zum Sonntagsdienst eingeteilt werde als „gewisse" Kollegen, außerdem sei er gegen Abend genötigt worden, Polizeimeldungen für das Aktuell-Ressort zu schreiben und dies nach 18.30 Uhr, was noch ungeheuerlicher sei, denn um 18.30 Uhr habe er Feierabend, da seien derartige Jobs „Spätdienst-Business" und, und, und. Jedenfalls war auch für ihn die Welt am Rosenmontag nicht „grrrroßartig", was Corinna ein wenig tröstete.

Sie hatte gerade ihren PC eingeschaltet, als das Telefon klingelte. Es war Koffer. Corinnas Miene hellte sich auf. Das war gut, das war sogar sehr gut.

Er kam von allein auf sie zu. Es zahlte sich also aus, auch mal unangenehm zu werden.

„Nur ganz kurz“, begann er. „Es scheint, als hätten wir in ein Wespennest gestochen. Ich habe heute Morgen in aller Frühe Runze in seinem Haus am Volkspark aufgesucht. Ich habe ihm ein paar Fragen zu Kemmling und der Morddrohung gestellt, und er hat sich sofort in Widersprüche verwickelt. Und auf einmal – zack! – hat ihn die nackte Panik gepackt. Er hat mich umgestoßen und ist weggerannt.“

„Er ist weggerannt?“, Corinnas spürte ihr Herz klopfen.

„Ja, geflüchtet. Aus seinem eigenen Haus. Und nur zu Fuß. Er wird sicher nicht weit kommen.“

„Das ist ja großartig. Ein klareres Schuldeingeständnis gibt's ja wohl nicht.“

„Kann man so sehen. Tu mir nur einen Gefallen. Lass' dir das alles noch mal von der Pressestelle bestätigen, bevor du es schreibst.“

„Klar. Hältst du mich trotzdem auf dem Laufenden?“

„Ich versuch's. Ich muss jetzt Schluss machen. Ich brauch' dir ja nicht zu sagen, dass ich dir das alles nicht hätte sagen dürfen.“

„Vielen Dank auch dafür.“ Corinna bemühte sich, herzlich zu klingen. Doch Koffer brummte nur irgendwas und hängte ein. Er war also immer noch beleidigt, der Blödmann.

Aber was kümmerte sie Koffer? Das war der Durchbruch! Ihr Aufmacher stand.

Aufgeregt fragte sie nach Hasselblatt, wollte sich ihre Titelgeschichte absegnen lassen. Jetzt war sie so heiß, dass er sie sogar schon Morgen ins Blatt nehmen musste, dem Rosenmontagsbilderbogen zum Trotz. Nach dieser neuen Entwicklung konnte man die Story jetzt auch im überregionalen Teil platzieren, vielleicht sogar ganz vorne, auf der „ersten Poll“, der ersten Politikseite. Mit ihrem Namen unter der Überschrift.

Doch Hasselblatt war noch nicht im Büro. Er käme später, sagte seine Sekretärin. Sie müsse warten.

Mein Gott, warten! schrie es in Corinna. Wie konnte man in einem solchen Moment warten!

Eine Viertelstunde später war Hasselblatt immer noch nicht gekommen, und auch nach einer halben noch nicht. In der Boppstraße setzte sich nun bald der Rosenmontagszug in Bewegung. Corinna grübelte: Sollte sie nun allen Ernstes losziehen, ihr lächerliches „Feature“ zu recherchieren? Das konnte doch nicht sein!

Die Alternative war jedoch, einfach sitzen zu bleiben und Knolls Blicke zu ertragen, mit denen er sie verwundert fragen würde, weshalb sie denn hier herumsäße und, im Gegensatz zu ihm, nichts täte. Sicher, sie konnte ihm erklären, dass sie an einer „Riesensache“ dran sei. Aber die Vorstellung, die ganze Geschichte erst Knoll und dann Hasselblatt auseinandersetzen zu müssen, war noch unbehaglicher.

Also schnappte sie sich Kuli und Block und zog los.

Sie hatte die Redaktionsräume noch nicht verlassen, als sie bereits in der Ferne Xylophone hörte, die den Narrhallamarsch klöppelten. In ihn hinein mischten bereits die ersten, leisen Helau-Rufe. Es war kalt, aber trocken, und der Himmel war klar – gute Wetterbedingungen also, und etliche Medienberichte würden daher wieder einmal mit dem Satz „Petrus ist ein Mainzer“ beginnen. Und in der Stadt würde in den nächsten vier, fünf Stunden wieder eine halbe Million Menschen auf den Beinen sein, die in Vierer- und Fünferreihen den rund sechs Kilometer langen Zug verfolgten, der sich in weiten Bögen durch die Mainzer Innenstadt wand. Autos fuhren bereits seit dem frühen Morgen nicht mehr.

Das erste, was Corinna vom Zug sah, waren die „Schwellköpp“, etwa 25 Kilo schwere Torsos aus Pappmaché, die man sich auf die Schultern stülpte und die dann mit ihrem menschlichen Unterbau zusammen etwa drei Meter Größe erreichten. Die überdimensionalen Gesichter mit ihren roten Backen und Nasen, Zahnlücken und bunten Hüten tänzelten wie stets vorne im Zug. Hinter ihnen rollte ein hoher Komiteewagen von der Bauhofstraße in die Große Bleiche, von denen aus Fastnachtspatriarchen in dicken, samtenen Umhängen mit generösen Gebärden Süßigkeiten in die Menge schleuderten.

Während Corinna noch auf den Zug zulief, kam bereits die nächste Musikgruppe in Hörweite, die den Fastnachtsklassiker *„Rucki-Zucki“* intonierte. Überhaupt gehörte die Verteilung der Spielleute über die gesamte Zuglänge zu den faszinierendsten Aspekten des Rosenmontagszuges. Fast 100 Musikformationen, hatte sie gelesen, waren auch dieses Mal wieder dabei, und jede war so platziert, dass ihr Spiel für den Zugbesucher in dem Moment zu hören war, in dem das der vorangegangen Gruppe verklang. Trommlercorps, Fanfarenzüge und Blaskapellen der Mainzer Garden spielten ebenso auf wie eigenständige, auch das ganze Jahr über aktive Musik- und Fanfarenzüge, die sich nur zu diesem Anlass in närrische Verkleidungen hüllten. Ebenso marschierten Orchester der Polizei oder der Militäreinheiten verschiedener Partnerstädte mit. Und seit der Wiedervereinigung reihten sich auch Schalmeien aus den neuen Bundesländern ein. Für eine besondere Note sorgten die „Guggemusiker“ aus dem süddeutschen und Schweizer Raum: Sie waren bekannt wegen ihrer besonders farbenprächtigen Kostüme, die aus der alemannischen „Fasnet“ stammten, und den höchst schrägen und temperamentvollen Rhythmen, die sie spielten und in denen bewusst falsch gesetzte Töne reizvolle Akzente boten.

Zu hören waren keinesfalls nur Märsche oder Mainzer Fastnachtsklassiker. Alle Musikgruppen bereicherten ihr Repertoire alljährlich auch um aktuelle Popsongs aus den Hitparaden, denen die eigenwilligen Arrangements von Fanfarenzügen und Trommlercorps einen besonderen Reiz verliehen – und bisweilen auch Corinna für einige Augenblicke vergessen ließen, dass sie in ihrem tiefsten Innern ein Fastnachtsmuffel war.

Zwischen den Musikern, die allein etwa ein Drittel der rund zehntausend Zugteilnehmer ausmachten, marschierten die übrigen närrischen Gardisten. Diese sollten von ihrem Ursprung her eigentlich Parodien auf echte Uniformträger sein, allerdings hatte sich ihr Selbstverständnis im Lauf der Zeit gewandelt. Treffliche Karikaturen deutschen Soldatenwesens – schwankend, mit Schmerbäuchen und roten Nasen – fanden sich nur noch bei den einfachen Dienstgraden. Gardeoffiziere hingegen, die bisweilen auch hoch zu Ross daherkamen, hatten sich im Lauf der Jahre Gestus und Mienenspiel historischer preußischer Offiziere angeeignet und benahmen sich auch sonst, als wollten sie den guten alten Kaiser Wilhelm wiederhaben. Da boten die Gardeballetts, die sich ebenfalls zwischen die närrischen Streitmächte einreihten, ein wesentlich angenehmeres Bild.

Die Blickfänge des Zugs waren jedoch die Motivwagen: Fahrende Cartoons mit einem Corpus aus Drahtgeflecht und Gips und Köpfen aus Styropor, in unzähligen Arbeitsstunden geformt und geschnitzt und in leuchtenden Farben bemalt.

Damit waren längst noch nicht alle Ansichten aufgezählt, die der Zug bot: Es tummelten sich noch zahlreiche andere absonderliche Gruppierungen und Figuren darin, Hexen, Trolle und Elfen, oder auch Schornsteinfeger und Feuerwehrmänner auf historischen oder abnorm konstruierten Fahrrädern.

Vor allem staunte Corinna immer wieder über eine Gruppe von Steinzeitmenschen, die nur mit einem Lendenschurz aus Wildschweinfell bekleidet waren, jedoch selbst bei Minusgraden stets mitmarschierten.

Sie lief durch die Bauhofstraße, blieb dort einen Moment stehen, und betrachtete sich einen Motivwagen, der einen Menschen mit entblößtem Gesäß zeigte, das er in eine Kamera hielt. Auf einem Fernseher, der vor ihm stand, betrachtete er sich sein eigenes Hinterteil.

Ein kugeliger Fünfziger mit aufgemalten Rotbäckchen und einem Ammenhäubchen auf dem Kopf bemerkte sie. Er stand in der hinteren Reihe und sah nicht viel vom Zug, weil er zu klein war, um über seine Vorderleute zu schauen.

„Helau", schrie er sie aus vollen Kräften an.

Corinna stutzte nur, begriff nicht, dass er wiedergegrüßt werden wollte. „Helau", schrie der Rundliche noch einmal. Als Corinna abermals nicht reagierte, streckte er ihr eine Flasche mit Hochprozentigem entgegen. Schon der Geruch, der ihr aus dem Flaschenhals entgegenwaberte, weckte in ihr einen leichten Brechreiz.

Sie wandte sich ab, um ihren Weg fortzusetzen, stockte aber im nächsten Moment: Am Ende der Bauhofstraße, in die gerade unter donnernden Helau-Rufen der Komitee-Wagen des KCK einbog, erblickte sie erneut den Tod.

Vollkommen unbeweglich stand er da. Er hatte sich ihr zugewandt, schien überhaupt keine Notiz von dem Zug zu nehmen, der nur zwei, drei Meter neben ihm vorbei rollte. Sie konnte seine Augen zwar nicht sehen, doch sie spürte seinen Blick, der durch die Löcher in seiner Kapuze auf sie gerichtet war. Natürlich konnte sie nicht mit Sicherheit sagen, ob es derselbe Tod war, der ihr am Donnerstag gewunken hatte. Doch sah er zumindest genauso aus.

Das hat nichts zu bedeuten, versuchte sich Corinna einzureden, ob es jetzt einen oder mehrere gab, die in dieser Verkleidung die tollen Tage erlebten, was spielte das für eine Rolle?

Doch es half nichts. Der Sensenmann machte ihr Angst. Wer nur war so bescheuert, sich an Fastnacht als Tod zu verkleiden?

Sie konnte einfach nicht weiter gehen. Sie drehte sich wieder dem Zug zu. Gardetänzerinnen in kurzen Röckchen vollführten stoßartige Bewegungen mit den Hüften, was besonders männliche Zugbetrachter begeisterte, auch den kugeligen Fünfziger, dessen Schnaps sie verweigert hatte. Er hatte mittlerweile eine Lücke zum Durchspähen gefunden.

Corinna wartete noch einen Moment, dann warf sie erneut einen verstohlenen Seitenblick Richtung Tod. Er hatte sich nicht von der Stelle gerührt, schien immer noch nur sie ins Visier genommen zu haben.

Eigentlich muss ich ja gar nicht Richtung Christuskirche, sagte sie sich dann und lief zur Großen Bleiche zurück. Nach ein paar Metern riskierte sie noch einmal einen letzten Blick zurück: Er stand immer noch da, unbewegt, schaute zu ihr, machte aber auch keine Anstalten, ihr zu folgen. Na gut.

In der Großen Bleiche war nur schlecht vorwärts zu kommen. Ab der Landesbank war der Gehweg sehr schmal, und die Zugbetrachter, die sich einen Stehplatz ergattert hatten, der ihnen halbwegs gute Sicht ermöglichte, weigerten sich, auch nur einen Schritt zur Seite zu gehen. Einige Vorwitzige hatten sich Haushaltsleitern mitgebracht, die ihnen auch aus der letzten Reihe Einblicke ermöglichten. Riskant war es allerdings, auf der Leiter stehend herabregnete Bonbons zu fangen, da verlor man leicht das Gleichgewicht.

In den oberen Etagen der Häuserblocks, die die Straße säumten, waren fast alle Fenster geöffnet und bunt geschmückte Menschen winkten hinaus. Wer am Zugweg wohnte oder ein Büro besaß, erhielt an Rosenmontag oft Besuch. Viele machten aus der Not eine Tugend und veranstalteten parallel zum Zugtreiben kleine Parties in ihren Räumlichkeiten.

Langsam musste Corinna mit dem Arbeiten beginnen. Ihr Feature recherchieren. Eindrücke sammeln, Stimmen einfangen. Nur war das nicht so einfach, wenn man sich vom Tod verfolgt glaubte. Und um so unangenehmer war, dass sie nun überhaupt nicht mehr vorankam.

Sie entschloss sich, den Zugweg zu verlassen und durch die Lotharstraße und am Kronberger Hof vorbei in die Fuststraße zu gelangen, um dann in der Ludwigsstaße wieder aufs Rosenmontagstreiben zu stoßen.

Hinter dem Theater entdeckte sie einen improvisierten Verkaufsstand, an dem ein Spontangastronom versuchte, zu überteuerten Preisen Büchsenbier zu verscherbeln. Er hatte damit freilich nur mäßigen Erfolg, wie der schwache Andrang verriet. Dieser Flecken, der ansonsten einer der belebtesten der Mainzer City war, während der Zug ihn links und rechts einrahmte, kaum frequentiert, eine Art Niemandsland.

Corinna erreichte das Ende der Fuststraße, die in die „Lu" mündete. Doch musste sie erkennen, dass es unmöglich war, hier wieder auf den Zug zu stoßen. Das Publikum stand hier noch dichter gedrängt als anderswo. Sie sah nur breite, massige Kehrseiten vor sich, blieb einen Moment in der engen Gasse stehen, wartete, ob nicht doch Bewegung in diese menschliche Wand kam.

Aber es half nichts: An ein Durchkommen war nicht zu denken.

„Na, du blöde Kuh?", schrie plötzlich jemand hinter ihr auf. Corinna fuhr zusammen. Die Stimme war rau und ein wenig heiser und klang in höchstem Maß gewaltbereit. Sie konnte sich jedoch nicht vorstellen, dass sie gemeint war, und reagierte daher nicht, um nicht unnötig die Aufmerksamkeit des Krakeelers auf sich zu ziehen.

„Du Miststück, du widerliches, du elendes Miststück, dreh' dich um, wenn ich mit dir rede!", schrie die Stimme erneut.

Corinna schluckte. Anscheinend war sie doch gemeint. Das roch nach Ärger. Nach ganz gewaltigem Ärger.

Sie drehte sich um, ganz vorsichtig.

Und spürte einen gewaltigen Stich im Herz.

Knapp fünf Meter von ihr entfernt stand – etwas schief, aber massig, in seiner Kurfürstengardistenuniform, mit Dreispitz und Zopfperücke, beides leicht verrutscht, stiernackig, mit rotem Gesicht und rot geäderten Augen – Andreas Runze.

„Helau!", dröhnte es vom Zugweg her.

Ein Bonbon schlug gegen Corinnas Hinterkopf, ohne dass sie es bemerkte. Sie starrte nur fassungslos auf den Koloss vor sich, der sie ebenfalls fixierte.

Eine Weile standen sie sich gegenüber, als wollten sie sich duellieren. Corinna trug allerdings keine Waffe, die sie hätte ziehen können. Runze aber baumelte bedrohlich ein Säbel an der Seite, der leicht im kalten Wind klirrte.

„Du elendes Miststück!", wiederholte Runze. „Bald habt ihr es geschafft, du und deine ganze verdammte Sippschaft! Bald habt ihr uns da, wo ihr uns hinhaben wollt!"

„Herr Runze", stotterte Corinna endlich, „machen Sie doch nicht alles noch schlimmer. Die Polizei sucht Sie – stellen Sie sich. Vielleicht klärt sich ja alles auf."

Runze rührte sich nicht.

Corinna drehte sich verzweifelt um, sah jedoch nur erneut diese Mauer aus Rücken, hoch und absolut undurchlässig.

Eine Blaskapelle zog gerade vorbei, blies aus vollen Lungen *Stars and Stripes,* und die Menge intonierte die deutsche Coverversion *Wir saufen das schäumende Bier, und wir scheißen dem Wirt auf die Theke.* Es war unmöglich, sich dagegen Gehör zu verschaffen.

Sie drehte sich wieder zu Runze, musterte ihre Chancen, an ihm vorbeizupreschen.

Es musste zu schaffen sein. Sonderlich fix konnte der Fettsack doch nicht sein, zumal er außerdem und mehr als offensichtlich sturzbetrunken war.

Offenbar von einem Windstoß ein wenig aus dem Gleichgewicht gebracht, taumelte Runze plötzlich zwei Schritte nach vorne. Corinna nahm dies als Startsignal, machte einen schnellen Seitwärtsschritt und preschte dann los, den Kopf nach vorne, wie ein Footballspieler, der an einem Gegenspieler vorbei will.

Sie glitt an ihm vorbei, spürte einen kurzen Moment seine Wurstarme, die sie zu packen versuchten, doch sie war schneller. Sie rutschte zwischen ihnen durch und gab Gas.

Nach wenigen Metern Sprint erreichte sie bereits den Bierstand.

„Rufen Sie die Polizei! Schnell!“, schrie sie dem lederhäutigen Mann zu, der ihn betreute. „Der Mann da wird von der Polizei gesucht!“

Der Lederhäutige betrachtete sie ungerührt, schaute dann nach Runze, der schnaufend hinter Corinna her gepoltert kam. Doch er sagte nichts. Und tat auch nichts.

Seine glasigen Augen verrieten Corinna allerdings, dass er sich für seinen Dienst mit allerlei Hochprozentigem gegen die Kälte gewappnet hatte. Weswegen sein Wahrnehmungsvermögen mehr als eingeschränkt war.

Hätte Corinna Zeit gehabt, hätte sie sich gefragt, wie er eigentlich seine Geschäfte machte. So aber konnte sie nur feststellen, dass sie von ihm keine Hilfe zu erwarten hatte.

„Arschloch“, schrie sie ihn an, als Runze näher kam, und hastete weiter.

Sie rannte um den Theaterbau herum, um auf der anderen Seite auf die Ludwigsstraße zu gelangen. Als sie das „Haus des deutschen Weines“ erreichte, erblickte sie den Aktivenwagen des GCV. Auf diesem lag, in einem aus Holz gefertigten, überdimensionalen Laubbett, eine rundliche Matrone, die die Prinzessin auf der Erbse verkörpern sollte, und huldigte dem tosenden Volk. Auf Augenhöhe erblickte Corinna erneut nur Rücken, doch standen diese diesmal nicht ganz so dicht gedrängt.

„Hilfe, Hilfe!“, rief sie erneut, als sie auf die Menge zupreschte, und diesmal gingen ihre Schreie nicht ganz in den donnernden Helau-Rufen unter.

Ein paar Zuschauer drehten sich fragend nach ihr um.

Auch Corinna schaute noch einmal zurück, hoffte, dass Runze unter den Augen so vieler Zeugen es nun unterließ, ihr nachzusetzen. Doch er hastete unverdrossen weiter, seine blutunterlaufenen Augen nur auf sie gerichtet. Vermutlich nahm er gar nicht wahr, was um ihn herum geschah.

„Helfen Sie mir doch!“, schrie Corinna in die Gesichter. Die meisten waren bunt bemalt, mit roten Punkten oder Herzchen auf Wangen und Nasen, oder auch ganz von Farbe bedeckt, bisweilen auch mit Karomustern. Sie schauten verwundert und fragend, doch niemand unternahm etwas.

„Idioten!“, schrie Corinna und drängte sich durch die Menge. Immerhin bewirkte ihr hysterisches Auftreten, dass der ein oder andere zur Seite ging.

Mitten auf dem Zugweg blieb sie einen Moment stehen, hatte Glück, dass der Zug gerade einen Moment ins Stocken geraten war. Eigentlich hatte sie die „Lu“ nur kreuzen wollen, erkannte jedoch, dass es zuviel Zeit kosten würde, sich auch durch die Menschenmenge auf der anderen Straßenseite zu drängeln. Runze dagegen walzte gerade durch die Schneise, die sie vorm Theater geschlagen hatte.

„Ruf' doch einer mal die Polizei! Der Mann da wird von der Polizei gesucht!“, rief sie.

„Helau!“, gab einer aus der Menge zurück.

Runze wankte jetzt ebenfalls auf die Straße, stoppte, zwei-, drei Meter vor ihr. Und musste erst einmal durchschnaufen.

Corinna nutzte die Gelegenheit, auf dem Zugweg durchzustarten.

Richtung Domplatz. Zwischen der Gonsenheimer Füsiliergarde hindurch, die auf das Signal zum Weitermarsch wartete. Runze blieb ihr auf den Fersen.

Etwa in der Höhe des Haus am Doms kam Corinna ins Stolpern. Mit den Armen rudernd fiel sie vorwärts, konnte sich gerade so auf den Beinen halten. Um nicht vollends aus dem Gleichgewicht zu geraten, hielt sie sich an jemandem fest. Sie krallte sich an die nackten Schultern eines Mannes, der glücklicherweise kräftig genug war, sie aufzufangen.

„Helau“, brummte er, sie in den Armen haltend.

Und Corinna, völlig außer Atem, starrte in das Gesicht eines Urmenschen. Eines sehr schmutzigen, zotteligen, halbnackten Neandertalers mit einem Wildschweinfell um die Hüften. Und um ihn herum stand sein ganzer Stamm. Alle waren mit Keulen bewaffnet, guckten amüsiert, zum Teil auch ein wenig neidisch auf ihren Kameraden und seinen Schützling.

„Bitte", flüsterte sie dem Neandertaler zu – der dies offenbar genoss – „bitte, helfen Sie mir!" Ängstlich schaute sie nach dem herankeuchenden Runze.

Der Urmensch folgte ihrem Blick, musterte Runze, der nun stehenblieb, um die neue Situation zu sondieren. Dann schaute er wieder Corinna an.

Und sagte: „Küsschen."

Corinna brauchte einen Moment, um zu begreifen. Dann schürzte sie verkrampft die Lippen und busselte das Gesicht des Urmenschen, zweimal, dreimal, viermal, ungezielt auf Wange und Lippen, zu mehr war sie in dieser Aufregung nicht fähig, doch sie hätte, hätte sie sich konzentrieren können, ihm auch die Zunge in den Hals gerammt. Hauptsache, sie brachte ihn auf ihre Seite.

Der Neandertaler drückte sie noch einmal kurz an sich, dann stellte er sie behutsam auf die Beine, hob seine Keule auf, die er fallen gelassen hatte, als er Corinna auffing, und baute sich couragiert vor Runze auf.

„Uh-Uh-Uh", bellte er den schnaufenden Gardisten an und stieß ein wenig mit der Keule in seine Richtung – so, als wolle er ein wildes Tier von seinem Lagerfeuer verscheuchen.

Aus der Menge gab es dafür verhaltenen Applaus und „Helau"-Rufe.

Runze betrachtete sich den Urmenschen zunächst mit irrem, starren Blick. Dann pumpte er sich auf wie ein Maikäfer und riss seinen Säbel aus der Scheide. Ein Raunen ging durch die Menge. Der Neandertaler ließ erstaunt seine Keule ein wenig sinken. Ein Fehler.

Runzes Augen weiteten sich, bis sie aus dem Kopf zu springen drohten. Dann holte er aus – wobei er pfeifend Luft einsaugte – und ließ seinen Säbel durch die Luft sausen. Der Urmensch war zu perplex, um auszuweichen. Der Hieb traf ihn mit voller Wucht. Er sackte sofort zusammen und blieb regungslos auf dem Boden liegen.

Die Menge schrie auf. Die Urmenschen starrten sich gegenseitig entsetzt an.

Runze stutzte, blickte fragend auf seinen Säbel, offenbar selbst ein wenig überrascht von dem, was er da eben getan hatte.

Die Domuhr schlug viertel nach zwölf.

„Uaaaaaah", brüllte plötzlich einer der Urmenschen los. Er war der größte von allen, der behaarteste, der mit der wildesten Mähne.

Mit lautem Gebrüll setzte er auf Runze zu und ließ seine Keule auf ihn niederkrachen.

Die Menge schrie erneut auf. Keiner rief mehr „Helau!". Nur einer meinte: „Mein Gott!"

Runze gelang es, nach dem ersten Schlag irgendwie auf den Beinen zu bleiben. Doch sein Gegner war nun wie entfesselt. Mit einem noch lauteren, noch inbrünstigeren „Uaaaah" wuchtete er seine Keule ein zweites Mal auf den Gardisten. Jetzt sackte Runze in die Knie, glotzte blöde in die Runde.

Nun endlich hatten sich auch die übrigen Mitglieder des Urmenschenstammes von dem Schrecken erholt und begriffen, dass es einen der ihren zu rächen galt. Sie setzten auf Runze zu und ließen ihn ihrer Keulen spüren.

Ein Fall von Lynchjustiz, ganz klar, dachte sich Corinna, doch ihr Mitleid hielt sich in Grenzen. Von irgendwoher in der Ferne hörte sie eine Polizeisirene. Sie war gerettet.

„Aber wie hat er mich finden können? Er konnte doch gar nicht wissen, dass ich auf dem Rosenmontagszug war?" Jetzt, wo sie das erste Mal darüber nachdenken konnte, was eben geschehen war, regte sich Corinna fast mehr auf als in den Momenten, in denen sie um ihr Leben gerannt war.

Sie saß wieder in Koffers Büro. Schon das vierte Mal seit Freitag. Langsam fühlte sie sich als Stammgast im Mainzer Polizeipräsidium.

„Gehen wir mal davon aus, dass das reiner Zufall war", erklärte Koffer ruhig. „Seit er heute Morgen vor mir flüchtete, war er wohl total in Panik. Er hatte keinen Plan, was er tun oder wohin er sollte. Er ist in der Stadt umhergeirrt, hat ebenso planlos Alkohol in sich gekippt, und schließlich sah er dich – reiner Zufall. So groß ist Mainz schließlich nicht."

„Aber er kennt mich doch gar nicht", hielt Corinna dagegen.

„Natürlich kennt er dich. Er hat dich auf der Beerdigung gesehen. Außerdem ist öfter mal dein Bild in der Zeitung, wenn du einen Kommentar geschrieben hast. Er wusste also, wie du aussiehst." Manchmal konnte Koffer wirklich sehr einleuchtend argumentieren.

„Aber woher wusste er, dass ich damit zu tun habe, dass du bei ihm aufgekreuzt bist, um ihn wegen Kemmling und Hunslicker zu befragen?"

„Darüber bin ich mir auch noch nicht so ganz im Klaren. Vielleicht hat jemand dich und diesen Primm belauscht, als ihr am Samstag auf dem Gutenbergplatz miteinander gesprochen habt, und hat Runze weitererzählt, dass du, Journalistin und Tochter seines Erzfeindes, Recherchen in der Sache anstellst. Vielleicht hat es ihm auch dieser Ziehlke erzählt, bei dem du ja auch schon warst."

„Oder Henn", ergänzte Corinna.

„Oder Henn. Jedenfalls: Als ich bei Runze aufkreuzte und ihm nun klar wurde, dass sich die Schlinge um ihn zuzieht, hat er sich gedacht, dass dies nur mit dir zusammenhängen kann. Denn von Henn wusste er ja bestimmt, dass die Ermittlungen in Sachen Kemmling im Grunde abgeschlossen waren."

„Jedenfalls hat er jetzt ganz schön was am Hals. Zwei vollendete Morde und ein versuchter", fasste Corinna zusammen.

„Langsam", beschwichtigte Koffer. „Wir haben bis jetzt nicht den kleinsten Anhaltspunkt, dass er irgend etwas mit Hunslickers Unfall zu tun

„Hallo, Herr Kayser", grüßte sie zurück, keck wie in ihren besten Tagen, und amüsiert, dass sie klang wie eine Hamburg-Mannheimer-Werbung. „Wusste gar nicht, dass Sie auch in der Kurfürstengarde sind."

„Zwölf Jahre schon", sagte Kayser stolz und blieb einen Moment stehen. „Wir sind eben alle Narren irgendwo."

„Na, da kann dieser Garde ja nicht mehr viel passieren. Den schärfsten Staatsanwalt von Mainz in den eigenen Reihen und den besten Strafverteidiger, welches Gericht sollte da jemals einen Kurfürstengardisten verurteilen?" Sie blickte hämisch von Kayser zu Ziehlke.

„Sie schmeicheln mir", wehrte Kayser ab.

Ziehlke allerdings brachte die Stichelei in den Harnisch. „Sie scheinen ja bestens aufgelegt zu sein, Frau Uhl", zischte er Corinna an.

„Nun, ja, ich bin eben gerade knapp dem Tode entronnen, da darf man wohl ein wenig euphorisch sein", entgegnete sie frisch.

„Und jetzt, glauben Sie, haben Sie den Fall durchschaut?" Viel hätte nicht gefehlt, und er hätte nach ihr geschnappt.

„So pathetisch würde ich mich nie ausdrücken."

„Aber Sie wollen es uns doch jetzt mal so richtig zeigen, oder? Einmal die ganze Wahrheit schreiben über uns kungelnde Vereinsmeier, uns Pfeffersäcke in unseren lächerlichen Operettenuniformen, nicht wahr?" Seine Stimme ätzte vor Zynismus.

„Jetzt übertreiben Sie mal nicht, Herr Dr. Ziehlke. Wird schon nicht so schlimm werden." Corinna wollte ihn einfach nur so cool wie möglich auflaufen lassen.

„Sie glauben, Sie hätten nichts mit uns gemein, Sie wären was Besseres als wir, intelligent, erhaben, aufrecht und unbestechlich, was?" Ziehlke versuchte so etwas wie ein ironisches Lächeln, doch es sah nur aus, als fletsche er die Zähne.

„Kommen Sie, Herr Dr. Ziehlke ..." Corinna schmunzelte ihn nur süffisant an.

Plötzlich ruckte Ziehlkes Gesicht nach vorne, direkt vor ihres.

Zum ersten Mal konnte sie auf den Grund seiner schwarzen Augenhöhlen blicken.

Er hatte Augen aus Eis.

Langsam öffnete sich sein Mund, der geschlossen ein schwarzer Strich war. Auch sein Atem war aus Eis. Und er roch nach Tod. Und, zugegeben, auch ein wenig nach dem hochprozentigen Kirschwasser, das im Feldlager der Kurfürstengarde ausgeschenkt wurde.

„Lassen Sie sich eines gesagt sein: Sie wissen gar nichts“, flüsterte er. „Und denken Sie daran: Auch in Ihnen fließt Narrenblut. Denken Sie immer daran.“

Es gelang ihm nun tatsächlich zu lächeln. Sofern sich dieser Totenmaske überhaupt ein Lächeln abringen ließ. Doch es war ein abstoßend hässliches Lächeln. Zahnlos, böse und spöttisch zugleich.

In der Redaktion wurde Corinna bereits sehnlichst erwartet. Die Nachricht, dass ein betrunkener Gardeoffizier mitten im Zug Amok gelaufen und von einer Horde Steinzeitmenschen gestoppt worden war, hatte bereits die Redaktion erreicht. Allerdings nur per Mundpropaganda, denn die Fernsehkameras hatten das Spektakel nicht eingefangen. Daher wusste niemand etwas Genaues.

Corinna schilderte ihren Kollegen kurz, was geschehen war und stürzte dann in Hasselblatts Kabuff.

Unbewegt hörte sich der Redaktionsleiter ihre Geschichte an. Danach umriss sie ihm kurz, wie sie die Geschichte für morgen aufbereiten wollte: Sie wollte zwei Artikel schreiben, mit einer verbindenden Einleitung. Der eine sollte ohne ihre Autorenzeile erscheinen, sondern nur mit dem Kürzel „red" für Redaktion, denn darin sollte Runzes Amoklauf in allen Einzelheiten geschildert werden. Sie sollte darin namentlich erwähnt werden, als *Mitarbeiterin unserer Zeitung,* die schon seit Tagen hinter ihm herrecherchiert hatte. Hätte sie mit Autorenzeile geschrieben, hätte sie in Ich-Form schreiben müssen, und das wollte sie nicht. Daher sollte es ein neutrales Autorenkürzel sein, zumal sie auch keinen Kollegen – Knoll am Ende! – über sich schreiben lassen wollte.

Der zweite Artikel sollte die Hintergründe des Todes von Karl Kemmling beleuchten und darstellen, wie er vertuscht werden sollte. Dass der Unfall Hunslickers damit in Zusammenhang stand, wollte sie nur andeuten, da sich dies vielleicht nie beweisen lassen würde.

Hasselblatt reagierte, wie sie erwartet hatte. Schwitzend und schweigend, eher unangenehm berührt von der Aussicht, dass seine Zeitung morgen mit einer Geschichte aufmachen würde, die Fernsehen und Rundfunk und bestimmt alle Boulevardblätter in den nächsten Tagen aufgreifen würden. Sicher, so ganz unrecht war ihm dies nicht. Wahrscheinlich hatte auch er einmal davon geträumt, dass andere bei ihm abschreiben mussten, aber dabei hatte er sich nicht diese Art Story vorgestellt. Er hatte dabei aber eher an eine besonders korrekte Wahlberichterstattung gedacht oder an eine gewissenhafte Beschreibung sozialer Missstände mitsamt einer Kommentierung, die „Wege aus der Krise" aufzeigte. Aber das hier, nein, das war ihm zu sehr Boulevard, zu sehr Räuberpistole. Den Lorbeer, den es dafür auch für ihn als Redaktionsleiter zu erringen gab, den wollte er zwar tragen, aber nicht mit Stolz.

Corinna lauerte während ihrer Rede stets darauf, dass Hasselblatt mit einem seiner moralischen Bedenken dazwischen fahren würde, einen seiner ethischen Grundsätze verletzt sah. Aber es kam nichts dergleichen. Zu klar lag alles auf der Hand, es gab nichts, was sich wegdiskutieren ließ. Morgen würde seine kleine, heile Welt nicht mehr die gleiche sein – und er konnte nichts dagegen tun.

Nur, als es darum ging, ob Runze mit vollem Namen erwähnt werden sollte, hakte Hasselblatt ein. Runze solle als *hoher Offizier einer angesehenen Mainzer Garde* oder auch als *ein bekannter Mainzer Sitzungspräsident* bezeichnet werden, gebot er. Corinna hielt dagegen, dass dies reichlich idiotisch klänge. Schließlich zähle Runze zur Lokalprominenz und sei nunmehr eine Person der Zeitgeschichte, daher sei es zu vertreten, ihn mit vollem Namen zu nennen, wehrte sie sich.

„Bis zu seiner rechtskräftigen Verurteilung gilt für jeden Beschuldigten in diesem Land die Unschuldsvermutung", nuschelte Hasselblatt. Das passte zwar nicht unbedingt zu diesem Sachverhalt, doch war er einfach nicht mehr umzustimmen.

Corinna vermutete, dass es ihm nur darum ging, sich wenigstens in einem Punkt durchzusetzen, und versuchte gar nicht erst, weiter zu diskutieren. Ihr Aufmacher war auch so gut genug. Und wenn sie es richtig anstellte, die Umschreibungen der Person Runzes mit ein wenig Ironie würzte, konnte das Ganze dadurch sogar an Pfiff gewinnen. Jeder, der sich nur einigermaßen in der Mainzer Gesellschaft auskannte, würde ohnehin wissen, wer gemeint war.

Sie brauchte nicht einmal eine Stunde, um beide Texte zu schreiben. Dummerweise gab es keine Bilder von Runzes irrsinnigem Auftritt. Einer der Fotografen, die während des Rosenmontagszugs unterwegs waren, hatte allerdings vor dem Vorfall zufällig mal auf die Steinzeitmenschen gehalten, so dass zumindest ein Artikel mit diesen Aufnahmen illustriert werden konnte. Den anderen Bericht, der die Hintergründe des Todes von Karl Kemmling und die Verbindung mit dem Mufti / Emir-Auftritt aus den 60er Jahren aufzeigen würde, sollte ein aktuelles Mufti / Emir-Bild zieren, das während der Kampagne gemacht worden war.

Am Abend dann machte sich Corinna auf den Weg zu den Uni-Kliniken. Sie war rundum zufrieden mit sich, gespannt auf den Moment, an dem sie morgen früh die gedruckte Ausgabe mit ihrem Aufmacher in den Händen halten sollte. Sie musste sich regelrecht zwingen, sich wieder auf das Schicksal des armen Robert Hunslicker zu konzentrieren.

Was war, wenn sie in der Klinik erfuhr, er sei gestorben? Wenn er ihren Triumph – der ja auch seiner war – nicht mehr erlebte? Nein, das konnte und durfte einfach nicht sein. Nicht an so einem Tag, so wunderschön wie heute.

Frau Uhl? Sie waren gestern schon einmal hier, nicht?" Schweinchen Dick schob offenbar über die gesamten Feiertage Dienst in dem Empfangskoben. Doch diesmal begrüßte es Corinna mit einem freundlichen Lächeln. „Gehen Sie nur. Ihre Mutter ist auch schon da", säuselte sie aufgeräumt, und Stockwerk und Zimmernummer gleich hinterher.

Corinna staunte einmal mehr. Weshalb war ihre Mutter hier – und warum öffneten sich ihr plötzlich alle Klinik-Türen? Rätselnd machte sie sich auf den Weg zu den Fahrstühlen und über die Flure.

Die zweite Frage war leichter zu beantworten als die erste: Ihre Mutter kannte bestimmt den zuständigen Uni-Professor und der hatte veranlasst, dass Familie Uhl ab sofort ohne Wenn und Aber zum Patienten Hunslicker durchzulassen war.

Aber wieso war Katharina Uhl hier? Sie hatte in den vergangenen Tagen doch kaum Interesse an Hunslicker gezeigt, wenn Corinna ihn erwähnte.

Eine Schwester bat Corinna, sich einen Kittel anzuziehen, bevor sie die Intensivstation betrat. Sie erblickte die beiden sofort – und blieb erst einmal stehen, um das Bild zu deuten, das sich ihr da bot.

Hunslicker lag in seinem Bett, an allerlei Infusionen und Maschinen angeschlossen. Ihre Mutter saß vor ihm, auf einem Stuhl, der ans Bett herangezogen war. Sie saß neben ihm, zusammengesunken, in Gedanken verloren und hatte ihre Tochter noch gar nicht bemerkt.

Verwundert ging Corinna weiter, langsam und leise. Sie sah, dass ihre Mutter mit der rechten Hand ein Handtuch auf ihren Mund gepresst hielt. Als sie noch näher kam, sah sie, dass ihre Mutter am ganzen Leib zitterte. Und als sie schließlich bei ihr stand, sah sie, dass sie weinte. Was war hier los? Wieso ging ihr Hunslicker plötzlich so nah?

Sanft legte sie ihrer Mutter die Hände auf die Schultern. Katharina Uhl sah dankbar auf, schien nicht überrascht. Ihre Augen waren total gerötet. Offenbar weinte sie schon seit Stunden. Dann schaute sie wieder auf den bewusstlosen Hunslicker.

Corinna blickte perplex zwischen der alten Frau und dem bewusstlosen alten Mann hin und her. Und weigerte sich einfach, sich zusammen zu reimen, was im Grunde doch so einfach war. Nein, das konnte, das durfte erst Recht nicht sein. Die alte Dame da war doch ihre Mutter. Seit über 50 Jahren mit ihrem Vater verheiratet. Glücklich, soweit sie als Tochter dies beurteilen konnte.

Natürlich war es nicht der Moment, um Fragen zu stellen und Antworten zu verlangen. Daher standen sie schweigend vor Hunslickers Bett, ohne ein Wort miteinander zu wechseln. Die Zeit verstrich. Bis ihre Mutter irgendwann sagte: „Gehen wir."

Draußen im Flur schwiegen sie noch immer. Plötzlich wurde Katharina Uhl von einem erneuten Weinkrampf geschüttelt. Corinna nahm sie in den Arm. Ihre Mutter hob den Kopf, blickte ihrer Tochter ins Gesicht und sagte: „Er hat es dir erzählt, nicht?"

Corinna schaute sie an. Fassungslos. Vergaß völlig, mit „Nein" zu antworten.

Als sie das Krankenhaus verließen, schlug ihnen Eiseskälte entgegen. Ein brutaler Temperatursturz hatte die Thermometer fast auf minus zehn Grad fallen lassen.

Wenigstens reagierte Iris an diesem Abend nicht so sprach- und ratlos wie gestern. Dabei war das, was Corinna ihr heute Abend erzählt hatte, doch mindestens tausend Mal ungeheuerlicher.

„Sag' mal, du bist jetzt 38, aber was das Bild von deinen Eltern angeht, bist du ein kleines Mädchen geblieben. Aber tröste dich, in dieser Beziehung geht es vielen so", beschwichtigte Iris ihre beste Freundin. Das tat gut.

Es war schon fast Mitternacht. Corinna war, nachdem sie nach Hause gekommen war, zunächst lange in ihrer Wohnung umhergelaufen, hatte sich dann ins Bett gelegt, obwohl sie wusste, dass sie auch heute Nacht nicht würde schlafen können.

Verzweifelt hatte sie versucht zu verstehen. Bis ihr wieder mal nichts Besseres eingefallen war, als Iris anzurufen.

„Wie meinst du das?", fragte sie.

„Na, viele Menschen stellen sich ihre Eltern als Wesen ohne Unterleib vor. Zumindest die Mutter. Dass sie es ab und zu mal mit dem Herrn Papa treibt, das können sich brave Bürgerstöchter ab einem gewissen Alter gerade noch so ausmalen, ohne an der Tür zum Elternschlafzimmer spannen zu müssen. Dass der Vater vielleicht mal nebenraus geht, kriegt man als Töchterchen ab einem noch gewisseren Alter auch noch gerade so auf die Reihe. Aber das die Mutter mal eine Affäre gehabt haben könnte, nein, das ist einfach zuviel, nicht wahr?"

„Du hast ja Recht, aber dass ausgerechnet meine Mutter... ich glaub's ganz einfach nicht." Corinna schnaufte ein weiteres Mal durch.

„Was gibt es da nicht zu glauben? Hör' mal, auch deine Mutter war mal eine junge, leidenschaftliche Frau. Und dein Vater war eine Ewigkeit im Krieg, und anschließend eine weitere Ewigkeit in Gefangenschaft. Und dieser Franzos' war jung, fesch, vermutlich sehr diskret und nachdem, was du mir von ihm erzählt hast, verstand er sein Handwerk, was Frauen angeht. Es heißt schließlich nicht umsonst: Jeder Stoß ein Franzos'. Warum soll deine Mutter nicht mal schwach geworden sein?" Es war Iris deutlich anzuhören: Sie war wieder in ihrem Element. Mit derartigen Verwicklungen vermochte sie einfach mehr anzufangen als mit toten Narren und verrückten alten Weibern.

„Aber, sie hat diesen Hunslicker mir gegenüber nie erwähnt", gab Corinna zu Bedenken.

„Eben. Jetzt weißt du, warum."

„Aber als er nach all den Jahren in die Stadt kam, warum hat er sich da nicht gleich an meine Mutter gewandt, um etwas über Kemmlings Tod zu erfahren? Sie haben sich kurz auf der Beerdigung gesehen, das hat mir meine Mutter erzählt. Aber sie haben kein Wort miteinander gewechselt."

„Was ist daran so verwunderlich? Die Sache ist eben lange vorbei für die beiden, und sie behandeln sie mit Diskretion. Was wär' die Welt so schön, wenn alle Menschen auch heute noch so viel Stil hätten."

Corinna dachte an Frau Feldmann, wie sie Samstagnacht in Koffers Büro saß und sagte: „Glauben Sie eigentlich, dass das, was Sie heute One-Night-Stand nennen, von Ihrer Generation erfunden worden ist? Wir haben uns lediglich diskreter angestellt." Offenbar hatte sie Recht.

„Aber jetzt steht sie an seinem Krankenbett und weint", murmelte Corinna trotzig.

„Das zu verstehen, ist ja wohl auch nicht so schwer. Sie hatten den Kontakt zueinander abgebrochen, vor Jahrzehnten schon. Aber als sie jetzt hörte, dass Hunslicker in Mainz ist und vielleicht im Sterben liegt, kamen wieder Erinnerungen hoch — und verschüttete Emotionen. Also machte sie sich auf, um ihn noch einmal zu sehen." Ja, das war wieder die gute alte Iris: Immer eine überzeugende Antwort parat.

„Aber warum hat Hunslicker sich dann an mich gewendet, als er in die Stadt kam – ausgerechnet an die Tochter seiner ehemaligen Geliebten?", bohrte Corinna weiter, durstig nach noch mehr so wunderbar plausiblen, logischen Antworten.

„Du scheinst ja heute wirklich ein wenig schwer von Begriff zu sein. Das war ja wohl das Allerbeste, was er tun konnte. Er wollte etwas über Kemmlings Tod herausfinden. Kemmling hatte ihm irgendwann geschrieben, dass du Journalistin bist. Und er wusste, dass Kemmling wieder mit deinem Vater in der Bütt gestanden, dass er sogar bei ihm gewohnt hatte. Durch dich konnte er also an Informationen aus erster Hand herankommen. Und du hast deine Sache ja auch sehr gut gemacht." Es tat so gut, mal wieder auf ein paar erklärbare Zusammenhänge zu stoßen.

„Sag' mal, wie bist du eigentlich umgegangen mit deiner Mutter, nachdem du begriffen hattest, was los ist?", fragte dann ausnahmsweise mal Iris.

„Ich muss zugeben, ich habe nicht mehr viel zu ihr gesagt. Ich habe sie nur noch nach Hause gebracht und bin dann gleich weitergefahren, wollte nur noch allein sein."

„Dann solltest du sie so schnell wie möglich besuchen und mit ihr reden. Bestimmt glaubt sie jetzt, sie könne dir nicht mehr unter die Augen treten, nachdem du erfahren hast, was für eine treulose Ehefrau sie gewesen ist. Du solltest ihr so schnell wie möglich das Gefühl geben, dass du sie verstehst. Sie hat nichts getan, weswegen sie sich vor einer erwachsenen Frau schämen muss."

„Ja, stimmt, auch da hast du Recht", nickte Corinna. „Was würde ich ohne dich tun?"

„Jetzt mach' mich mal nicht verlegen. Schlaf' jetzt ein paar Stunden und träum' von deinem Aufmacher. Wenn der morgen erscheint, wackelt der Dom."

Sie wünschten sich eine gute Nacht, und Corinna ließ ihren Kopf ins Kissen sinken. Der Gedanke an ihren Aufmacher bereitete ihr zunächst tatsächlich angenehme Träume. In einem tauchte sogar ER auf. Sie traf ihn wieder, und alles begann wieder so wunderbar wie Samstagnacht.

Später brachen sich aber auch all die andere Schrecknisse der vergangenen Tage in ihren Träumen Bahn. Zu guter Letzt kam Ziehlke auf seinem fahlen Pferd auf sie zugeprescht. Unmittelbar vor ihr riss er den Gaul an den Zügeln, so dass er zum Stehen kam, dann beugte er seinen Totenkopf zu ihr hinunter und schrie sie an: „Du weißt nix, du blöde Büchs'. Nix weißt du, gar nichts!" Damit gab er seinem Gaul die Sporen und sprengte davon. Sie glaubte sogar, ihn schallend lachen zu hören, während er in einem teuflischen Tempo davongaloppierte.

-Dienstag (Fastnachtsdienstag)-

„Blau“ nichts mehr geblickt

Selten hatte ein „Kunde“ der Mainzer Polizei unter Alkoholeinfluss so den Überblick verloren wie der 53-Jährige, der am Donnerstagabend auf der Polizeiinspektion (PI) Lerchenberg vorstellig wurde. Er verursachte gleich zwei Unfälle, machte sich noch einiger weiterer Vergehen schuldig und dies aus einem Anlass, der im Grunde gar keiner war. Aber der Reihe nach.

Der angesehene Zahnarzt war gegen 23 Uhr auf der PI erschienen. Er wollte Anzeige gegen Unbekannt erstatten: Der Außenspiegel an seinem silbernen Mercedes sei ihm abgerissen worden, erklärte er. Die Beamten nahmen die Anzeige auf, bemerkten dann aber, dass der 53-Jährige eine schwere Alkoholfahne hatte – und das, obwohl er mit seinem beschädigten Wagen zur PI gefahren war.

So geht es nun mal auch nicht. Dem Zahnarzt wurde eine Blutprobe entnommen: Er hatte stolze 2,61 Promille. Der Führerschein wurde eingezogen, seine Wagenschlüssel wurden vorsorglich einbehalten. Der nun als Alkoholsünder enttarnte Anzeigenerstatter fühlte sich daraufhin ungerecht behandelt. Erbost verließ er die PI, schlich sich dann aber wieder an den Parkplatz vor der Dienststelle heran, wo sein Mercedes abgestellt war – und brauste mit Hilfe eines Ersatzschlüssels davon.

Etwa drei Stunden später wurde der Polizei ein Unfall an der Autobahnauffahrt Lerchenberg gemeldet – glücklicherweise nur Blechschaden. Verursacher war der Zahnarzt mit seinem silbernen Mercedes. Wieder wurde ihm eine Blutprobe entnommen. Ergebnis diesmal: 3,44 Promille. Er hatte „nachgetankt“.

Der Clou ist aber: Als die Polizei den Schaden an dem Mercedes untersuchte, den der 53-Jährige zur Anzeige gebracht hatte, stellte sie fest, dass der Mann sich den Seitenspiegel selbst an seinem eigenen Garagentor abgerissen hatte. „Das habe ich in meinem Suff gar nicht bemerkt“, erklärte dieser verdutzt. Ein teurer Irrtum: Neben den hohen Kosten für die entstandenen Sachschäden, die wohl kaum eine Versicherung übernehmen wird, muss er jetzt mit einer saftigen Geldbuße und einer Bewährungsstrafe rechnen.

Corinna überlegt nur kurz, um welchen angesehenen Mediziner es sich in dieser Meldung handeln konnte, der ihr vom „lokalen Fenster“ der Titelseite ihrer Zeitung entgegen sprang. Weshalb war ihr Aufmacher nicht vorne angerissen worden?

Klopfenden Herzens schlug sie die erste Lokalseite auf – und blickte auf drei Schwellköpfe, die ihr ins Gesicht lachten. Der mittlere hatte eine Zahnlücke. Was war das? Corinna brauchte eine Weile, bis sie weiterdenken konnte. War ihre Wahnsinnsgeschichte am Ende auf die Rheinland-Pfalz-Seite geschoben worden? Sie blättere diese auf – nichts. Die Panorama-Seite vielleicht? Auch nichts.

Sie wühlte sich durch die gesamte Zeitung, immer aufgeregter, bis sie die letzten Seiten beim Auseinanderreißen fast zerfetzte – nichts, nichts, nichts. Corinna verstand die Welt nicht mehr.

Ihr Atem wurde schwerer. Sie musste sich setzen.

Was sollte das, was war geschehen?

Vielleicht, dachte sie sich dann, hatte Hasselblatt am Ende doch noch entschieden, die Geschichte doch noch einen Tag zu schieben, auf Aschermittwoch. Weil er dachte, auf diese Weise würde der Skandal den Glanz der närrischen Feiertage nicht trüben oder was auch immer. Aber das konnte doch nicht sein! Runzes Attacke auf sie hatte nun einmal am Rosenmontag stattgefunden, und wenn sie erst am Mittwoch zu lesen war, sah jeder, dass man nicht aktuell darüber berichtete.

Also, was war los?

Sie konnten doch nicht einfach ihren Aufmacher wieder aus dem Blatt gehoben haben, kurz nachdem sie gegangen war! Nachdem sie Hasselblatt zuvor den ganzen Sachverhalt auseinandergelegt und er nichts, aber auch gar nichts dagegen eingewendet hatte! Das konnte er ihr doch nicht antun! Ihr Aufmacher, der ihr Leben hatte verändern und den alten Hunslicker rächen sollen! Weg! Einfach weg! Nicht im Blatt!

Herrgott, was hatte das zu bedeuten?

Sie überlegte hin und her, kam aber auch weiterhin zu keinem vernünftigen Ergebnis. Sie musste Hasselblatt sprechen. So schnell wie möglich.

Doch Arbeitsbeginn war erst um Zehn, jetzt war es erst kurz nach Sieben, so lange wollte, so lange konnte sie nicht warten. Sie musste Hasselblatt zu Hause anrufen. Und was, wenn er noch schlief? Wenn sie ihn wach klingelte, würde er erstens ungenießbar sein und sie zweitens sein Genuschel erst Recht nicht verstehen. Sie musste noch warten. Wenigstens bis Acht. Doch wie sollte sie noch eine ganze Stunde herumbringen?

Sie begann, auf und ab zu laufen. Nach zehn Minuten dämmerte ihr, dass sie in weiteren 50 wahnsinnig sein würde, wenn sie sich nicht irgendwie ablenkte. Also kochte sie sich einen Kaffee, was allerdings nur ein paar Minuten beanspruchte. Sie überlegte, ob sie sich Frühstück zubereiten sollte, was ein wenig Arbeit machte und so ein wenig Zeit verstreichen ließ, ein Omelett vielleicht. Doch sie hatte natürlich keine Eier im Haus. Auf Müsli hatte sie keinen Appetit, und mit dem Fruchtquark, der einsam im Kühlschrank stand, ließ sich nicht viel Zeit totschlagen.

Schließlich begann sie, ihre Zimmerpflanzen zu gießen. Bestimmt keine gute Idee, da sie das Grünzeug in ihrer Wohnung eigentlich regelmäßig goss und durch diese außerplanmäßige Aktion die ein oder andere Pflanze vermutlich ertränken würde. Doch sie wusste nicht, was sie sonst tun sollte.

Als sie damit fertig war, kam sie auf die Idee, noch ein wenig Hausarbeit zu machen. Sie griff sich den Staubsauger, fand dann aber, dass sie sich und ihre Nachbarn diesem Lärm so früh am Morgen doch noch nicht aussetzen konnte. Daher begann sie, Staub zu wischen – und schaffte es tatsächlich, sich bis kurz vor acht darin zu vertiefen.

Sie suchte Hasselblatts Privatnummer heraus, wählte, hoffte, dass nicht seine Frau rangehen würde, denn diese hatte die Stimme einer Feuerwehrsirene. Sie wollte auch nicht eines von Hasselblatts Kindern am Telefon haben, denn diese waren allesamt tumb und begriffsstutzig geraten und im Übrigen ihrem Vater wie aus dem Gesicht geschnitten. Vermutlich waren sie wegen Hasselblatts streng katholischer Bedenken gegen Verhütungsmittel zustande gekommen.

In der Leitung tutete es ganze zwei Mal. „Ja?“ – meldete sich eine Stimme. Sie hatte Glück. Es war Hasselblatt persönlich.

„Hier ist Corinna. Kannst du mir erklären ...“

„Jajajaja“, knatterte es ihr prompt entgegen, als hätte Hasselblatt die ganze Zeit schon auf diesen Anruf gewartet. „Lass uns nachher im Büro reden.“

„Aber ...“

„Nachher im Büro.“

„Kannst du dir vielleicht vorstellen, dass mich die Sache so brennend interessiert, dass ich nicht noch ...“

„Nachher im Büro“, wiederholte Hasselblatt und hängte ein.

Nachher im Büro! Nachher im Büro! Bis dahin waren es noch zwei Stunden! Wie sollte sie die herumbringen?

Es wurden die zwei längsten Stunden ihres Lebens. Zeitweise staute sich dabei so viel Wut in ihr auf, dass ihr Phantasien in den Kopf schossen, wie sie Hasselblatt einen Gardistensäbel in den Wanst stieß und dann langsam und genüsslich am Griff drehte.

Erst viertel nach Zehn kam Hasselblatt endlich in die Redaktion gewalzt. Corinna dagegen war schon um 9.45 Uhr eingetroffen. Sie hatte tatsächlich gedacht, ihr Redaktionsleiter würde sich bequemen, ein wenig früher zu erscheinen, um sich in Ruhe seiner aufgebrachten Mitarbeiterin widmen zu können. Eine idiotische Vorstellung, wofür sie sich im Nachhinein verfluchte.

Sie erwartete ihn vor seinem Kabuff. Er nickte ihr zur Begrüßung nur kurz zu, schlurfte seelenruhig an ihr vorbei, schloss die Tür auf und trat ein. Sie folgte ihm. Breit plumpste sein Gesäß in den bereit stehenden Ledersessel, sie nahm vor ihm Platz.

Hasselblatt kämmte sich mit der Linken seine verschwitzte Tolle aus der Stirn, zog Sessel und Gesäß an seinen Schreibtisch heran und setzte seine Chefchen-Miene auf. Überflüssig zu sagen, dass er schon wieder heftig transpirierte.

„Wir mussten deinen Aufmacher wieder rausnehmen“, begann er.

„Hab' ich gemerkt“, antwortete Corinna gereizt.

„Spar dir deinen Sarkasmus. Dieser Doktor kam gestern abend in die Redaktion gestiefelt…“

„Ziehlke?“ fragte Corinna ungläubig.

„…und hatte diesen Staranwalt dabei. Um es kurz zu machen: Andreas Runze ist noch gestern Abend wieder auf freien Fuß gesetzt worden, jeder Verdacht gegen ihn ist fallengelassen worden.“

„Wie bitte?“

„Ohnehin hatte dein Freund von der Polizei in der Sache ohne Kenntnis der Staatsanwaltschaft ermittelt und wird deswegen noch einigen Ärger kriegen.“

„Das kann doch nicht sein!“, rief Corinna.

„Runze hat für dieTatzeit mittlerweile ein absolut wasserdichtes Alibi.“

„Das ist doch lächerlich. Warum ist er denn dann vor der Polizei geflüchtet?“

„Er hatte die Nerven verloren. Tatsächlich war er an dem Abend, an dem Karl Kemmling starb, total betrunken und konnte sich an nichts erinnern. Daher hielt er es selbst für möglich, der Täter zu sein und hat es mit der Angst zu tun bekommen, als die Polizei bei ihm aufkreuzte. Mittlerweile liegen aber Zeugenaussagen vor, die zweifelsfrei belegen, dass

Runze nicht zur Tatzeit am Rhein gewesen sein kann, um Kemmling zu töten."

„Und der Unfall von diesem Hunslicker?"

„Gibt es erst recht keine Hinweise für."

„Und dass Runze versucht hat, mich umzubringen? Immerhin vor rund einer halben Million Zeugen?"

„Dieser Ziehlke und sein Rechtsverdreher sagen, er habe dich lediglich zur Rede stellen wollen, und du bist weggelaufen. Da hat er noch mehr Panik gekriegt und ist aus lauter Verzweiflung hinter dir her, außerdem war er auch dabei total betrunken."

„Aber er hat diesem Neandertaler fast den Schädel eingeschlagen!"

„Da wird er sich in der Tat wegen Körperverletzung zu rechtfertigen haben. Ziehlke und der Anwalt gehen aber davon aus, dass Runze eine angemessene Geldbuße akzeptieren und dem Neandertaler Schmerzensgeld zahlen wird." Hasselblatt rieb mit dem Daumen Zeige- und Mittelfingerkuppen und glaubte irgendwie, das sei komisch.

„Das ist doch lächerlich!" Corinna schnappte nach Luft.

„Schrei hier bitte nicht rum. Ich nehm dir die Sache nicht übel, schließlich bist du nur Opfer deines Eifers geworden. Du hast dich verrannt, das kann einem engagierten Journalisten schon mal passieren."

„Zu gütig", zischte Corinna. „Aber so kommst du mir nicht davon."

„Was soll das heißen?"

„Das soll heißen, dass dieses Schwein Runze mindestens einen Menschen umgebracht hat und ich ihn dafür drankriege. Wenn nicht in deinem Provinzblatt, dann eben woanders."

„Corinna, säg nicht den Ast ab, auf dem du sitzt. Ich geb dir für heute frei, damit du deine Nerven wieder in den Griff kriegst, okay?"

„Gar nichts ist okay. Ziehlke hat dir gedroht, dass kein Mitglied und kein Freund der Kurfürstengarde jemals wieder eine Anzeige bei uns schaltet, wenn nur ein Wort von der ganzen Sache bei uns in der Zeitung steht, stimmt's?"

Hasselblatt schaute betreten, behielt aber jeden Muskel in seinem Gesicht unter Kontrolle.

„Und du hast daraufhin klein beigegeben und hilfst, einen Mord zu vertuschen, du komischer Heiliger. Wirst du lange beten müssen, bis dir der liebe Gott das verziehen hat", setzte Corinna noch einen drauf.

„Red dich nicht um Kopf und Kragen und geh jetzt lieber. Schönen freien Tag noch."

Wutschnaubend verließ Corinna die Redaktion. Sie bekam Bauchweh bei der Vorstellung, wie Hasselblatt jetzt vor Selbstzufriedenheit vor sich hin schwitzte, in der festen Überzeugung, wieder einmal alles richtig gemacht zu haben. Durch souveränes, konzentriertes Nichtstun. Wegen ihrer Beschimpfungen hatte sie nicht einmal etwas zu befürchten, denn in seiner Zufriedenheit würde er bestimmt sogar auch das schnell vergessen. Und am Ende sogar für sie beten, auf dass sie wieder auf den rechten Weg fand. Sie stellte sich vor, wie er in seinem ehelichen Schlafzimmer vor seinem Bett kniete, in einem korrekt zugeknöpften Pyjama, in seiner ganzen frömmelnden Selbstgefälligkeit, und wie er betete und dabei schwitzte. Schon allein dieses Bild vor Augen trieb sie an, nicht aufzugeben. Auf gar keinen Fall.

Ausnahmsweise hatte Corinna mal Glück. Als sie vor dem Polizeipräsidium am Valenciaplatz aufmarschierte, erblickte sie Koffer an der kleinen Tankstelle vor der Tiefgarage, an der Polizeibeamte ihre Dienstfahrzeuge auftankten. Koffer hatte die Tankpistole gerade erst in den Einfüllstutzen gerammt, konnte ihr also unmöglich noch schnell davonfahren.

Als sie auf ihn zustapfte, versuchte er zunächst, sie einfach nicht zur Kenntnis zu nehmen. Ziemlich blödsinnig.

„Bruno!", rief sie, als sie noch fünf Meter von ihm entfernt war. Sie hatte erst überlegen müssen, wie er mit Vornamen hieß.

Widerwillig wandte Koffer sich ihr zu.

„Wie konnte das passieren!", fragte sie ihn direkt.

Koffer zuckte die Achseln.

„Schuldiger kann sich ein Mordverdächtiger doch gar nicht benehmen. Wie kann es sein, dass man ihn wieder freilässt?", fuhr Corinna ihn an.

„Wie du siehst, kann das durchaus sein." Koffer bemühte sich um einen betont ruhigen Tonfall. „Für Kemmlings Todestag hat er ein Alibi und wegen Hunslicker können wir erst Recht nichts beweisen." Er sagte „Todestag" und nicht etwa „Mordnacht". Er hatte sich von einem „Mordfall" also bereits verabschiedet.

„Und was ist das für ein geniales Alibi?"

„Ich muss dir wohl nicht sagen, dass ich dir das eigentlich nicht sagen dürfte, aber so, wie ich mich wegen dir in die Scheiße geritten habe, kommt es darauf jetzt auch nicht mehr an. Den ersten Anschiss von Henn habe ich bereits hinter mir. Zurzeit wird er wohl gerade seine Drähte glühen lassen, damit es noch ein paar mehr werden."

„Zu gütig, dass du mich trotzdem in deine Geheimnisse einweihst", versuchte Corinna sich in Ironie. „Also, lass' hören."

„Seine Frau kann bezeugen, dass Runze am besagten Montagabend zu Hause war. Er kann es zwar selbst nicht bezeugen, weil er sternhagelvoll auf dem Teppich seines Wohnzimmers lag. Daher ist er auch ausgerastet, als ich bei ihm auftauchte. Er war sich selbst nicht sicher, ob er nicht vielleicht in seinem Suff doch an den Rhein gefahren ist und den alten Kemmling ins Wasser geschubst hat. Aber seine Frau ist sicher. Und die war nüchtern. So einfach ist das."

„Aber das ist doch wohl der lächerlichste Mist, den ich je gehört habe", polterte Corinna wütend los. „Die eigene Ehefrau als Entlastungszeuge, damit kommt man doch vor keinem Gericht der Welt durch."

„Es gibt nicht nur ihre Aussage. Noch jemand kann bestätigen, dass Runze sternhagelvoll auf dem Fußboden im Wohnzimmer seines Hauses lag."

„Und wer?"

„Sabrina Runzes Liebhaber."

„Das ist doch nicht wahr."

„Doch. Sie hat sich mit einem anderen Mann vergnügt, als ihr Alter out of order war. Und eine Frau, die zugibt, dass sie untreu war, um ihren Mann zu entlasten, der muss man doch glauben, oder? Noch wichtiger aber ist, dass auch ihr Lover bereit ist zu schwören, Runze habe das Haus den ganzen Abend über nicht verlassen. Warum sollte ein Nebenbuhler seinem Rivalen ein falsches Alibi verschaffen?"

„Und du glaubst den Scheiß?"

Koffer zuckte die Achseln. Die Zahlen auf der Tanksäule hörten auf sich zu drehen. Koffer zog die Zapfpistole aus dem Wagen.

„Dieser Liebhaber, der ist nicht zufällig auch bei der Kurfürstengarde?", hakte Corinna noch einmal nach.

„Noch nicht einmal das", antwortete Koffer. „Ein gewisser Ferdinand Köpp. Ein junger Musikstudent aus der Nachbarschaft. Hat mit Runze nichts zu tun. Dafür wohl umso mehr mit seiner Frau."

Koffer öffnete die Fahrertür seines Wagens und wollte einsteigen, als Corinna ihn noch einmal am Arm packte.

„Und damit hat sich für dich das Ganze erledigt?"

Koffer wich ihrem Blick aus.

„Was ist mit Hunslicker und seinem Autounfall?"

„Was soll sein? Wir haben keinerlei Indizien gefunden. Wir wissen ja nicht einmal, ob Runze und Hunslicker an diesem Sonntagvormittag überhaupt aufeinander getroffen sind."

„Aber denk' doch mal nach: Angenommen, es war so, dass Hunslicker Runze irgendwo angesprochen hat. Er hat ihm ein paar unschöne Dinge ins Gesicht gesagt, ihm vielleicht sogar verraten, was wir schon alles herausgefunden hatten. Daraufhin gingen bei Runze die Alarmglocken an, er merkte, der Alte war mit dem, was er wusste, nicht ungefährlich."

Corinna redete immer schneller. Sie durfte Koffer nicht davonfahren lassen. Er musste ihr weiter helfen, allein würde sie in der Szene nichts mehr ermitteln können. Ziehlke, Henn und die ganze Plage hatten mittlerweile bestimmt alle vor ihr gewarnt. „Er hat ihn dann, wahrscheinlich zusammen mit ein paar Gefolgsleuten auf die Seite gezogen und erst einmal ruhig gestellt. Dann haben sie ihm Alkohol eingeflößt. Also – wie ging es dann weiter?“ Aufgeregt kombinierte sie vor sich hin, während Koffer sie fast mitleidig ansah. „Wie kam Hunslicker in seinen Wagen? Woher wussten sie, dass er einen hatte?“, fragte sie mehr sich als Koffer.

Und fand tatsächlich, trotz des Zeitdrucks, eine Antwort.

„Sie haben vermutlich seine Sachen durchsucht, die Fahrzeugpapiere und die Schlüssel gefunden und einen Parkschein von dem Parkhaus, wo er seinen Wagen abgestellt hatte – das ist es.“ Sie machte noch einmal eine kurze Pause, um den Gedanken weiter zu spinnen.

„Hunslicker war am Bahnhof abgestiegen, also hatte er höchstwahrscheinlich im City-Port geparkt. Dort haben Runze und seine Helfershelfer den Wagen geholt. Hunslicker haben Sie bestimmt erst auf der Rheinhessenstraße in den Wagen gesetzt. Und ihn dann blau losfahren lassen. Dann haben sie ihn verfolgt und ihn terrorisiert, bis er seinen Wagen so hochjagte, dass er ihn nicht mehr auf der Landstraße halten konnte, nicht in seinem Zustand. So oder ähnlich war’s.“

Koffer drehte sich genervt weg, doch sie riss ihn am Arm, zwang ihn, sie wieder anzusehen.

„Diese Parkhäuser haben doch alle Videoüberwachung. Ihr müsst euch die Bänder vom Sonntag ansehen. Wenn wir Runze darauf erwischen, wie er sich mit seinen Handlangern in Hunslickers Wagen setzt, haben wir ihn.“

Erwartungsfroh sah sie Koffer an. Ihre Theorie war doch schlüssig, einleuchtend, genial. Die konnte er doch nicht einfach als Spinnerei abtun, oder?

„Ich werde darüber nachdenken“, sagte Koffer.

„Nicht nur drüber nachdenken, du musst was tun. Fahr’ zum City-Port, check’ die Bänder, glaub’ mir, ich habe Recht. Bitte. Was fuhr Hunslicker für einen Wagen?“

„Einen grünen Peugeot. Mit Straßburger Nummer.“ So ein bisschen schien Koffer ins Grübeln zu kommen. „Mal sehen“, meinte er dann aber nur, setzte sich in seinen Dienstwagen und fuhr los.

Corinna sah ihm nach, Tränen der Wut in den Augen. Was konnte sie jetzt noch tun außer warten?

Und einmal mehr kam sie doch noch auf eine Idee.

Der Satz war in diesem Haus noch nie gefallen. Corinna war es nicht gewohnt, vertrauliche oder generell ernsthafte Gespräche mit ihrem Vater zu führen. Dafür war immer ihre Mutter zuständig gewesen, wenigstens bis in Corinnas pubertäre Rebellenzeit hinein.

Ihren Vater hatte sie niemals als Ratgeber gebraucht, er war schon, als sie gerade laufen gelernt hatte, allenfalls dafür geeignet gewesen, einen abgerissenen Puppenkopf wieder auf den dazu gehörenden Hals zu montieren, und selbst dafür hatte der massige Bäckermeister viel zu wurstige Finger gehabt. Jedenfalls waren die Puppen, die er repariert hatte, bald wieder kopflos gewesen.

Daher fühlte sich Corinna sehr merkwürdig, als sie sagte: „Papa, ich muss mit dir sprechen."

Erschrocken blickte der alte Uhl erst einmal seine Frau an. Dann nickte er Corinna zu, mehr Sorge als Neugierde im Blick.

Corinna ließ sich noch einen Moment lang von Erinnerungen ablenken, wie sie früher, als sie noch Windeln trug, ihren Vater um den Finger wickeln konnte. Ein Augenaufschlag, Strahlen und Grübchen zeigen, und schon hatte das kleine Prinzesschen alles von dem dicken Mann haben können. Vermutlich war es in dieser Zeit gewesen, als ihre Mutter es aufgegeben hatte, ihren Mann in Verbots- oder Strafaktionen gegen die Tochter einzubinden.

Jetzt aber standen sich in einem riesigen Wohnzimmer zwei Menschen gegenüber, die seit 38 Jahren Vater und Tochter waren, und keiner wusste, wie er ein vertrauliches Gespräch mit dem anderen anfangen sollte.

„Lass' uns erst einmal hinsetzen", begann Corinna, um irgendwie zu beginnen. Ihr Vater zuckte die Schultern und pflanzte sich auf das Dreier-Sofa vor dem Panoramafenster. Corinna nahm auf dem Sessel Platz.

„Soll ich euch allein lassen?", fragte Corinnas Mutter ebenso höflich und unsinnig.

„Ich bitte dich, es geht doch um nichts, was du nicht wissen darfst", sagte Corinna, holte noch einmal Luft, drehte sich dann zu ihrem Vater und versuchte, ihm so fest sie konnte in die Augen zu sehen.

„Papa, ich habe mich in den vergangenen Tagen mal mit dem Tod deines Freundes Karl Kemmling befasst – und dabei Einiges festgestellt, was nicht zusammenpasst", sprach sie an.

Sie wartete auf eine Reaktion. Sie hatte auf ein erstauntes „Ja, mein Gott, was denn?“ gehofft oder irgend etwas sonst, dass sie zum Weiterreden ermunterte. Es kam aber nichts.

Also erzählte sie einfach drauflos. Von der versäumten Obduktion, von ihren Treffen mit Hunslicker, davon, dass sie erfahren hatte, was auf der „Nachsitzung“ der Kurfürstengarde zwischen ihm, Kemmling und Runze vorgefallen war, von Hunslickers Unfall, von Runzes Angriff auf sie, von Runzes Verhaftung und Wieder-Freilassung. Doch sie hatte während der ganzen Zeit das Gefühl, auf eine Marmorbüste einzureden.

Als sie fertig war, wurde es erst einmal still. Ganz still. Nur der Atem ihres Vaters war zu hören. Corinna schaute kurz zu ihrer Mutter, die während der Erzählung mitten im Zimmer stehen geblieben und erstarrt war.

Endlich erhob sich ihr Vater. Er stapfte zum Panoramafenster, verschränkte langsam die Arme auf dem Rücken. „Und warum kommst du damit zu mir?“, fragte er, während er aus dem Fenster starrte.

„Kannst du dir das nicht denken?“, wunderte sich Corinna. „Du musst mir helfen. Beziehungsweise: Du musst deinem Freund Karl helfen. Er ist ermordet worden, und das versucht dieser Kurfürstengardenverein zu vertuschen. Jemand muss das verhindern, jemand, der den entsprechenden Einfluss bei den maßgeblichen Leuten hat, jemand, der dafür sorgen kann, dass die Sache korrekt untersucht wird. Dann nämlich wäre die Bande schnell überführt. Dieser jemand musst du sein.“

Der Alte schwieg lange. Dann holte er tief Luft, viel zu tief, um das Wenige zu sagen, was er sagen wollte.

„Niemand kann Karl wieder lebendig machen. Also lass’ mich in Ruh’.“

Corinna war entsetzt. Lief sie denn nur noch gegen Mauern?

„Aber Papa!“, rief sie. „Du kannst doch nicht zulassen, dass die Schweine ungeschoren davon kommen!“

„Du verstehst das nicht“, gab der alte Uhl tonlos zurück.

„Ach? Wenn ich das nicht verstehe, dann erklär’s mir doch bitte. Ich bin schließlich deine Tochter, und ich würde gern wissen, weshalb mein Vater nicht möchte, dass die Mörder seines besten Freundes ihre gerechte Strafe bekommen. Das darf doch nicht wahr sein.“ Hilfe suchend wandte sich Corinna an ihre Mutter, doch diese schaute nur besorgt in Richtung ihres Vaters.

Der Alte wand sich einen Moment, blieb aber stumm. Corinna glaubte schon, er würde solange stumm bleiben, bis sie resignierte und ging. Sie wollte sich gerade erheben, als er sich doch noch besann.

„Wenn ich tatsächlich dafür sorge, dass gegen den jungen Runze ermittelt wird, dann sieht es doch so aus, als führe ich einen Privatkrieg gegen die Familie", stammelte er. „Du weißt doch jetzt, was mit dem alten Runze passiert ist. Meinst du, das geht mir nicht bis heute nach? Ich hätte deswegen keine Gewissensbisse, keine Albträume gehabt? Zugegeben, der alte Runze war und ist ein Arschloch, und sein Sohn ist auch eines – aber ich habe doch nicht gewollt, dass ihn der Schlag trifft, ich wollte doch nur Fastnacht machen. Und jetzt soll ich dafür sorgen, dass sein Sohn hinter Gitter kommt?"

„Du sollst ihm nichts anhängen, du sollst dich nur für eine ordentliche Untersuchung einsetzen", hielt Corinna dagegen. „Um deines besten Freundes willen. Und überhaupt: Wenn dir die Sache bis heute so nachgeht, wieso bist du damals wieder in die Bütt gegangen? Karl Kemmling war der mit den Gewissensbissen, und er hätte sich auch für den Rest seines Lebens verkrochen, wenn du ihn mit deinem Geld nicht wieder aus seinem Loch gelockt hättest. Jetzt ist er tot."

„Corinna!", empörte sich ihre Mutter, die bis jetzt schweigend zugehört hatte.

„Ich sage doch, dass du es nicht verstehst", zischte der alte Uhl. Er drehte sich vom Fenster weg, sah sie an. „Natürlich hatte und habe ich Gewissensbisse, verdammt nochmal! Aber ich brauche eben auch meine Fastnacht!"

Er sah das Unverständnis in den Augen seiner Tochter und fuhr fort, als ob er sich entschuldigen müsse. „Ich brauche die Bütt, den Beifall, den Tusch! Ta-taa, ta-taa, ta-taa! Ich weiß doch, wie lächerlich ihr Studierten das findet. Für euch sind wir nur ein paar Spießbürger, die sich ungeheuer komisch vorkommen, wenn sie einmal im Jahr die Blödmänner markieren, mit ihren jämmerlichen Vierzeilern und ihren Pappnasen. Humtata-Humor ist das für euch, Humtata-Humor und Dicke-Backen-Musik, so drückt ihr euch doch aus. Was Fastnacht aber wirklich bedeutet, tief innen drin, davon begreift ihr nichts. Nichts. Ich verrat' dir was, mein Kind: Wer sich auf die Fassenacht nicht versteht, der versteht sich auch nicht aufs Leben." Charly Uhl wandte sich wieder von seiner Tochter ab und guckte zum Fenster hinaus.

Corinna trat zu ihm, packte ihn an den Armen und drehte ihn wieder zu sich. Es konnte doch nicht sein, dass er sie mit diesem Geschwätz abwimmeln wollte.

Doch dann sah sie es: Da war noch etwas Anderes in seinem Gesicht. Da war nicht nur Verärgerung und Verwirrung, da war auch – Furcht.

Eine leise Ahnung beschlich Corinna. „Dieser Primm hat mir erzählt, an diesem Sonntag, an dem das Theater mit Runze war, hast du zuerst gedroht, den Arsch zu verklagen“, flüsterte sie ihrem Alten zu. „Dann wärst du aber mit Ziehlke einen Moment verschwunden und hättest anschließend plötzlich Ruhe gegeben. Was hat Ziehlke dir gesagt, als du mit ihm alleine warst?“

Der alte Uhl presste die Lippen zusammen und wich ihrem Blick aus.

„Haben sie dich bedroht? Oder haben sie dich irgendwie in der Hand?“, bohrte Corinna.

Der Alte sagte nichts. Corinna blickte ihn weiter an, fordernd. Bis ihre Mutter sie sanft an den Armen fasste.

„Kind, bitte, lass’ ihn jetzt. Es führt zu nichts. Dein Vater möchte, dass Karl in Frieden ruht, also respektiere das.“

Sie schob ihre Tochter sanft Richtung Tür. Corinna konnte nicht glauben, was hier geschah: Zum ersten Mal in ihrem Leben wurde sie aus ihrem Elternhaus geworfen.

„Bitte, unternimm’ nichts mehr in der Sache, versprich es mir, ja?“, meinte ihre Mutter ihr noch, als sie in der Tür standen.

Corinna sah in ihr Gesicht – und war entsetzt, wie viel Angst, aber auch, wie viel Leid sie darin fand.

Primm wohnte in einem der Mehrfamilienhäuser der Mainzer Neustadt, das seit den 60er Jahren keine Renovierung mehr erlebt hatte. Jemand kam gerade aus dem Haupteingang, als Corinna ankam, daher konnte sie hineinschlüpfen und musste erst an der Wohnungstür klingeln. Das war ihr auch lieber, als sich erst über Gegensprechanlage melden zu müssen. So musste Primm ihr öffnen und ihr ins Gesicht schauen. Das war vielleicht von Nutzen, wenn sie ihn überzeugen wollte.

Er wohnte im vierten Stock, es gab natürlich keinen Aufzug. Die Treppendielen knarrten so laut, dass an den Wohnungstüren eigentlich kein Klingeln mehr notwendig war – bei diesem Lärm kündigte sich jeder Besucher schon von weitem an.

Primms Wohnungstür aber war immer noch geschlossen, als sie davorstand. Sie klingelte zwei Mal, drei Mal. Noch immer öffnete niemand, doch war deutlich das Getrappel nackter Füße aus der Wohnung zu hören.

Als sie ein weiteres Mal klingelte und den Finger extra ein wenig länger auf dem Drücker ließ, erschallte endlich das genervte „Ja, ja“ einer Frauenstimme. Durch das Milchglas der Wohnungstür machte Corinna etwas Schweres, fast Bedrohliches aus, das sich auf die Tür zubewegte.

„Lass es gut sein, Gazellchen, Papa macht schon auf“, krähte plötzlich ein helles Männerorgan. Primm, eindeutig.

Die Tür öffnete sich. Primm blickte erst erstaunt, dann unangenehm berührt heraus. „Uhlchen“, murmelte er.

„Hallo, Ludwig“, grüßte sie kurz, nachdem sie zuvor lange überlegt hatte, wie er eigentlich mit Vornamen hieß. Sie wollte ihn so oft wie möglich damit ansprechen, dies, hatte sie mal gelesen, schaffte Vertrauen. „Ich hoffe, ich störe nicht.“

„Ehrlich gesagt, du störst schon“, sagte Primm prompt. Warum mussten diese Mainzer Schlappmäuler immer so entwaffnend ehrlich sein, dachte Corinna.

„Es ist aber wichtig“, beharrte sie, „es geht um die Sache, über die wir am Samstag geredet haben. Über die Nachsitzung bei der Kurfürstengarde. Über das, was zwischen dem Kemmling und dem Runze vorgefallen ist.“

Primms Nasenflügel zuckten argwöhnisch.

„Würdest du das, so wie du es mir erzählt hast, auch bei der Polizei wiederholen?“, fragte Corinna. „Das wäre wirklich wichtig.“ Als nächstes wollte sie ihm beibringen, dass er mit ihr nach Wiesbaden fahren musste.

Denn in ihrer Verzweiflung hatte sie kurzerhand ihren Plan, ihre gesammelte Erkenntnisse vor der Polizei der anderen Rheinseite auszubreiten, wieder ausgegraben. Sie wollte jedoch nicht einfach so in Wiesbaden aufkreuzen, mit nichts als einer langen Geschichte, auf die hin die Wiesbadener Kripo-Beamten einen Anruf bei ihren Kollegen in Mainz machten, welche Corinna Uhl sofort als verrückte Zeitungstante diffamieren würden. Nein, sie wollte mit etwas Handfestem die Schiersteiner Brücke überqueren, mit einem echten Belastungszeugen.

Wie Primm aber dreinschaute, stimmte sie nicht gerade optimistisch.

„Na sag mal, Mädchen, willst du uns alle in Teufels Küche bringen?“, fragte er altväterlich.

„Ludwig“, Corinna verfiel erneut und anbiedernd in den Dialekt, den sie nicht beherrschte, „du bist ein Fastnachter. Der alte Kemmling war Fastnachter. Du bist ihm schuldig, dass ihm Gerechtigkeit widerfährt.“

Das war selbst für Primm zu platt. „Ein Scheißdreck bin ich!“, erklärte er.

Hinter ihm lukte plötzlich das weibliche Ungetüm hervor, das er vorhin mit „Gazellchen“ angeredet hatte.

Ihr Make-up war verschmiert, ihr dunkles Haar kräuselte sich elektrisiert vom Kopf weg, auch sonst sah sie aus, als hätte sie gerade einen schweren Auffahrunfall überlebt. Sie trug ein weites XXL-Herrenhemd, das in ihrem Fall aber als figurbetonend durchging. An den beiden Haxen, die unter dem kurzen Hemd auf die Erde zustempelten, hätte sich eine fünfköpfige Familie eine Woche lang sattessen können.

„Ich komme gleich, Prinzessin“, flötete Primm dem Koloss zu. „Der Kaffee läuft auch schon durch.“

Zu Corinna gewandt, hob er wie entschuldigend Schultern und Augenbrauen.

„Mensch, Ludwig, du kannst mich doch nicht hängen lassen“, maulte Corinna. Warum hatte ihre Mutter ihr bloß nie beigebracht, vernünftig Dialekt zu reden?

„Mädchen“, flüsterte Primm, „schau mal, ich habe am Samstag etwas blöde daher geredet. Ich gebe es auch zu. Du glaubst doch nicht im Ernst, dass Runze einen alten Mann in den Rhein wirft, nur weil er im Suff gesagt hat, dass er ihn umbringen will. Wenn ich jeden, zu dem ich das irgendwann einmal gesagt habe, tatsächlich umgebracht hätte, hätte Mainz jetzt nicht viel mehr Einwohner als Sörgenloch.“ Sörgenloch war eine 2000-Seelen-Gemeinde in Rheinhessen. „Du kannst mich deswegen doch nicht allen Ernstes zur Polizei schleppen wollen. Lass es gut sein“, schloss er.

Corinna blickte ihn an. Langsam dämmerte ihr, was geschehen war. In den vergangenen beiden Tagen hatten ein paar Herrschaften der Kurfürstengarde Primm in ihre Mitte genommen, ihn vielleicht sogar an ihrem Stammtisch in ihrem Stammlokal sitzen lassen, wo sie ihm ihre Wertschätzung versicherten und ihm sagten, dass man gedenke, ihn aufgrund seiner langjährigen Verdienste für den Verein zum Ehrenkomiteeter zu machen oder ihm eine Ehrennadel anzupinnen oder einen Silberbecher nachzuschmeißen, überhaupt müsse man künftig viel intensiver in Kontakt bleiben, auch das Jahr über, und wie es ihm denn sonst eigentlich so gehe, beruflich und privat, und, natürlich, in der Sache mit seinen überfälligen Kreditrückzahlungen könne man selbstverständlich was für ihn tun, schließlich habe man gute Kontakte zur Bank, was wäre man denn sonst für ein Vereinsvorstand, und überhaupt, wo käme man denn hin, wenn Fassenachter nicht zusammenhielten. So etwa in der Art. Vermutlich waren es sogar diese Herrschaften gewesen, die Primm mit „Gazellche“ bekannt gemacht hatten.

Auf jeden Fall, sah Corinna ein, war es überflüssig, dieses Gespräch fortzuführen. „Alles klar, Ludwich“, sagte sie nur noch.

„Alles klar“, gab Primm zurück. „Und im Übrigen: Ich heiße Bernd mit Vornamen.“

Da sie ohnehin schon in der Neustadt war, wollte Corinna die Gelegenheit nutzen, bei Iris vorbeizusehen. Vielleicht wusste die Freundin noch einen Weg, der zu gehen war. Vor allem wollte sie sich mit einer Seelenverwandten über diesen Primm auslassen. Denn es war doch ungeheuerlich: Die Drahtzieher dieser närrischen Mafia dirigierten ihren Marionetten einfach ein wenig Sexualspielzeug in die Hände, um sie sich gefügig zu machen – und kamen damit auch noch durch. Denn was sie eben noch als Möglichkeit in Erwägung gezogen hatte, erklärte sie sich nun in ihrer Rage kurzerhand zur Gewissheit: „Gazellchen" war Primm von Henn, Runze, Ziehlke und Konsorten in die Arme gespielt worden, auf dass er vergesse, was er gesehen und gehört hatte. Und dieser Primm ließ dies mit sich machen, durchschaute es vielleicht sogar, nahm aber, möglicherweise angesichts seines prekären sexuellen Notstands, die schwergewichtige Gabe dankbar an. Hatte dieser Mensch denn überhaupt kein Gewissen?

Im nächsten Moment jedoch fuhr es Corinna wie ein Blitz ins Hirn: Wenn diese Brüder so mit Primm verfuhren – konnten sie es da nicht mit ihr auf die gleiche Weise versucht haben?

ER!

Corinna begann zu zittern, erst vor Wut, dann immer stärker vor Schmerz. ER – konnte es sein, dass ER ihr „Gazellchen" gewesen war? Ein von der närrischen Mafia gedungener Lustknabe, mit dem Auftrag, sie von ihren Recherchen abzubringen, vom rechten Weg, vom Pfad der Tugend?

Entsetzt jagte Corinna sich noch einmal ihre Begegnungen mit IHM durch den Kopf. ER war am Donnerstag mit ihr zusammengestoßen, er war ihr – jetzt erst erkannte sie die Symbolträchtigkeit – in die Arme gewirbelt worden von einer Horde Hexen! Einen Tag, nachdem sie Henn und Ziehlke mit ihren Fragen zu Kemmling unangenehm aufgefallen war. Beide hatten sich noch am Mittwoch bei ihrem Vater über sie beschwert. Corinna klangen die Herrengespräche, die zwischen Henn, Ziehlke und welchen Informanten und Mitwissern auch immer geführt worden sein konnten, förmlich in den Ohren: „Die komische Uhl nervt mit ihrem blöden Gerede. Was ist denn das für eine?" – „Ach, so eine Zeitungstante, vor der jeder Kerl wegrennt." – „Jedenfalls spinnt die ganz schön rum." – „Ist doch gar kein Problem. Die braucht nur mal wieder einen Kerl im Bett, damit sie auf andere Gedanken kommt." – „Wenn das alles ist; lässt sich einrichten." – „Na dann. Hauptsache, wir haben wieder unsere Ruhe."

Und dann setzten sie noch am selben Abend IHN auf sie an. Einen armen, aber gutaussehenden Musiker, der vermutlich in der Schuld dieser närrischen Mafia stand. Sie inszenierten für ihn die Szene mit Hexen, er lenkte sie zum Altweiberball. Dort setzte er wohl darauf, dass der Captain ihm die Arbeit abnehmen würde und er sich sein Geld ohne Körpereinsatz einstreichen konnte. Wahrscheinlich aber bekam er dann mit, wie blutig der Raumschiffkommandant bei seinem Unterfangen scheiterte. Daher unternahm ER am Freitag, bevor sie zu Graf ging, einen zweiten Anlauf. Sie hatte ihn nicht zufällig vor ihrer Haustür getroffen, ER hatte dort auf sie gewartet. Am Samstag, bei der Ballhalla, hatte ER dann endgültig zur Tat schreiten wollen, doch kam Frau Feldmann ihm in die Quere. Am Sonntag schließlich war er bei ihr Zuhause aufgekreuzt, um sie davon abzulenken, Hunslickers Unfall zu recherchieren. Sie hatte ihn jedoch stehen gelassen. Seitdem hatte ER sich jedoch nicht mehr bei ihr gemeldet – und das nicht etwa, weil er beleidigt war, sondern weil seine Dienste nicht mehr gefragt waren, nachdem es beim Rosenmontagszug zu dem Eklat mit Runze gekommen war!

Es passte alles zusammen! Vor allem war Corinna jetzt auch klar, weshalb er immer so getan hatte, als sei er total fasziniert von ihr, obwohl sie ihm gegenüber immer nur Gestammel zum Besten gegeben hatte.

Alles war so einleuchtend – und tat so weh.

Corinna blieb einen Moment stehen, um ihre Nerven wieder in den Griff zu kriegen. Dann setzte sie ihren Weg fort, festeren Schrittes denn je. Jetzt, wo ihr auch diese Illusion genommen war, würde sie nur noch unbarmherziger ihren Kampf zu Ende führen, entschloss sie sich. Was sie nicht umbrachte, sollte sie nur noch härter machen. Durfte sie im Nachhinein nicht stolz sein, mit diesem Typen nicht im Bett gelandet zu sein?

Einige Augenblicke brannte sie darauf, auch diese neue Einsicht Iris mitzuteilen. Dann aber entschied sie sich, sich damit noch zurück zu halten. Schließlich war es bislang nur eine – wenn auch stichhaltige – Theorie. Mit Iris wollte sie zunächst einmal nur die Fakten erörtern. Und eine Möglichkeit finden, den Fall doch noch zu lösen.

Doch selbst bei Iris hatte Corinna plötzlich das Gefühl, nicht mehr willkommen zu sein. Wie schlimm konnte es noch kommen? Wenigstens erklärte sich die beste Freundin bereit, ihr eine Tasse Tee zu kochen. Allerdings nur widerwillig, wie deutlich zu spüren war.

Iris – es war wirklich nicht zu fassen – hatte Herrenbesuch. Eigentlich kein Grund für die beste Freundin, Corinna nicht mit offenen Armen zu empfangen. Denn in Iris' Weltbild waren Kerle jederzeit besten Freundinnen nachzuordnen, jedenfalls war es bislang immer so gewesen. Außerdem war es doch nur Konstantin. Ein Nachbar. Ein verschreckter Student des Maschinenbaus von ausschließlich mathematisch strukturierter Intelligenz. Ein hochgewachsener und schlanker Jüngling, der auch ganz gut hätte aussehen können, hätte er sein Äußeres ein wenig gepflegt. Insgesamt aber doch viel zu jung für Iris.

Corinna kamen Zweifel, als sie sich in die Küche setzte und bat, kurz mit Iris unter vier Augen reden zu können. Iris erfüllte ihr zwar den Wunsch, doch merkte Corinna sofort, dass sich die Freundin einfach nicht konzentrieren konnte. Immer wieder blickte sie Richtung Wohnzimmer, wo dieser Konstantin saß: bedauernd, um nicht zu sagen, leidend vor Verzicht. Hatte Iris tatsächlich vor, sich mit dem Knaben zu vergnügen, an diesem teils heiteren, teils wolkigen Fastnachtsdienstag? Gab sich am Ende wirklich jeder an den närrischen Feiertagen lasterhaften Ausschweifungen hin, nur Corinna Uhl nicht?

Um Iris' Aufmerksamkeit zu erlangen, bat Corinna sie, die Küchentür zu schließen, damit Konstantin erstens nicht mithören konnte und zweitens der Blickkontakt zwischen ihm und Iris unterbrochen war. Dann erzählte sie Iris, was mit ihrem Aufmacher geschehen war.

Sie hatte gehofft, Iris würde ebenso schnell mit Ratschlägen und Erklärungen aufwarten wie am Montagabend, als sie ihr von der Affäre ihrer Mutter berichtet hatte. Doch Iris präsentierte sich nun genauso sprach- und ratlos wie am Sonntagabend, als es Corinnas Vampir-Abenteuer und Hunslickers Unfall zu kommentieren gab.

Verzweifelt heckte Corinna einen allerletzten eigenen Plan aus.

„Wir müssen diese Verbrecher aus der Reserve locken", versuchte sie Iris zu begeistern.

„Wie denn?" Iris war anzusehen, dass ihr nichts Gutes schwante.

„Es gibt für die Bande nur noch einen Risikofaktor. Hunslicker. Wenn er wieder aufwacht und sich erinnert, was Runze und seine Kumpane mit ihm angestellt haben, sind sie dran. Zwar nicht wegen des Mordes an Kemmling, aber immerhin wegen des versuchten Mordes an Hunslicker. Ist doch auch ganz schön."

Iris verzog das Gesicht. „Ich glaube nicht, dass das hinhaut. Schon dass Hunslicker überhaupt noch einmal aufwacht, ist unwahrscheinlich. Und dass er sich an Einzelheiten erinnert, die sich vor seinem Unfall zugetragen haben, noch weniger. Nach einer so langen Bewusstlosigkeit bleiben fast immer Gedächtnislücken, außerdem hatten ihn die Kameraden deiner Theorie zufolge ja abgefüllt bis Oberkante Unterlippe, bevor sie ihn in sein Auto setzten. Wie soll er sich da erinnern?"

„Deswegen müssen wir bluffen. Wir sagen ihnen, Hunslicker wäre aufgewacht und hätte Runze belastet. Dann machen sie vielleicht einen entscheidenden Fehler. Wir haben ja gesehen, dass Runze schlechte Nerven hat." Corinna sprach eindringlich und gestenreich, doch Iris ließ sich einfach nicht mitreißen.

„Dieser Ziehlke und Runzes Frau werden jetzt aber besser aufpassen. Außerdem, wie soll das gehen? Wenn du bei denen auftauchst und ihnen diese Geschichte auftischst, werden sie sich locker zurücklehnen und sagen, dann warten wir mal, bis die Polizei vorbeikommt und dies bestätigt."

„Deswegen komm' ich ja zu dir. Du musst hingehen und dich als Polizistin ausgeben. Du steckst dir meinen Mini-Discplayer ein und zeichnest das Gespräch auf."

„Und dann lasse ich mich von diesem cholerischen Saufkopp totschlagen oder wie?", Iris lachte trocken.

„Nein, du musst dir natürlich einen Fluchtweg offen halten. Und ich bleibe in der Nähe. Wenn er sich verrät, ist jedenfalls alles klar." Corinna spürte bereits, dass sie die Freundin damit nicht gewinnen konnte. Aber sie wollte einfach nicht aufgeben.

„So, wie alles klar war, als er dich auf dem Domplatz vor allen Leuten abschlachten wollte? Weswegen sitzt er dann schon wieder dick und fett in seinem Eigenheim? Ich halte es für wahrscheinlicher, dass ich am Ende die wäre, die wegen Amtsanmaßung dran ist oder so. Nee, danke."

Corinna senkte den Kopf. Aus und vorbei. Iris fuhr ihr tröstend durchs Haar. „Sieh' doch endlich ein, dass du nichts mehr tun kannst. Vergiss' diesen ganzen Mist doch", versuchte Iris sie zu trösten. „Was kümmert dich diese ganze Narrenplage?"

Iris blickte verstohlen auf die geschlossene Küchentür. Aus dem Wohnzimmer war nichts zu hören. Wahrscheinlich hatte Iris Angst, Konstantin könnte langweilig werden und gehen. Im Moment blätterte er vermutlich noch ihre Biologiebücher durch.

Corinna sah ein, dass sie dem Glück ihrer besten Freundin nicht länger im Wege stehen konnte und ging. Jetzt war sie ganz allein. Endgültig.

In der Innenstadt hatte bereits die Kappenfahrt begonnen. Ein Auto-Korso, der sich hauptsächlich aus Mercedes- und BMW-Cabrios zusammensetzte. In ihnen saßen abermals die hohen Funktionäre der Fastnachtsvereine. Mit offenem Verdeck, die Augen mit teuren Sonnengläsern vernagelt, rollten sie am Fastnachtsdienstag ein weiteres Mal durch die Gassen, um das Rosenmontag übriggebliebene Naschwerk unters Volk zu jubeln. Da die Kappenfahrt naturgemäß nicht ganz so viele Messfremde anzog, wurde der Bonbon-Segen hauptsächlich den Kindern der Einheimischen zuteil.

Corinna betrachtete sich das Treiben ein wenig aus der Ferne, versuchte, sich in ihre Niederlage zu fügen. Iris, Primm, ihr Vater, Koffer – alle hatten sie im Stich gelassen.

Sie dachte an Hunslicker, der in seinem Bett auf der Intensivstation lag. Wie gerne hätte sie ihm die Zeitung mit ihrem Aufmacher ans Bett gebracht, sobald er wieder erwacht war. Er sollte sehen, dass die Mörder seines Freundes Karl entlarvt waren. Von ihr. Und nun? Das konnte, das durfte doch nicht alles gewesen sein. Es musste noch einen Weg geben!

Was hatte sie heute Morgen so brillant zusammenkombiniert, als sie versucht hatte, Koffer ein letztes Mal auf ihre Seite zu ziehen? Dass Runze und seine Helfershelfer Hunslickers Auto im City-Port abgeholt hatten? Dass er die Videoüberwachung dort checken sollte?

Der City-Port ... das war es!

Kurzentschlossen machte sie sich auf den Weg Richtung Bahnhof. Was sie genau im City-Port bewerkstelligen wollte, war ihr selbst nicht so ganz klar. Sie wollte sich beim Wachpersonal vorstellen, vorgeben, dass sie nach Kriminalkommissar Koffer suche und fragen, ob er denn schon hier gewesen sei. Falls nicht, wollte sie die Männer bequatschen, damit sie ihr erklärten, was sie mit ihrer Videoüberwachungsanlage zu leisten vermochten und ob eventuell Aufzeichnungen vom Sonntagnachmittag existierten. Möglicherweise konnte sie ihren weiblichen Charme so geschickt einsetzen, dass man sie die Bänder ansehen ließ.

Das war zwar alles sehr vage – doch sie wollte partout nicht aufgeben.

Der City-Port in der Nähe des Bahnhofs war mit über 1000 Stellplätzen auf sechs Parkdecks das größte Parkhaus in Mainz. Es war noch verhältnismäßig neu, und Corinna konnte sich erinnern, gelesen zu haben, dass Experten besonders seine sicherheitstechnische Gestaltung lobten – vor allem, weil es auch Frauen bei Nacht ohne Angst betreten könnten, hieß es. Ob damit vielleicht eine besonders intensive Videoüberwachung gemeint war? In ihrer Phantasie malte sich Corinna einen Raum mit unzähligen Monitoren aus, in denen mindestens zwei Überwachungsspezialisten saßen, die Pizza aus Pappkartons in sich hineinstopften und ab und zu die Videobänder wechselten, welche rund um die Uhr das Treiben im Parkhaus aufzeichneten. Und die bespielten Bänder wurden natürlich etikettiert und archiviert. So oder ähnlich sah man es doch immer in Filmen, oder?

Mut machte ihr das runde, gläserne Türmchen, das sich am vorderen Ende des Baus erhob, als sie über die Alicebrücke auf ihn zulief. Es bot doch jede Menge Platz für Überwachungsequipment und -personal, fand sie. Als sie näher kam, ernüchterte sie sogleich jedoch ein wenig: Wie an den Fensteraufschriften zu erkennen war, beherbergte der obere Teil des gläsernen Frieds eine Autovermietung.

Als sie das Türmchen von der Binger Straße aus betrat, erblickte sie direkt einen Mitarbeiter, der zumindest wie ein Wachmann aussah. Er saß hinter einer Glasscheibe. Seine etwas schläfrige, dickliche Erscheinung vermittelte freilich nicht unbedingt den Eindruck allgegenwärtiger Wachsamkeit. Auch war sein Büro als „Information“ ausgewiesen, aber das, dachte sich Corinna, geschah vielleicht aus Rücksichtnahme. Die Parkhauskunden sollten sich zwar sicher fühlen, aber nicht das Gefühl vermittelt bekommen, sie stünden bei Betreten des Gebäudes unter permanenter Beobachtung. Immerhin hatte der Wachmann einen Monitor vor sich, der in vier Bilder geteilt war. Das sah vielversprechend aus.

Corinna sprach ihn nicht sofort an. Sie wollte erst einmal ein Parkdeck inspizieren, um selbst zu sehen, wo Videokameras installiert waren. Intensiv suchte sie mit den Augen die grauen Betondecken ab. Und? Nichts! Mist, fluchte sie. Sie lief das ganze Deck entlang, erst immer aufgeregter, dann immer verärgerter: Nichts.

Sie blieb stehen, fühlte, wie wieder Enttäuschung in ihr hochkroch, wie ihr letzter Funke Hoffnung langsam verlosch. Nichts, nichts, nichts. Ihre Knie wurden weich, brachen fast unter ihr weg. Sie schleppte sich noch ein paar Meter weiter, erreichte schließlich eine Notrufsäule. In deren Nähe nun hing – tatsächlich – eine Kamera. Also doch.

Corinna betrachtete sich die Anlage genau. Die Kamera war auf die Säule, nicht auf die Parkplätze gerichtet. Offenbar also wurde man erst von einem elektronischen Auge erfasst, wenn man es bereits bis an die Notrufsäule geschafft hatte und mit dem Wachmann in Telefonkontakt treten oder zumindest ein akustisches Signal auslösen konnte. Wirklich sehr sinnig.

Es half nichts: Für ihre Zwecke waren diese Kameras nicht zu gebrauchen. Corinna atmete zwei, drei Mal tief durch. Sie würde dennoch den Typ an der Information kurz ansprechen. Vielleicht gab es versteckte Kameras oder aber, Runze oder einer seiner Helfershelfer waren zufällig durchs Blickfeld eines der offen hängenden Kamerazyklopen gelaufen. Sie machte kehrt und lief das Deck wieder hinunter.

Am andere Ende des Decks, unmittelbar vor der Information, tauchte ein Mann auf. Corinna nahm zunächst nur seine Silhouette wahr.

Als sie näher kam, erkannte sie, dass er einen langen schwarzen Mantel trug, Kamelhaar vermutlich. Er war gänzlich unnärrisch gekleidet. Die leicht gebückte Statur kam Corinna bekannt vor, aber nicht vertraut. Sie verband mit dieser Erscheinung sofort etwas Unangenehmes, ohne konkret sagen zu können, weshalb.

Sie machte weitere vier, fünf Schritte auf die Gestalt zu, erkannte, dass es sich um einen Mann mit Glatze handelte. Eine erste, schlimme Ahnung durchfuhr sie.

Der Mann war ihr zugewandt, schien sie zu erwarten.

Weitere drei Schritte und Corinna sah, dass er eine stark spiegelnde Brille trug. Ihr wurde heiß.

Dann erkannte sie den grauen, kreisrund um den Mund schließenden Bart und die sauertöpfisch herunter gezogenen Mundwinkel – und es kostete sie eine fast schon übermenschliche Anstrengung, dem aufbrandenden Brechreiz nicht nachzugeben: Da stand Henn. Staatsanwalt und Vizepräsident der Kurfürstengarde. Leibhaftig.

Corinna stoppte, machte auf dem Absatz kehrt. Ihre Schläfen begannen zu pochen. Was machte Henn hier? Konnte das ein Zufall sein? Nie und nimmer!

Sie lief los, betäubt fast, spürte ihre Beine kaum. Sie wollte nur weg, einfach nur laufen und laufen, nur nicht zu hastig, um seine Aufmerksamkeit nicht unnötig zu erregen, außerdem hätte sie gar nicht rennen können, selbst wenn sie es gewollt hätte. Also gehen, aber zügig, so gut es ging, bloß weg.

Immerhin rief er nicht hinter ihr her, vielleicht hatte er sie tatsächlich noch nicht erkannt, aber wie konnte das sein, er konnte doch nur wegen ihr hier sein, wegen wem oder was denn sonst? Sie spitzte die Ohren, ob sie Schritte hinter sich hörte – folgte er ihr? Aber sie hörte nichts, was nicht viel heißen mochte, denn das Blut in ihren Schläfen klopfte so laut, dass sie ihn vermutlich auch nicht hörte, wenn er schon unmittelbar hinter ihr war, doch umdrehen wollte sie sich auch nicht mehr, sie konnte nur noch laufen, laufen, laufen.

Die Stahltür zum hinteren Treppenaufgang des Parkhauses kam langsam näher. Mein Gott, sie konnte es tatsächlich schaffen, der Arsch ließ sie ziehen.

Sie riss die Tür auf, huschte hinein.

Im selben Moment bekam sie einen Schlag von vorn. Sie prallte zurück, fiel auf den Hintern, spürte zwei Hände, die sie an den Armen packten und versuchten, ihren Sturz aufzufangen.

Einen Moment lang wurde ihr schwarz vor Augen. Sie war wieder gegen jemanden gelaufen. Missgeschick, Zufall oder aber, sie mochte es kaum glauben – erneut ER?

Vor Erregung zitternd schlug sie die Augen auf, hob den Kopf und – blickte in Koffers Gesicht.

Der Zorn kochte so schnell in ihr hoch, dass sie ihren Schreck völlig vergaß.

„Du verdammtes Schwein“, zischte sie.

„Warum sagst du das?“, gab Koffer ruhig zurück. „Ich mache nur das, was du wolltest, das ich tue. Ich checke das Parkhaus.“

Er schob sie wieder hinaus aufs Parkdeck.

„Ach? Und warum ist Henn hier?“, fragte Corinna, außer sich vor Wut.

„Ich habe dir schon mehrmals erklärt, dass ich nicht einfach so drauflos ermitteln kann“, antwortete Koffer.

„Ach, und deswegen hast du Henn ins Vertrauen gezogen? Ausgerechnet?“

„Jetzt reg' dich nicht so auf.“ Er schob sie weiter, den Weg zurück, den sie eben gerade hinauf gestiefelt war. Als sie sah, dass Henn ihnen entgegenkam, weigerte sie sich, weiterzugehen.

„Nachdem ich dummer Hund euch auf die Idee mit dem Parkhaus gebracht habe, lasst ihr zwei Schweine jetzt das nächste Beweisstück verschwinden. So ist es doch, oder?“ Wütend blickte sie Koffer an. Sollten sie sie doch töten – das wollte sie vorher noch wissen.

„Du regst dich absolut unnötig auf, glaub’ mir“, beschwichtigte Koffer. „Du bist nach wie vor auf dem Holzweg. Abgesehen davon, gibt es gar nichts, was wir verschwinden lassen müssen. Es existieren keine Videobänder.“

„Aber sicherheitshalber mal nachschauen musstet ihr, gell?“

Koffer verrollte die Augen und schüttelte den Kopf.

„Frau Uhl, jetzt werden Sie doch endlich vernünftig“, hörte Corinna Henn sagen. Er war bis auf etwa fünf Meter an sie herangekommen.

Corinna dachte jedoch nicht daran, sich brav in ihr Schicksal zu fügen.

Dumm für Koffer, dass er die Arme sinken ließ. Sie ballte die Rechte zur Faust und landete einen boxtechnisch einwandfreien Haken auf seiner Wange.

Leider war Koffer ein ziemlicher Ochse von Kerl und sie nur ein schwaches Weib. Der Schlag riss ihm lediglich den Kopf zur Seite. Ansonsten blieb er auf den Beinen.

Nach einer Schrecksekunde drehte er sich wieder zu Corinna.

Und schlug zurück.

Zwar nur mit der flachen Hand, aber so fest, dass es sie von den Beinen riss. Corinna wirbelte herum und prallte auf die Kühlerhaube eines parkenden Citroen. Von dort rollte sie zu Boden. Einen Moment lang sah sie nur Rot. In ihrem Kopf begann etwas zu schrillen.

Koffer packte sie erneut an den Armen und stellte sie wieder auf die Beine. Die sackten ihr gleich wieder weg, als er sie losließ. Sie musste sich auf den Citroen stützen, um nicht erneut zu Boden zu gehen.

„Das war einfach mal fällig“, schimpfte Koffer.

„Das können Sie laut sagen. So ein Weibsstück, so ein elendes, überdrehtes“, drückte Henn seine Solidarität aus.

„Was wollt ihr jetzt mit mir machen, ihr Schweine?“, fragte Corinna, während sie sich wieder sammelte. „Mich umbringen? Werdet ihr wohl müssen, denn solange ich lebe, werde ich das, was ich weiß, jedem erzählen, der es hören will.“

„Fragt sich nur, wer’s hören will“, spottete Henn.

Das hätte er besser nicht gesagt. Corinna schnellte abermals nach vorne, diesmal in Henns Richtung. Koffer war zwar stark, aber ein bisschen schwerfällig. Und begriffsstutzig. Ehe er sich versah, war es schon geschehen: Da Henn etwas kleiner war als Koffer, konnte Corinna eine wunderschöne Gerade landen. Sie traf exakt die Stelle am Kinn, die Boxer den „Punkt" nennen.

Da Henn auch etwas schmächtiger war als Koffer, zeigte ihr Schlag bei ihm wesentlich mehr Wirkung: Er machte drei, vier Schritte zurück, verlor fast das Gleichgewicht. Am Ende konnte er sich zwar gerade so auf den Beinen halten, doch fiel wenigstens seine Brille zu Boden.

Erst jetzt riss Koffer Corinna zurück. Wenigstens schlug er sie diesmal nicht. „Mensch', mach doch nicht alles nur schlimmer", stammelte er.

Entsetzt klaubte Henn seine Brille vom Boden auf. Eines der Gläser war zerbrochen. Wütend schaute der Staatsanwalt von der Brille zu Corinna auf. Blut schoss ihm in den Kopf. Corinna fand, dass sie ihn am besten weiter reizen konnte, wenn sie ihn frech angrinste, und grinste.

Damit hatte sie mehr Erfolg, als sie sich erwünscht hatte. Schnaubend stürzte Henn auf sie zu. „Du elendes Miststück", fauchte er. Und im nächsten Moment verging ihr der grimmige, verzweifelte Humor, mit dem sie bislang diese Keilerei durchgestanden hatte.

Henn packte sie mit beiden Händen am Hals und warf sich gegen sie, so dass sie mit dem Rücken auf der Kühlerhaube des Citroen landeten.

Und dann begann Henn, ihr die Kehle zuzudrücken. Immer fester. Sein Gesicht war unmittelbar vor ihrem. Corinna schien es, als ob er irre grinste.

Sie begann zu röcheln. Versuchte, Henns Hände zu packen, um seinen tödlichen Griff zu lockern, doch die Kraft schwand ihr einfach zu schnell. Sie konnte sich nicht mehr wehren.

Ihre Augen verrollten sich, und sie wartete hilflos auf den Moment, an dem die Bilder ihres Lebens an ihr vorbeizogen. Das war das Ende.

Koffer versuchte nur halbherzig, sie zu retten. Nachdem er erneut einige Zeit gebraucht hatte, um zu begreifen, begann er, vorsichtig an Henns Handgelenken zu zerren. Vermutlich verbot es seine Beamtenseele, einen Staatsanwalt an einem Gewaltverbrechen zu hindern, indem er ihm kurzerhand das Gesicht auf den Rücken drehte.

Henns Hände schlossen sich jedenfalls weiter um Corinnas Hals. Langsam traten ihr die Augen aus dem Kopf. Aus ihrem Hals kam so etwas wie ein Krächzen.

„HÖR' AUF, DU IDIOT, ODER ICH BLASE DIR DAS HIRN AUS DEM SCHÄDEL!", donnerte plötzlich eine Stimme über das Parkdeck.

Es war eine Frauenstimme, aber eine sehr kräftige. Eine, der man besser nicht widersprach.

Henn lockerte sofort seinen Griff. Corinna sank auf die Knie, pumpte in tiefen Stößen Luft in ihre Lungen zurück.

Erst nach ein, zwei Minuten war sie soweit, dass sie sich die Tränen aus den Augen wischen konnte – und sehen, wer da gerufen hatte: Ein paar Meter weiter stand eine zierliche blonde Frau, hübsch, aber doch unscheinbar. Sabrina Runze.

„Frau Uhl? Kommen Sie hierher zu mir. Schnell", gebot sie knapp.

Corinna rappelte sich auf und taumelte in ihre Richtung.

Henn und Koffer schauten sie stumm an. Zwei Hunde, denen Frauchen „Platz!" befohlen hatte.

Sabrina Runze packte Corinna sanft am Arm und führte sie zu einem silbernen Mercedes, der ein paar Meter weiter abgestellt war. Erst jetzt fiel Corinna auf, dass Sabrina Runze gar nichts in der Hand hielt, mit dem sie Henn hätte „das Hirn rausblasen" können. Sie hatte einfach geblufft und verlor jetzt keine Worte mehr darüber. Sie öffnete Corinna die Beifahrertür und ließ sie einsteigen. Bevor sie selbst einstieg, richtete sie noch einmal das Wort an die beiden Männer: „Ihr beiden Arschlöcher verpisst euch jetzt! Und betet, dass wir nie wieder darüber reden, was hier eben passiert ist." Dann glitt sie auf den Fahrersitz, legte seelenruhig den Sicherheitsgurt an und drehte den Zündschlüssel.

„Die Idioten hätten es tatsächlich fertiggebracht und Ihnen was angetan", sagte sie zu Corinna, die Nettigkeit in Person. „Ihr Glück, dass Henn auch bei mir angerufen hatte, nachdem Koffer ihm von Ihrer Idee mit den Kameras erzählt hatte."

Sie verließen das Parkhaus über die Hochstraße Richtung Wiesbaden. Bis zum Mombacher Kreisel schwiegen beide.

„Wissen Sie, mit 20 wollte ich auch Journalistin werden", begann Sabrina Runze. „Ich habe sogar ein Zeitungspraktikum gemacht. Das war auch ganz nett, nur gingen mir die vielen gönnerhaften Lehrmeister auf den Keks, die mir im Grunde bloß an die Wäsche wollten."

Corinna hatte Mühe, den Gesprächsfaden aufzunehmen. Man hatte schließlich gerade das zweite Mal in zwei Tagen versucht, sie umzubringen, da war es nicht einfach, sich von einem Moment zum anderen auf eine Plauderei über das Los von Praktikantinnen im deutschen Tageszeitungswesen zu konzentrieren.

„Haben Sie deswegen Ihren Berufswunsch aufgegeben?", fragte sie schließlich.

„Eigentlich nicht, ich kam damit eigentlich ganz gut klar. Nein, ich habe festgestellt, dass man in diesem Job einfach zu viele Dinge erfährt, die man gar nicht wissen will."

„Ach? Und diese tiefschürfende Erkenntnis, meinen Sie, soll ich jetzt beherzigen und meinen Mund halten?", fragte Corinna, froh, zum Thema zu kommen.

„Nein. Ich will nur nicht, dass Sie sich unglücklich machen", antwortete Sabrina Runze ruhig.

„Zu gütig." Corinna fand ihren Sarkasmus zurück, das war ein gutes Zeichen. „Sie meinen, ich soll mir lieber einen netten Mann suchen und mit dem glücklich werden, als mich mit irgendwelchem Mörderpack anzulegen? Soll ich mir am Ende auch so einen bezaubernden Mann zulegen wie Sie einen haben?"

„Ihr Humor ist wirklich Spitze, Corinna. Zum Teil haben Sie sogar Recht: Mein Mann ist ein Kotzbrocken. Aber dank Ihnen werde ich mit ihm nun glücklicher denn je sein". Sabrina Runze wandte einen Moment den Blick von der Fahrbahn und lächelte ihr zu.

„Wie darf ich denn das verstehen?", fragte Corinna.

Sabrina Runze ordnete sich auf die A 643 Richtung Mainzer Ring ein.

„Na, nachdem, was ich für den Blödmann getan habe, hat er nun zu Hause endgültig nichts mehr zu melden", feixte Sabrina Runze. „Ich habe ihn in der Hand, kann nun alles tun und lassen, was ich will. Denn er kann es nicht wagen, mir jemals wieder irgend etwas zu verbieten. Nie wieder."

„Und dafür brauchten Sie nichts weiter zu tun, als ihm ein Alibi zu verschaffen und dafür zu sorgen, dass er nicht für einen hinterlistigen, feigen Mord an einem wehrlosen alten Mann belangt werden kann. Das heißt: Vermutlich sind es sogar zwei Morde. Sie müssen wirklich eine sehr glückliche Frau sein."

Sabrina Runze lächelte nachsichtig, schaltete seelenruhig einen Gang höher.

„Corinna, begreifen Sie doch endlich! Ich habe keinem Schuldigen ein Alibi verschafft, sondern einem Unschuldigen. Mein Mann hat Karl Kemmling nicht getötet. Das Schöne daran ist allerdings, dass der Depp wirklich selbst nicht wusste, ob er es in seinem Suff nicht vielleicht doch getan hat. Und, unter uns: So sicher ist er sich jetzt auch noch nicht." Sabrina Runze kicherte fröhlich, und Corinna fragte sich, ob sie nicht mit einer Irren im Auto saß.

„Aber ihm kann nichts geschehen, solange ich ihm ein Alibi verschaffe", fuhr Sabrina Runze fort. „Und deswegen darf er mir niemals wieder dumm kommen. Ihnen schwöre ich aber: Er war zur Tatzeit wirklich zuhause. Glauben Sie mir das, bitte. Was denken Sie, wie das prickelte, den guten Ferdinand zum Schäferstündchen zu bitten, während mein Alter im Wohnzimmer auf dem Teppich schnarchte. Der arme Ferdinand hat sich auch prompt etwas geziert, aber das half ihm nichts." Einen kurzen Augenblick gab sie sich seelig lächelnd ihren Erinnerungen hin, und Corinna wurde einmal mehr klar, dass in dieser Stadt offenbar wirklich jeder an Fastnacht seinen Spaß hatte. Außer ihr.

„Dass er bei der Polizei das auch noch alles zugeben musste, war ihm noch unangenehmer. Aber das hat ihn erst so richtig glaubwürdig gemacht. Gut, hinterher war ich ihn dann los. Aber was soll's – einer geht, zehn neue kommen", schloss Sabrina Runze.

„Aber warum hat sich Henn dann so bemüht, den Fall Kemmling so schnell wie möglich abzuschließen?", fragte Corinna.

„Weil Henn zunächst dasselbe dachte wie Sie: Dass Andreas den alten Narren umgebracht hat. Henn war Zeuge des Streits in der Nachsitzung gewesen, von dem Sie ja auch wissen. Als er dann hörte, dass Kemmling tot sei, hat er die Ermittlungen so schnell wie möglich abgeschlossen, damit erst gar keine Hinweise auf Andreas auftauchen und vor allem, damit das Ansehen der Kurfürstengarde keinen Schaden nimmt. Denn das ist für ihn das Wichtigste."

„Und Robert Hunslicker?"

Sabrina Runze nickte traurig. „Ja, ich fürchte, Ihren Bekannten hat Andreas tatsächlich auf dem Gewissen. Dieser Hunslicker hatte ihn am Sonntag nach der Messe im Dom abgefangen und mit seinen Fragen so aus der Fassung gebracht, dass mein Mann glaubte, der Alte könne ihm wirklich gefährlich werden. Also hat er ihn gemeinsam mit seinen Kumpels aus dem Verkehr gezogen. Wenigstens hat er sich dabei nicht ganz so dämlich angestellt, wie es sonst seine Art ist. Beweise gibt es jedenfalls nicht. Ihre Idee mit der Videoüberwachung im Parkhaus war nicht schlecht, doch gingen Sie von völlig falschen Voraussetzungen aus: Im City-Port werden keine Videoaufzeichnungen von parkenden Autos gemacht. Immerhin haben Sie uns dazu gebracht, dass wir uns vergewissern mussten."

„Ich kriege Ihren Mann trotzdem dran", belferte Corinna trotzig. „Wenn er Kemmling nicht umgebracht hat, dann muss er für Hunslicker büßen."

Sabrina Runze ließ sich dadurch nicht aus der Ruhe bringen.

„Corinna, glauben Sie mir, es ist besser, wenn Sie die Sache so schnell wie möglich vergessen. Ich sage das, weil ich Sie mag, wirklich. Ich mache Ihnen einen Vorschlag: Warum machen wir nicht gemeinsam ein paar Tage Urlaub? Sagen wir, auf Ibiza. Wie gesagt, ich kann jetzt zu Hause unbegrenzt Haushaltsgeld einfordern. Wir mieten uns in einem schweineteuren Hotel ein, machen schön einen drauf, reißen uns ein paar knackige Jungs auf…"

„Sagen Sie, haben Sie noch alle Tassen im Schrank?", kläffte Corinna, die langsam wieder vergaß, dass diese Frau ihr vor ein paar Minuten noch das Leben gerettet hatte. „Soll ich mich jetzt auch noch zu Ihrer Komplizin machen oder was? Was denken Sie von mir? Dass ich mich von Ihnen kaufen lasse oder wie?"

„Natürlich nicht."

„Dann verlangen Sie nicht von mir, dass ich so ein Verbrechen einfach so vergesse und Ihre beste Freundin werde."

„Sie sollen es ja gar nicht einfach so vergessen. Sie sollen schweigen. Aber nicht für Geld und auch nicht, weil wir Sie dazu zwingen oder weil Ihnen ohnehin niemand glaubt. Sehen Sie es doch so: Unsere Familie hat ihr Geheimnis, Ihre Familie hat ihres. Jeder kennt das Geheimnis des anderen, wird aber brav seinen Mund halten. Eine Hand wäscht die andere, so war es in dieser Stadt schon immer und so wird es noch sein, wenn uns alle die Würmer gefressen haben. Das ist doch ein guter Beginn für eine wunderbare Freundschaft, finden Sie nicht?"

„Was soll das heißen?"

„Ja, sagen Sie mal, Corinna. Haben Sie es denn noch immer nicht begriffen?"

Corinna schaute sie fragend an. Was gab es denn jetzt noch zu begreifen?

„Sie wissen doch jetzt alles, was Sie wissen müssen", sagte Sabrina Runze, während sie ihren Mercedes auf die A 60 einfädelte. „Sie müssen jetzt nur noch alles in den richtigen Zusammenhang setzen. Zugegeben, das ist ein bisschen schmerzhaft, aber eigentlich liegt doch klar auf der Hand, wie alles zusammengehört, oder nicht?"

„Auf die Gefahr hin, dass Sie mich für blöd halten: Nein." Corinna blieb stur.

„Dann überlegen Sie doch mal", erklärte Sabrina Runze geduldig. „Sonntagabend, der große Krach auf der Nachsitzung. Ihr Vater hat, mit Verlaub, eine dicke Lippe riskiert, und Ziehlke hat ihn zur Räson gebracht. Wie, glauben Sie, hat er das geschafft? Ein mächtiger Mann wie Ihr Vater lässt sich doch nicht so einfach einschüchtern, oder?"

Sabrina Runze war wirklich sehr rücksichtsvoll. Sie hatte Corinna lange mit der Wahrheit in Ruhe gelassen, hatte sie einfach schweigend durch halb Rheinhessen chauffiert, sogar auf Musik im Auto verzichtet. Irgendwann hatte sie dann gefragt, wo sie Corinna absetzen solle. Corinna wollte zur Uni-Klinik. Sabrina Runze brachte sie dorthin und verabschiedete sich mit der Bitte, doch noch einmal über den gemeinsamen Ibiza-Urlaub nachzudenken. Sie selbst werde jetzt zum Fastnachtskehraus noch mal tüchtig einen draufmachen.

Es war schon spät, als Corinna das Klinikgebäude erreichte. Diesmal brauchte sie gar nichts mehr zu sagen, um zur Intensivstation durchgelassen zu werden. Die wissenden, professionell mitleidigen Blicke, mit denen die menschlichen Segelschiffe sie begrüßten, erübrigten jede weitere Frage. Ebenso wenig überraschte es Corinna, ihre Mutter auf der Intensivstation anzutreffen. Beziehungsweise: Es überraschte sie nichts mehr.

Katharina Uhl saß im Flur. Sie hatten sie aus dem Zimmer geführt, nachdem es vorbei gewesen war, ihr einen Stuhl angewiesen und sie dann vermutlich vergessen. Corinna setzte sich neben sie. Ihre Mutter schaute nur kurz auf, lächelte sanft, sagte aber nichts. Auch Corinna schwieg erst einmal. Die Unruhe der vergangenen Tage fiel endlich von ihr ab. Jetzt hatte sie Zeit. Viel Zeit. Es gab keine drängenden Fragen mehr, nichts mehr, was sie wissen musste, nur noch etwas, was sie verstehen wollte.

„Warum hast du es mir nie gesagt?“, fragte sie irgendwann.

Ihre Mutter erschrak nicht einmal, fragte auch nicht „Was meinst du?“ Sie wusste, dass sich solche Rückfragen nun erübrigt hatten. Intuition vermutlich, weibliche oder mütterliche oder welche auch immer.

„Kannst du dir das nicht denken? Ich habe nicht gewusst, wie ich es dir sagen soll. Wie soll man so etwas seinem Kind beibringen?“, fragte sie zurück.

„Irgendwann war ich kein Kind mehr. Du hättest mir es vielleicht sagen können, als ich volljährig geworden bin“, hielt Corinna dagegen. Auf dem Flur war es vollkommen leer. Sie schienen auf der Station allein zu sein.

„Mein Kind, mit 18 warst du vielleicht volljährig, aber bestimmt noch nicht reif für eine solche Nachricht.“ Katharina Uhl lächelte sanft.

„Na, dann vielleicht zu einem runden Geburtstag, zum 25ten oder zum 30ten. Oder als meine erste Beziehung in die Brüche gegangen war. Das wär' doch ein guter Zeitpunkt gewesen. Spätestens da muss ich doch soweit gewesen sein, dass ich es hätte verstehen können."

Katharina Uhl hob seufzend die Schultern. „Gut, vielleicht hätte ich das tun sollen. Aber warum hätte ich dies deinem Vater antun sollen? Du bist doch immer sein Prinzesschen gewesen, sein Augenstern, und du bist es immer noch, auch wenn du es nicht glaubst."

„Meinem Vater ..." Corinna gelang es, fast höhnisch zu klingen.

„Jawohl, deinem Vater. Für mich ist er es immer gewesen und er wird es auch in Zukunft sein."

„Mama, ich glaube, so alt bist du noch nicht, dass du anfangen musst, in deiner eigenen Wirklichkeit zu leben. Tatsachen sind nun mal Tatsachen", gab Corinna trotzig zu Bedenken.

„Was hat das denn mit dem Alter zu tun?", fragte ihre Mutter zurück. „Jeder Mensch lebt sein Leben lang in der Wirklichkeit, die er sich selbst schafft, mein Schatz. Und du solltest endlich anfangen, in deiner zu leben."

Darauf brauchte Corinna erst einmal eine Pause. Sie versuchte sich ihre Mutter vorzustellen, wie sie als junge Frau – attraktiv und begehrenswert, keine Frage – an Nachmittagen die eheliche Wohnung verließ, ihrem Mann vielleicht noch irgend etwas erzählte von wegen, sie gehe Besorgungen machen, dann mit dem Bus in die Stadt fuhr, um Hunslicker zu treffen, in einem verschwiegenen Café zunächst, wo sie mit ihm verliebte Blicke austauschte, mit ihm darüber redete, worüber sie mit ihrem Mann niemals reden konnte – nun gut, das konnte sich Corinna schon einigermaßen vorstellen, und wie sie dann mit ihm auf einem Hotelzimmer verschwand, in einem bestenfalls zweitklassigen Hotel, denn Hunslicker hatte bestimmt nicht viel Geld und sie durfte von ihrem Haushaltsgeld nicht so viel abzwacken, und wie sie dann – nein, das war einfach zu viel, die Bilder musste sich Corinna sofort wieder aus dem Kopf drängen.

„Ich bin eine erwachsene Frau", stellte sie dann fest. „Ich kann mir mittlerweile, auch wenn es mir schwerfällt, vorstellen, dass du ein Verhältnis mit einem anderen Mann hattest, als du nach dem Krieg allein warst. Aber dass es dann noch ewig weiterging, als Papa wieder da war ..."

„Ewig ging es ja nicht weiter. Als du auf der Welt warst, war Schluss", unterbrach ihre Mutter.

„Warum ausgerechnet als ich geboren wurde?", fragte Corinna.

„Weil ich von da an erkannte, wie Robert wirklich war. Es machte ihm nicht das geringste aus, einem anderen Mann ein Kuckucksei ins Nest gelegt zu haben. Er war sogar froh, dass ihm durch dich keine Pflichten entstanden. Er hat sich nie für dich interessiert. Einerseits war ich froh, da es unsere Familie auseinandergerissen hätte, wenn er Ansprüche auf dich angemeldet hätte, andererseits lernte ich dadurch aber auch eine neue Seite seines Charakters kennen, die mir zuwider war. Ich dachte zuerst, er wäre mir nur fremd geworden, immerhin sahen wir uns über 15 Jahre lang immer nur ein, zwei Mal im Jahr. Aber dann erkannte ich, dass ich Robert im Grunde nie gekannt hatte. Ich glaube, seine einzige wirkliche Sorge war, dass sein geliebter Freund Karl hinter unser Geheimnis kam, denn er wusste ja, wie Karl insgeheim zu mir stand. Karl schien der einzige zu sein, den er auf keinen Fall verletzen wollte. Ich hoffe, Robert hat wenigstens in seinen letzten Tagen erkennen können, was für eine wunderbare Tochter er hat. Kann ihm eigentlich nicht entgangen sein, einem Frauenkenner wie ihm." Katharina Uhl lächelte wieder.

Corinna rief sich ins Gedächtnis, wie Hunslicker sie immer angeschaut hatte. Und sie hatte geglaubt, es wäre Lüsternheit gewesen, was sie in seinem Blick gesehen hatte.

„Du sagst, du hättest es Papa nicht antun können, mir die Wahrheit zu sagen", beendete Corinna die nächste Pause. „Aber wie hast du ihm antun können, was du ihm angetan hast?"

„Ich habe ihm doch nichts angetan. Da er nichts davon wusste, konnte er auch nicht verletzt werden."

„Ich wusste gar nicht, dass du so pragmatisch bist."

„Was soll ich sonst sein? Ich war mein Leben lang Hausfrau und Mutter, mein Kind. Und deinem Vater bin ich immer eine liebende Frau gewesen. Ich habe unter meinem Doppelleben mehr leiden müssen als er, das kannst du mir glauben."

Corinna schluckte. Redete sie da tatsächlich mit ihrer Mutter? Einen Moment lang spielte sie mit dem Gedanken, aufzuspringen und ihr vorzuhalten, sie, Corinna, hätte ihre beiden Quasi-Ehemänner schließlich auch nie betrogen, doch das ließ sie dann, weil sie fürchtete, als moralinsaures Spießbürgerweibchen ausgelacht zu werden, und das von ihrer eigenen Mutter.

„So, du hattest also Gewissensbisse gehabt? Wie beruhigend“, versuchte sie sich statt dessen in ihrem gewohnten Sarkasmus, den ihre Mutter jedoch einfach ignorierte.

„O ja, mein Kind“, gab sie zurück. „Die hatte ich, und wie ich die hatte. Und das Schlimme an ihnen war, dass ich sie allein mit mir ausmachen musste, denn ich hatte nie jemanden, mit dem ich darüber reden konnte. Kannst du dir vorstellen, was das bedeutet? Und du kannst mir glauben: Mit meinen Gewissensbissen habe ich das, was ich getan habe, teuer genug bezahlt.“

„Tatsächlich?“, hakte Corinna nach. „Warum hast du es dann nicht einfach gelassen? Oder wenigstens ein paar Jahre früher aufgehört? Auch wenn, zugegeben, ich dann nie das Licht der Welt erblickt hätte?“

Katharina Uhl lächelte schon wieder, diesmal aber eher nachsichtig. „Dein Vater hat schon Recht irgendwie. Du verstehst vom Leben so wenig wie von der Fastnacht. Sonst würdest du nämlich wissen, dass ich keine andere Wahl hatte. Man hat nämlich keine Wahl, wenn man zwei Männer liebt. Das mögen die Weiber in deinen akademischen Debattierzirkeln vielleicht anders sehen, aber wenn man ein solches Dilemma nur in der Theorie kennt, ist eben leicht drüber dummschwätzen.“

Corinna brauchte eine erneute Auszeit.

„Ist Fritz eigentlich auch ...“, begann sie dann ganz vorsichtig.

„Nein.“ Wenigstens war dieses Kapitel schnell abgehakt.

„Du hast gesagt, Hunslicker wäre dir zuwider geworden, kurz, nachdem ich auf der Welt war“, begann Corinna abermals. „Aber wieso bist du gestern und heute an sein Krankenbett gekommen und hast geweint?“

„Es ist wirklich erstaunlich, wie wenig du begreifst“, antwortete Katharina Uhl, allerdings ganz sanft. „Sagen wir, ich bin halt auch nur ein sentimentales Frauenzimmer. Da waren doch noch ein paar Sätze, die damals nicht mehr gesagt worden waren, und die ich mir vorgenommen hatte, irgendwann doch noch zu sagen, wenn die Gelegenheit dazu kam, und plötzlich wurde mir von einer Sekunde auf die andere klar, dass diese Gelegenheit vielleicht nie mehr kommen würde. Also bin ich zu ihm ins Krankenhaus gefahren, in der Hoffnung, dass es mir vielleicht doch noch einmal vergönnt sein würde, mit ihm zu reden, und da kamen die berühmten Bilder aus glücklichen Tagen wieder hoch.“

Jetzt lukte endlich einmal ein Pfleger aus einem Krankenzimmer heraus. Vermutlich wollte er nachsehen, wer da miteinander quasselte.

„Und dieses Schwein Ziehlke war der einzige, der alles gewusst hat, die ganzen Jahre über", sagte Corinna, mehr zu sich.

Sie musste an Frau Feldmann denken, und an das, was sie über die Elf und das Böse gesagt hatte. So ganz Recht hatte die Alte doch nicht gehabt: Die Elf zog das Böse nicht an, es war schon lange da.

„Naja, er war unser Hausarzt", bestätigte Katharina Uhl. „ Er kannte die Blutgruppen von jedem von uns, und schon anhand derer war sofort zu erkennen, dass Charly nicht dein Vater sein konnte. Aber ich kann nichts Schlechtes über Ziehlke sagen, er hat sich immer an seine ärztliche Schweigepflicht gehalten und mir auch nie Moralpredigten gehalten. Er hat nie einem Dritten gegenüber auch nur eine Andeutung gemacht."

„Bis zu diesem bewussten Sonntag."

Katharina Uhl nickte. „So sind sie halt, diese Fassenachter. Damit verstehen sie nun mal keinen Spaß. Dein Vater hat in seiner Erregung damit gedroht, Runze zu verklagen und noch jede Menge anderen Unrat über die Kurfürstengarde auszuschütten. Darauf sagte Ziehlke, er habe es gerade nötig, das Maul aufzureißen. Dann gingen sie in ein Nebenzimmer, um unter vier Augen weiterzustreiten – und dort muss wohl ein Wort das andere gegeben haben."

„Und Ziehlke hat Papa dann erzählt, Karl sei es gewesen, der ihm Hörner aufsetzte?"

„Vermutlich. Da Ziehlke weder Robert noch Karl jemals untersucht hat, konnte er im Grunde nicht konkret wissen, wer dein Vater ist. Ich nehme an, er hat einfach behauptet, es wäre Karl gewesen, um es für deinen Vater besonders schlimm zu machen."

„Dass Papa, so impulsiv wie er ist, dann aber noch einen Tag gewartet hat, bis er …"

„Er hat sich schon Mühe gegeben, Ziehlke nicht zu glauben. Er hat sich dann am nächsten Tag verzweifelt im Brockhaus ein wenig über Blutgruppen angelesen, dann in deinen alten Sachen gewühlt und tatsächlich einen alten Blutspendeausweis aus deiner Studentenzeit gefunden. Wie gesagt: Ihr habt so verschiedene Blutgruppen, dass es keiner weiteren Untersuchung bedarf um festzustellen, dass ihr nicht miteinander verwandt seid. Dein Vater hat Robert nie richtig kennengelernt, und wir waren damals immer sehr diskret gewesen. Ich denke, nicht einmal Karl hat von unserer Beziehung gewusst. Ich nehme an, dass es ihm erst, als dein Vater ihn zur Rede stellte, dämmerte. Aber natürlich hätte er seinen geliebten Freund Robert niemals verraten. Lieber ist er als mein Liebhaber gestorben, der er im Leben nicht war."

„Und damit ist für dich anscheinend alles gut."

Katharina Uhl hob den Kopf, schaute ihrer Tochter ernst ins Gesicht. „Nein, mein Kind. Gut ist gar nichts. Aber es gibt für uns auch nichts, was wir noch gut machen können. Was glaubst du, wie es sich für deinen Vater nun leben wird, ohne seinen besten Freund, ohne den er nie wieder in der Bütt stehen, nie mehr gefeiert, nie mehr geliebt wird? Meinst du, es gibt noch irgendeine Gerechtigkeit, die deinem Vater widerfahren könnte?"

„Ist Robert noch einmal aufgewacht?", fragte Corinna noch.

Ihre Mutter schüttelte den Kopf. „Als ich eintraf, war es schon vorbei. Die Schwestern haben auch nichts davon erzählt, dass er noch einmal aufgewacht sei. Ich stelle mir vor, dass ihm in seinem endlosen Traum irgendwann Karl erschienen ist. Dann haben sie gemeinsam das Krankenhaus verlassen, sind zum Rhein gegangen und haben dort ein Fläschchen aufgemacht. Jetzt sitzen sie noch immer da, amüsieren sich und schütteln den Kopf über das, was ihnen widerfahren ist."

In der Ferne schlug es zwölf. Es war Aschermittwoch. Alles war vorbei.

-Mittwoch (Aschermittwoch)-

Zunge babbte fest am Mast

Alkohol konserviert, er wärmt auch, aber die Gesetze der Wärmelehre setzt er dennoch nicht außer Kraft. Diese Erfahrung machte ein 23-jähriger Finther nach dem heftigen Temperatursturz in der Nacht zum Fastnachtsdienstag. Als er nach der Sperrstunde seines Stammlokals seinem Zuhause entgegen wankte, passierte er die Ampel in der Kurmainzstraße. In seiner Trunkenheit sei er irgendwie auf die Idee gekommen, einmal zu probieren, wie ein Ampelmast schmeckt, sagte er später bei der Polizei aus. Er leckte mit der Zunge über den eiskalten Mast, worauf diese prompt festfrostete. Erst das Rote Kreuz vermochte ihn aus seiner misslichen Lage zu befreien.

Am Mittwochmorgen war es wieder etwas wärmer geworden. Corinna kam pünktlich zur Arbeit. Kurz darauf schob Hasselblatt an ihr vorbei. Sie übersah ihn geschickt, auch er ließ sie in Ruhe, wenngleich Corinna bis in die kleinsten Verästelungen ihres Nervensystems die Gönnerhaftigkeit spürte, mit der er sie in Ruhe ließ. Er schwieg, um auch ihr die Gelegenheit zu schweigen zu geben. Er signalisierte ihr damit, dass er nie wieder ein Wort über die vergangenen Tage reden würde, wenn auch sie es tat.

Ganz, wie es viele Pärchen und Ehepaare in Mainz am Aschermittwoch taten. Angeblich.

Vermutlich war der Herr persönlich Hasselblatt im Schlaf erschienen, um ihm diesen Weg aus dem Zwist zwischen ihm und seiner irregeleiteten Angestellten zu zeigen. Oder aber der Herr hatte heute Morgen im Bad aus einem brennenden Rasierpinsel zu Hasselblatt gesprochen.

Corinna war es egal. Der ganze heilige Hasselblatt war so egal geworden, so unwichtig.

Kerstin „Bambi" Dunst stand bei Knoll, der nun schon seit einer Viertelstunde Scheingeistiges über südamerikanische Literrrratur und den magischen Realismus im allgemeinen und Gabriel Garcia Marquez' *Cien años de soliedad* im besonderen zum Besten gab, denn Knoll pflegte, wenn er von Büchern oder Filmen redete, grundsätzlich die Originaltitel zu benutzen. Natürlich fand er den Roman „grrroßartig".

Auch Corinna mochte „Hundert Jahre Einsamkeit", nur nicht, wenn Knoll darüber redete, aber heute Morgen konnte nicht einmal Knoll ihr auf die Nerven gehen. Sie nahm einfach auch ihn nicht wahr.

Sie rätselte, ob diese neue Gleichmut davon kündete, dass sie nun begann, innerlich abzusterben, oder davon, dass sie im Begriff war, den „inneren Frieden" zu finden, von dem sie immer mal las. Alles schien ihr auf einmal so fern. Und immer besser freundete sie sich mit dem Gedanken an, dass sie alles, was sie in der vergangenen Woche erlebt hatte, geträumt hatte. Es konnte doch beispielsweise so gewesen sein: Als ihr diese Hexen am Donnerstagmorgen IHN in die Arme gewirbelt hatten, war sie mit ihm zusammen gestoßen, zu Boden gegangen, mit dem Hinterkopf aufgeschlagen und in eine tiefe Bewusstlosigkeit gefallen. Und alles, was sie bis heute Morgen erlebt zu haben glaubte, hatte sie nur geträumt. Karl Kemmling war tatsächlich nur bei einem Unfall ums Leben gekommen, und Robert

Hunslicker war sie nie begegnet. Und ihr Vater konnte er schon gleich gar nicht gewesen sein.

In Ordnung, dachte sie sich, und schon war alles Geschehene noch ein Stück ferner und fremder geworden. Damit ließ sich doch leben, oder?

Als das Telefon klingelte, war sie jedoch sofort wieder bereit, diesen Vorsatz zu vergessen. Was war, wenn ER es war? Vielleicht war es falsch gewesen, was sie sich über seine Rolle in diesem verruchten Narrenspiel zusammengereimt hatte. Vielleicht hatte ER mit den Runzes, Henns und Ziehlkes gar nichts zu tun, vielleicht war ER wirklich nur zufällig in ihr Leben geraten und vielleicht rief ER jetzt an, um zu fragen, ob man jetzt, wo das irre Treiben für dieses Jahr zu Ende war, noch einmal in Ruhe zueinander finde könne…

Hastig griff Corinna zum Telefonhörer. Und vernahm eine Männerstimme, doch nicht die, die sie sich ersehnt hatte.

Runzes wohnten in einer Villa am Volkspark, an einem Wendehammer, um den herum noch vier oder fünf weitere andere Anwesen herum lagen – genau war es nicht auszumachen, da die Gebäude in dicht bewachsenem Grün versteckt waren. Zu den Häusern führten schmale, gepflasterte Fußwege und geschotterte Garagenauffahrten.

Corinna hatte keine Probleme, die richtige sofort zu finden. Grün uniformierte Polizeibeamte und weiß gekleidete Spurenermittler wiesen ihr den Weg.

Eine erste Absperrung vermochte sie mit Hilfe ihres Presseausweises zu passieren. Sie ging die Garagenauffahrt hinauf, schaffte es etwa zur Hälfte, dann wurde sie von einem Beamten gestoppt. „Weiter dürfen Sie nicht", meinte er.

Sie lukte von ihrem Standort aus in die Garage hinein, sah das Heck einer schon etwas angejahrten, silbernen Mercedeslimousine. Die Fahrertür stand offen. Ein Spurenermittler bepulverte ein Seitenfenster, suchte nach Fingerabdrücken.

Koffer kam aus der Garage, erblickte Corinna und schnaubte verärgert. „Wer zum Teufel hat dir schon wieder Bescheid gesagt?", fragte er.

„Ich habe viele Informanten", gab Corinna sich geheimnisvoll. Tatsächlich hatte ein treuer Leser sie angerufen, ein Rentner, der viel mit seinem Zwergschnauzer spazierenging und sie etwa zwei Mal in der Woche anrief, um ihr Entdeckungen mitzuteilen, die seiner Meinung einen Zeitungsartikel wert waren. Von etwa drei Dutzend Empfehlungen hatte Corinna bislang gerade mal zwei zu Artikeln verarbeitet, in beiden ging es um illegale Abfallbeseitigungen. Nun endlich hatte sich der Kontakt einmal gelohnt.

„Und jetzt willst du wahrscheinlich wissen, ob Runze schon verhaftet ist", kombinierte Koffer derweil. „Noch besser, weshalb er nicht schon längst rechtskräftig verurteilt und hingerichtet worden ist. Immerhin ist es ja schon anderthalb Stunden her, dass die Leiche entdeckt worden ist."

„Und du wirst mir wahrscheinlich erzählen, dass ich gar nicht erst damit anfangen soll, mir irgend etwas zusammenzuspinnen", hielt Corinna dagegen. „Runze hat natürlich ein bombensicheres Alibi, und das hier war natürlich ein Unfall und das Ganze ist halt ein komischer Zufall und irgendwelche Zusammenhänge zu konstruieren ist total blödsinnig."

Koffer schien zunächst keine Antwort geben zu wollen, besann sich dann aber. „Runze hat tatsächlich ein bombensicheres Alibi", erklärte er ruhig.

„Ach?"

„Er hat seinen Vater besucht. In Taunusstein. Und ist über Nacht geblieben."

„Was aber natürlich nicht nur der Alte bezeugen kann", ergänzte Corinna mit einem ironischen Lächeln. „Sondern auch jede Menge weiterer Gäste seines Vaters, die zufällig gestern Abend auch in Taunusstein waren und über Nacht geblieben sind. Wie zum Beispiel ein Dr. Ziehlke und noch verschiedene andere Herrschaften, die zufällig der Mainzer Kurfürstengarde angehören, aber das spielt natürlich keine Rolle."

Koffer seufzte. Dann legte er allen Ernst in seine Stimme und eine Entschlossenheit, die fast etwas Bedrohliches hatte. Corinna sollte merken, dass er nicht duldete, wenn sie jetzt in Hohngelächter ausbrach. „Genau so ist es. Genau so", sagte er trotzig.

„Na, dann: Helau. Nur schade, dass Aschermittwoch ist", spöttelte sie dennoch und spürte, dass Koffer zu köcheln begann. „Wer hat sie denn gefunden?", fragte sie trotzdem.

„Runze selbst", nickte Koffer. „Er ist gegen 8.30 Uhr nach Hause gekommen."

„Der Gerichtsmediziner wird natürlich feststellen, dass sie zu diesem Zeitpunkt schon lange tot war."

„Davon ist auszugehen", versuchte Koffer ganz lapidar daherzusagen.

„Garage zu, Autofenster auf, Motor an – das sieht verdammt nach einem nahezu klassischen Selbstmord aus", ätzte Corinna weiter. „Bestimmt werdet ihr viele Zeugen finden, die bestätigen, dass Sabrina Runze schon lange unter schweren Depressionen litt. Wahrscheinlich hatte sie sogar einen Psychotherapeuten, der euch das bestätigen wird. Der ist vermutlich auch in der Kurfürstengarde, aber das spielt natürlich keine Rolle. Mir hat sie zwar gerade gestern noch erzählt, wie glücklich und frei sie sich fühle, weil ihr Alter ihr jetzt nie mehr dumm kommen dürfe, aber das interessiert euch sicherlich nicht."

„Nein", sagte Koffer.

„Dachte ich mir", gab Corinna zurück, schon etwas schockiert von so viel Ehrlichkeit.

„Ich meine, nein, es sieht nicht nach einem klassischen Selbstmord aus", korrigierte sich Koffer.

„Nicht?" Jetzt war sie doch überrascht.

„Nein, es war ein Unfall. Könnte man sagen."

„Könnte man sagen? Sie ist also im Wagen eingeschlafen und hat vergessen, den Motor auszuschalten oder wie?"

„Nein."

„Was denn? Lass' dir doch nicht jeden Wurm aus der Nase ziehen."

„Ich weiß nicht, ob ich dir das sagen darf. Es gibt ein Recht auf Schutz der Persönlichkeit, das über den Tod hinausgeht."

Corinna verrollte die Augen. Wie lange wollte er ihr noch mit diesem dummen Spruch kommen? „Wenn du wirklich willst, dass ich mir nicht wieder Zusammenhänge konstruiere, solltest du mir schon ein wenig mehr sagen", argumentierte sie.

Koffer schnaufte durch, überlegte lange.

„Sie hatte, ähem, Herrenbesuch", sagte er dann.

„Herrenbesuch?"

„Die Spuren deuten darauf hin, dass sie unmittelbar vor ihrem Tod Geschlechtsverkehr hatte und das in der geschlossenen Garage, im Auto. Wahrscheinlich hat sie dabei – und auch davor – nicht daran gedacht, den Motor abzustellen."

Corinna schüttelte ungläubig den Kopf. Beim Bumsen von Autoabgasen vergiftet zu werden, war dies nun ein besonders schöner oder ein besonders schrecklicher Tod?

„Ist übrigens nicht der erste Todesfall dieser Art, mit dem ich zu tun bekomme", ergänzte Koffer.

„Aber warum gibt es dann nur eine Leiche?", platzte es aus Corinna heraus. „Sie kann doch nicht dabei erstickt sein und ER nicht. Und ER kann doch hinterher nicht einfach aus dem Wagen gestiegen und nach Hause gegangen sein. Immun gegen tödliche Autoabgase. Wie ein Geist oder ein Zombie aus einem Gruselfilm. Oder Frau Feldmanns Vampir am Ende."

„Glaub' ich nicht," kommentierte der Kripo-Beamte trocken, als hätte Corinna dies ernst gemeint.

„Und was glaubst du, bitte schön?"

„Der Typ könnte eine Gasmaske aufgehabt haben."

Corinna lachte kurz auf. „Eine Gasmaske? Meinst du, die Frau macht im Auto bei laufendem Motor einen Quickie mit einem Typ, der dabei nicht einmal seine Gasmaske abnimmt?“

„Warum nicht?“, fragte Koffer zurück. „Es war doch Fastnacht.“

Weitere Krimis

Schumacher, Jens / Lossau, Jens

Der Schädeltypograph
Der Gutenbergkrimi

256 Seiten, geb. mit Schutzumschlag
ISBN 3-7973-0801-9
17,90 €

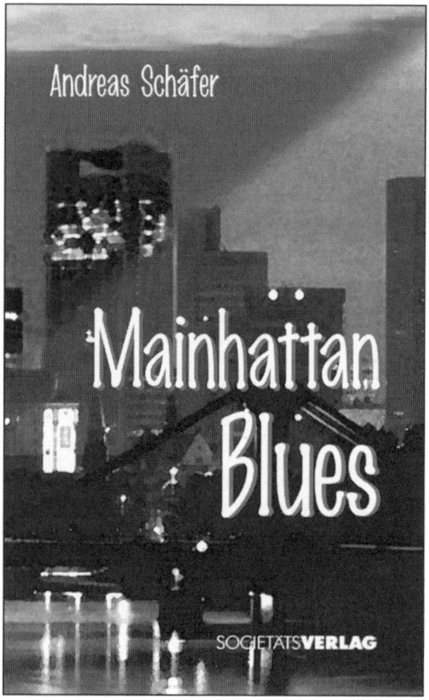

Schäfer, Andreas

Mainhattan Blues

240 Seiten, geb. mit Schutzumschlag
ISBN 3-7973-0836-1
14,80 €

Scheele, Walter

Sonderkommando

Der Frankfurt-Krimi

192 Seiten, geb. mit Schutzumschlag

ISBN 3-7973-0785-3

14,80 €

Scheele, Walter

Sonderkommando 2

Der Darmstadt-Krimi

224 Seiten, geb. mit Schutzumschlag

ISBN 3-7973-0800-0

14,80 €